प्रतिमानुष

प्रतिमानुष

राजेन्द्र लहरिया

वाणी प्रकाशन

प्रकाशन के उत्कृष्टतम 63 वर्ष

vaniprakashan.com

सजिल्द प्रथम संस्करण : 2026

वाणी प्रकाशन

4695, 21-ए, दरियागंज, नयी दिल्ली-110 002

फ़ोन : + 91 11 23273167, 23275710

शाखाएँ

अशोक राजपथ, पटना-800 004, बिहार

कॉफ़ी हाउस कैम्पस, महात्मा गांधी मार्ग, प्रयागराज-211 001, उत्तर प्रदेश

महात्मा गांधी अन्तरराष्ट्रीय हिन्दी विश्वविद्यालय, वर्धा-442 001, महाराष्ट्र

sales@vaniprakashan.in
vaniprakashan@gmail.com

Pratimanush
by Rajendra Lahariya

ISBN : 978-93-6944-406-9
Collection of Stories

मूल्य : ₹ 395

आर. टेक ऑफ़सेट, दिल्ली-110 032 में मुद्रित
वाणी प्रकाशन का लोगो मक़बूल फ़िदा हुसैन की कूची से

यह उन दिनों की 'बात' है, जिन दिनों
समय-समाज व सिस्टम का समवेत चेहरा
'प्रतिमानुष' *दिखायी देता था!*

अनुक्रम

नेपथ्य-नाच

वह एक विचित्र तरह की दिलदहलाऊ आवाज़ थी जो रमजू के गले से निकली थी!...रमजू ने जीतोड़ कोशिश की थी कि वह अपनी घरवाली को मलबे से निकालकर बचा ले! पर अफ़सोस कि वह अपनी कोशिश में नाकाम रहा! और जब उसे अपनी नाकामी का अहसास हुआ, तब उसके गले से वह आवाज़ निकली थी जो करुण क्रंदन और बेतहाशा चीख़ से मिलकर बनी थी!...

रमजू की उम्र चालीस-पैंतालीस के पेटे में थी और वह भारतवर्ष नाम के महादेश के एक प्रान्त के एक हिस्से में सिर्फ़ 'एक घर की बस्ती' का वासी था। वह बस्ती ऐसी कि बरहमेश ज़मीन की तरफ़ देखती हुई, कभी ऊपर-आसमान-की तरफ़ मुँह न उठा पाती; क्योंकि उस 'एक घर की बस्ती' के बाशिन्दों को कभी ज़मीन से अपनी आँखें हटाने का अवकाश ही नहीं मिलता था!...बहरहाल, यह कोई अनोखी बात न थी; क्योंकि दुनिया में ऐसी बस्तियाँ और उनके बाशिन्दे बड़ी तादाद में होते हैं! अलबत्ता अनोखी बात यह थी कि जिस एकमात्र घर की बस्ती का ज़िक्र यहाँ किया जा रहा है वह एक दिन अचानक नदारद हो गयी; और उसकी जगह पर बचा रह गया था ईंट-गारे व पत्थरों का मलबा!...उस 'एक घर की बस्ती' के साथ, ऐसा, कुछ वैसे ही हुआ था जैसे जंगल में अपने ऊपर किसी माँसभक्षी की आँख टिकी होने से बेख़बर चरते-विचरते उस घास-पात-आहारी के साथ होता है जो पलक झपकते उस माँसाहारी का निवाला बन चुका होता है!..

...कुछ देर पहले तक रमजू के सिर के ऊपर एक छत थी, जिसे रमजू और उसका परिवार 'घर' कहता था—एकमात्र कमरे का ईंट-गारे से बना उसका घर, जिसमें वह अपने पत्नी-बच्चों के साथ रहता हुआ इस अहसास के साथ था कि उसके परिवार के सिर पर एक छत का साया है! उसने अपना वह एक कमरे का घर अपनी मेहनत-मजूरी के पैसे से बनवाया था। पक्की ईंटों से बने अपने उस एक कमरे के घर से ठीक सटाकर उसने कच्ची मिट्टी से एक घरघूला बना रखा था जिसमें रात के समय वह अपने मुर्गे-मुर्गियों को बेंड़कर रखता था।...

रमजू और उसकी घरवाली दिहाड़ी मजदूरी का काम करते थे, जिससे उनके परिवार की रोटी चलती थी। रमजू-जैसे लोगों की कुछ बहुत छोटी-छोटी मुरादें होती हैं; जैसे कि उनके सिर पर–कच्ची-पक्की जैसी भी हो–एक छत का साया हो; और उनके परिवार की दो जून की दाल-रोटी में कोई हीला न हो!...तो रमजू इतने-भर से ही सन्तुष्ट था कि उसके परिवार के सिर पर एक छत है और मेहनत-मजूरी से परिवार की दाल-रोटी चल रही है!...

तो बहरहाल, थोड़ी देर पहले, जब रात अपना अँधेरा चारों ओर फैला चुकी थी, तब उसके घर के पास कुछ लोग खुदाई-तुड़ाई करने वाली मशीन लेकर पहुँचे थे। उस समय रमजू के घर यानी कमरे में ढिबरी का पीला उजास टिमटिमा रहा था। घर के सामने मशीन की घरघराहट सुनकर रमजू, उसकी घरवाली और उसके बच्चे हैरानी के साथ बाहर निकल आये थे।

उन्हें बाहर निकल आये देखकर, मशीन लेकर आये लोगों में से एक ने रमजू के सामने आकर कहा, "यहाँ तुम्हीं रहते हो?" कहते हुए उस आदमी ने रमजू के घर की तरफ़ उँगली से इंगित किया था।

"हाँ साब!" रमजू ने पूछने वाले की तरफ़ हैरानी से देखते हुए कहा।

"तो भीतर से अपना सामान हटा लो...जल्दी!" उस आदमी ने रमजू से कहा।

"काहे साब?" रमजू ने और–अधिक हैरान होकर कहा।

"तुड़ाई होगी इसकी!" उस आदमी ने घर की तरफ़ उँगली कर कहा।

"तुड़ाई!...काहे महाराज?" रमजू की हैरानी चरम पर पहुँच गयी।

"आदेश मिला है हमें इसे तोड़ने का!"

"काहे महाराज?"

"बहस मत करो!...भीतर से अपना सामान हटाओ जल्दी!...नहीं तो हम ऐसे ही तोड़ देंगे!...उसके बाद तुम्हारे सामान की जिम्मेदारी तुम्हारी होगी!"

सुनकर, अब तक चुप खड़ी रमजू की घरवाली ने कहा, "ऐसें कैसें टोर देउगे?... हमारौ घरु ऐ...हम सामान काए कों हटावें?...नहीं हटावेंगे!"

घरवाली की बात सुनकर रमजू की हिम्मत बढ़ी; और वह बोला, "सामान हम नहीं हटावेंगे!...हमारौ घरु ऐ...!"

यह सुनकर सामान हटाने का हुक्म देने वाले आदमी ने अपने साथ आये लोगों की तरफ़ देखा; और सिर हिलाकर इशारा किया।

इशारा मिलते ही तुड़ाई-मशीन घुरघुराई और उसने अपना विशालाकार पंजा ऊपर को उठाकर रमजू के इकलौते कमरे वाले घर की दीवार से सटा दिया!...

यह देखकर रमजू की घरवाली चिल्लाती हुई दौड़ी और अपने घर के दरवाज़े के भीतर जा घुसी, "जि घरु हमारौ ऐ! जाइ ऐसें कैसें टोरौगे तुम!...नहीं टोरन देंगे हम!"

यह देख और सुनकर मशीन-ड्राइवर ने अफ़सर की ओर देखा।

अफ़सर ने उसको आगे बढ़ने का इशारा किया।

उसके बाद मशीन ज़ोर से गुर्राई; और उसके पंजे के एक झपाटे से रमजू का घर धसक कर ज़मींदोज़ हो गया और रमजू की घरवाली धसक कर गिर पड़े घर के नीचे दब गयी! यह-सब पलक झपकते हो गया!

यह हुआ देखकर रमजू चिल्लाया; और गिर पड़े घर के नीचे दब गयी अपनी घरवाली को बचाने की गुहार लगाने लगा; साथ ही उसके बच्चों की चीख़-पुकार से माहौल शोर और शोक से भर उठा था।

पर इस-सब से बेपरवाह अफ़सर और उसका तुड़ाई-अमला मशीन लेकर वहाँ से रवाना हो गया था!

रमजू घर के मलबे के नीचे दबी अपनी घरवाली को बचाने अपने हाथों से मलबे को हटाने में लग गया था। पर उस समय के अँधेरे में देर तक तमाम कोशिशोमशक्कत के बाद भी वह मलबे के नीचे दबी अपनी घरवाली तक पहुँचने में नाकाम रहा था!...

उसके बाद वहाँ के अँधेरे में रमजू के गले से वह मर्मभेदी आवाज़ निकली थी जिसके कारण वहाँ का अँधेरा भी एकबारगी थर-थरा उठा था!...

[2]

...कई घण्टों तक थाने के दरवाज़े पर बैठा रहा रमजू-अपने चारों बच्चों को साथ लिये! तब कहीं थानेदार ने उसकी ख़बर ली, "अबे, अब बोल जल्दी!...क्या बात है?"

रमजू तो बताने ही बैठा था; तो थानेदार के मुँह से इतना सुनते ही उसने अपनी रातबीती आदि से अन्त तक थानेदार को सुना दी और आख़िर में कहा, "साब, बिननें जानिबूझि कें मेरी घरवारी ऐ दाबि कें मार डारौ!"

सुनकर थानेदार कुछ पलों के लिए तो सकते में रहा; उसके बाद रमजू से बोला, "कौन से गाँव का है?"

जवाब में रमजू ने कहा, "मेरौ घरु तौ साब गाँव ते दूरि ओ...सैर की बगल में...अकेलौ!...बु जगै मोइ पट्टे पै मिली हती...भईं मैंनें अपनों घरु बनाइ लओ..."

"ठीक है!" कहकर थानेदार ने एक तरफ़ मुँह करके किसी से कहा, "अरे मुंसीजी! इसकी रिपोर्ट लिख लो!" कहकर उसने फिर रमजू की तरफ़ देखा, "जा! मुंसीजी को बता सारी बात!" और वह फिर थाने के भीतर की ओर चला गया था।

रमजू उठा और बच्चों को साथ लिये, थाने के बरामदे में टेबिल-कुर्सी लगाये बैठे मुंशी के सामने जा खड़ा हुआ।

मुंशी ने उसका नाम, उसके पिता का नाम, उसकी जाति आदि पूछने के बाद, तफ़सील से उसका वाक़या सुना। उसके बाद उससे पूछा, "कौन लोग थे वे? उन्होंने अपना कोई परिचय बताया था?...जो भी तुझे उनके बारे में मालूम हो, बता!"

"जि तौ मालम नानें साब, कि वे को ए।" रमजू ने मुंशी से कहा।

रमजू सच में उन लोगों के बारे में कुछ-भी नहीं जानता था जो उसका घर तोड़ने रात के समय आये थे और उसका घर तोड़ने के साथ ही उसके मलबे में उसकी घरवाली को दबा छोड़कर चले गये थे! वह तो यह भी नहीं जानता था कि वे लोग जो उसके घर को तोड़ने के साथ-साथ उसके मलबे में उसकी घरवाली को दबा हुआ छोड़कर वापस चले गये थे, वे दरअसल मनुष्य नहीं थे; बल्कि पुतले थे-ऐसे पुतले जिनको चलाने वाली डोरियाँ अदृश्य दूरी पर मौजूद हाथों में थीं! वह तो यह भी नहीं जानता था कि अदृश्य दूरी पर मौजूद, पुतलों को चलाने-नचाने वाले वे हाथ जिस शरीर के थे उसके चेहरे पर दो आँखें भी थीं और वे दोनों आँखें बरहमेश खुली हुई चौकस बनी रहती थीं! जी हाँ, दिन में जागते वक़्त ही नहीं, रात में सोते समय भी वे आँखें खुली ही रहती थीं! उन आँखों पर एक बड़ी भारी ज़िम्मेदारी जो थी–ज़िम्मेदारी इस बात की कि वे देखती रहें कि मनुष्य-समाज के भीतर कहीं कोई मिलावट तो नहीं हो रही है–रंग में मिलावट, रूप में मिलावट, वेश में मिलावट, जाति में मिलावट, धर्म में मिलावट–किसी भी तरह की कोई मिलावट!...तो वे आँखें इसी की चौकसी में दिन-रात खुली रहती थीं और किसी भी तरह की किसी भी छोटी-से-छोटी मिलावट को फ़ौरन धर पकड़ती थीं! और फिर...!इसी के लिए तो वे हमेशा खुली रहती थीं!

रमजू तो यह भी नहीं जानता था कि दिन-रात खुली रहने वाली वे आँखें जिस व्यक्ति की थीं उसका नाम भूदेव 'नरसिंह' था! 'नरसिंह' भूदेव का जाति-नाम नहीं था; बल्कि उपनाम था! जाति-नाम तो उसके मुख्य नाम–भूदेव–के भीतर ही मौजूद था! पहले भूदेव अपने नाम के साथ जाति-नाम भी रखता था; पर बाद में उसने अपने भाषणों में उपयोग के लिए तुकबन्दियाँ बनाना शुरू कीं, तब उसे मुग़ालता

हुआ कि वह 'कवि' भी हो गया है; तो उसने अपने जाति-नाम को हटाकर उसकी जगह कवि-नाम अर्थात उपनाम 'नरसिंह' रख लिया था! 'नरसिंह' इसलिए रखा कि वह अपने-आप को नरों में सिंह के समान मानता था; देखने में सुदर्शन मानता था, बोलने में बेख़ौफ़ मानता था और जाति में तो सर्वोत्तम मानता ही था; इसलिए उसका मानना रहा कि 'नरसिंह' उपनाम उसके लिए सर्वथा उपयुक्त रहेगा!...तो इस तरह वह भूदेव 'नरसिंह' हुआ था!...वह अब साठ को छूने वाला था! पर क्या मजाल कि किसी ने उसके सिर और झबरी मूँछों के बालों की जड़ों को भी कभी सफ़ेद हो गयी देख पाया हो! वह हमेशा सुसज्जित श्यामकेश ही पाया जाता था! उसकी देह की वस्त्र-सज्जा में कुर्ता-पाजामा-जाकिट के रंग भले ही बदलते रहते हों; पर उन रंगों के बीच कहीं-न-कहीं चटकदार जाफ़रानी रंग अनिवार्य तौर पर पाया जाता था! उसकी एक कलाई पर बेशक़ीमती घड़ी होती थी और दूसरी कलाई पर बँधा होता था नया-नकोर दीखता कलावा! उसका गोरा-चौड़ा माथा कभी भी रोली के तिलक के बगैर नहीं पाया जाता था—यहाँ तक कि सवेरे नहाने-धोने से पहले भी उसका माथा रोली-तिलक से रंजित ही मिलता था!...इस तरह की सारी साज-सज्जा की वजह यह थी कि वह, यानी भूदेव 'नरसिंह' सूबे की सियासत के सिरमौर के दाँये हाथ का दर्जा रखता था; साथ ही सियासत की आँखों का ज़िम्मेदारीपूर्ण ओहदा भी!...उस दर्जे और ओहदे तक भूदेव यों ही नहीं पहुँच गया था। उसके वहाँ तक पहुँचने की कहानी ख़ासी अनोखी व दिलचस्प थी!...उस कहानी की नींव भूदेव के बचपन तक गहरी थी...भूदेव का बचपन जिस गाँव में गुज़रा था उस गाँव की प्रायमरी-पाठशाला में उसका एक सहपाठी था गरुड़ शर्मा उर्फ़ गरुड़ा, जिसका आगे चलकर एक भारी-भरकम नाम बना था!...पर आगे की बात आगे होगी! फिलहाल तो भूदेव के सहपाठी गरुड़ शर्मा उर्फ़ गरुड़ा की प्रायमरी-पाठशाला-काल की बात! पाठशाला में भूदेव और गरुड़ा का संग-साथ बहुत गहरा था, जिसकी प्रमुख वजह यह थी कि दोनों पढ़ाई में अव्वल नम्बर के फिसड्डी थे और दोनों का मन पाठशाला के पाठ की पढ़ाई से ज़्यादा पाठशाला से बाहर जाने की जुगत लगाने में लगा रहता था!...तो हुआ यह कि दोनों ने जैसे-तैसे खींच-तानकर पासिंग-मार्क्स पाकर प्रायमरी-पाठशाला पास की; उसी तरह और उसी ढब से माध्यमिक-पाठशाला पास की। उसके बाद आगे की पढ़ाई के लिए दोनों निकट के क़स्बे, फिर शहर भेज दिये गये।...शहर के कॉलेज से बीए थर्ड डिवीज़न पास करने तक दोनों साथ रहे। उसके बाद दोनों ने आगे कॉलेज का मुँह न देखने की कसम खाई; और अपने मुँह दो अलग-अलग दिशाओं की तरफ़ उठाये और नाक की सीध आगे बढ़ गये थे! उस

वक़्त दो अलग-अलग दिशाओं की तरफ़ जाते हुए उन दोनों को इस बात का कतई गुमान न था कि आगे चलकर वे अलग-अलग दिशायें एक ही बिन्दु पर आकर मिल जायेंगीं!...पर कई वर्षों के बाद हुआ ऐसा ही!...उन बीते वर्षों के दरमियान भूदेव और गरुड़ा दोनों की प्राकृतिक तौर पर शक्लोसूरतें तो बदल ही गयी थीं, व्याहारिक तौर पर वेशभूषाएँ भी बदल गयी थीं! भूदेव की वेशभूषा कुर्ता-पाजामा-जाकिट-घड़ी-कलावा-तिलक वाली हो चुकी थी; और गरुड़ा की वेशभूषा ऊपर से नीचे तक जाफ़रानी रंग के रेशमी अधोवस्त्र-उत्तरीय-लम्बे काले केश-लम्बी दाढ़ी-त्रिपुण्ड वाली हो चुकी थी! दरअसल भूदेव ने अपने लिए राजनीति को कर्मक्षेत्र के रूप में चुना था और गरुड़ा ने धर्म को!...कॉलेज से बीए थर्ड डिवीज़न पास करने के बाद दो अलग-अलग दिशाओं की ओर चले दोनों क़रीब तीस सालों के बाद तब मिले, जब प्रदेश के मुख्यमन्त्री अपने लवाजमे सहित 'बैकुण्ठधाम आश्रम' में 'स्वामी जी' के दर्शनार्थ गये थे; और मुख्यमन्त्री के लवाजमे में इत्तिफाकन भूदेव 'नरसिंह' भी शामिल था!...जिन 'स्वामी जी' के दर्शनों के लिए मुख्यमन्त्री पहुँचे थे उनका जलवा भूदेव को तब समझ आया था जब मुख्यमन्त्री ने अपने–आपको उनके चरणों में साष्टांग दण्डवत पसार दिया था और 'स्वामी जी' ने अपने आसन (जो किसी सिंहासन से कम न था) पर बैठे-बैठे हाथ उठाकर वरदहस्त मुद्रा में मुख्यमन्त्री को आशीर्वाद दिया था! भूदेव 'स्वामी जी' के उस 'महत्त्व' को देख कर हैरान ही नहीं हतप्रभ भी हो उठा था। वह उनके सिंहासनारूढ़ रूप-स्वरूप को देखता ही रह गया था!...और उस देखते रह जाने के दौरान ही उसके अन्त:चक्षुओं में अचानक एक आकृति उभरी थी और उसके समक्ष एक तिलिस्म खुल गया था और उसके मुँह से निकला था, 'अरे, यह तो गरुड़ा है!' उसने बिल्कुल सही पहचान लिया था अपने बचपन से लेकर कॉलेज तक के लँगोटिया यार को! वह हैरान था कि गरुड़ शर्मा उर्फ़ गरुड़ा ही वह स्वयम्भू 'महामण्डलेश्वर स्वामी गरुड़ध्वजानन्द सरस्वती महाराज' था, जिसके चरणों में प्रदेश का मुख्यमन्त्री ज़मीन पर लेट कर नतमस्तक था!...भूदेव उस दिन मुख्यमन्त्री के अमला-फैला का हिस्सा था; इसलिए वह मुख्यमन्त्री की वापसी के साथ ही वहाँ से लौट आया था। पर उसे बाद में किसी दिन गरुड़ा उर्फ़ 'महामण्डलेश्वर स्वामी गरुड़ध्वजानन्द सरस्वती महाराज' से मिलना अवश्य था!...तो वह एक दिन अकेला अपने वाहन से 'बैकुण्ठधाम आश्रम' पहुँचा था।

•

...उस दिन 'बैकुण्ठधाम आश्रम' का 'बैकुण्ठ' भूदेव के सामने था! गरुड़ा उर्फ़ 'महामण्डलेश्वर स्वामी गरुड़ध्वजानन्द सरस्वती महाराज' भूदेव से अपने अतिथि-कक्ष में मिला था। भूदेव जब आश्रम के अतिथि-कक्ष में पहुँचा, तो वहाँ की लक्ज़रियस भव्यता को देखकर एकबारगी चकरा गया कि वह किसी आश्रम के अतिथि-कक्ष में है या किसी फाइव-स्टार होटल के किसी सूइट में! उस विशालाकार अतिथि-कक्ष में सब तरफ़ बेशक़ीमती वैभव प्रदर्शित था : कक्ष के पूरे फ्लोर को ढँके हुए सुनहरे रंग का इम्पोर्टेड कालीन बिछा हुआ था जिसके ऊपर दो स्थानों पर नारंगी वैल्वेट से मढ़े सोफों के दो सैट मय सेंटर-टेबिल मौजूद थे; कक्ष की एक दीवाल से बड़े साइज़ का एक LED टी वी चिपका हुआ था; कक्ष की सीलिंग के बीचोंबीच एक खूबसूरत रौशन फानूस लटका हुआ था; समूचे कक्ष के भीतर भीनी ख़ुशबू घुली हुई थी और अण्डरवॉल एयरकण्डीशनिंग सिस्टम के चलते सर्दी-गर्मी का अहसास नदारद था! इस-सब के कारण, कक्ष के भीतर पहुँचा व्यक्ति एक विशिष्टता का अनुभव करने लगता था!

भूदेव अभी सोफे पर बैठे गरुड़ा के सामने वाली सोफा-चेयर पर बैठकर ठीक-से सँभल भी नहीं पाया था कि गरुड़ा ने उससे कहा, "और बताओ, क्या कर रहे हो आजकल?"

गरुड़ा ने शुरुआत में ही जैसे उसकी दुखती रग पर उँगली रख दी थी। उसने तत्काल उसके पूछे का जवाब न देकर सिर्फ़ उसको देखा : गरुड़ा उस समय भी उसी वेशभूषा में था जिसमें मुख्यमन्त्री को आशीर्वाद देते वक़्त था : वही रेशमी-जाफ़रानी अधोवस्त्र-उत्तरीय, पीछे को झूलते काले-लम्बे केश, माथे पर त्रिपुण्ड...! देखने के बाद भूदेव को अन्दाजा हो गया कि वह गरुड़ा की 'ऑफिशियल' वेशभूषा है! इस मुआयने में लगे चन्द पलों के बाद, भूदेव ने गरुड़ा के पूछे के जवाब में कहा, "समझ लो कुछ भी नहीं कर रहा हूँ!"

"क्यों?" कहकर गरुड़ा ने वेधती निगाहों से भूदेव की ओर देखा।

"अब...यों करने को तो कुछ कर ही रहा हूँ...पर वह करना तो तब माना जाय जब उस करने का कोई रिजल्ट मिले...जो अभी तक तो मिला नहीं है!" भूदेव ने कहा, "पर ख़ैर, फिलहाल तो अपनी बताओ कि यहाँ तक तुम कैसे पहुँचे?" कहते हुए उसने अपने हाथ को ऊपर-नीचे झुलाते हुए गरुड़ा की वेशभूषा की ओर इशारा किया। वह उस वक़्त गरुड़ा के प्रति पूरी तरह बेतकल्लुफ था।

सुनने के बाद गरुड़ा उर्फ़ 'महामण्डलेश्वर स्वामी गरुड़ध्वजानन्द सरस्वती महाराज' की दाढ़ी-मूँछों के बीच एकबारगी बारीक-सी मुस्कान थिरकी और गुम

हो गयी; उसके बाद वह बोला, "यहाँ तक कैसे पहुँचा, वह कहानी फिर कभी!... फिलहाल इतना जान लो कि अच्छे-अच्छे तीसमारखाँओं को यहाँ ले आया हूँ!" कहते हुए उसने अपने पैरों की ओर हाथ से इशारा किया, "और इस समय तुम जिस सोफे पर सीधे बैठे हो ना, उस पर मेरे सामने बड़े-से-बड़े तुर्रमख़ाँ आगे को झुककर बैठते हैं!"

"मालूम है मुझे!" भूदेव ने कहा, "पर इसका रहस्य क्या है?"

"रहस्य-वहस्य नहीं है कुछ!...सच्चाई है!...वह यह कि मेरे भक्तों की संख्या अब एक करोड़ से ऊपर है, जो मेरे भक्त होने के साथ-साथ इस देस-प्रदेस के वोटर भी हैं!" गरुड़ा कह रहा था, "तो सच्चाई यह है! मेरी ताकत, मेरे भक्त हैं, जिससे मैं किसी के भी भाग्य को सौभाग्य में बदल सकता हूँ और दुर्भाग्य में भी!... इस बात को सब जानते हैं!"

सुनकर भूदेव ने आहिस्ता से सिर को ऊपर-नीचे हिलाते हुए, गरुड़ा के समक्ष इस बात का इज़हार किया कि वह सहमत है; उसके बाद कहा, "गरुड़ा!...माफ़ करना यार, तुम मेरे दोस्त रहे हो इसलिए इस तरह बात कर रहा हूँ...मुझे जानना यह है कि क्या तुम 'पार्टी' के लिए काम कर रहे हो?"

गरुड़ा बोला, "भूदेव! पहली बात तो यह है कि हम दोस्त रहे थे कभी!... और मान लो कि आज भी दोस्त हैं...पर सिर्फ़ एकान्त में! जैसे कि इस समय हैं!...पर औरों के सामने ध्यान रखना कि मैं गरुड़ा नहीं, महामण्डलेश्वर स्वामी गरुड़ध्वजानन्द सरस्वती महाराज हूँ!...समझ गये!...अब तुम्हारी दूसरी बात...तो तुम गाँठ बाँध लो इस बात को कि मैं किसी पार्टी-फार्टी के लिए काम नहीं कर रहा हूँ...मैं तो अपना धन्धा कर रहा हूँ!"

"धन्धा?" भूदेव के मुँह से निकला।

"हाँ, धन्धा!" गरुड़ा ने सिर हिलाया और आगे कहा, "संसार में ऐसा कौन-सा फील्ड है जिसमें धन्धा न हो!...राजनीति एक धन्धा है...यह जगजाहिर है!...पर तुमसे क्या छिपाना; इसलिए कह रहा हूँ...आज के समय में राजनीति से भी बड़ा धन्धा है धर्म!...ख़ैर, यह-सब तो अपनी जगह है!...अभी यह बताओ कि कैसे आना हुआ मेरे पास? मुद्दे पर आओ!"

सुनकर भूदेव ने कुछ पलों तक गरुड़ा की ओर देखा; उसके बाद कहा, "जिस दिन मुख्यमन्त्री यहाँ आये थे, उस दिन उनके साथ आये लोगों में एक मैं भी था... मैंने उस दिन तुझे पहचान लिया था...इसलिए मैं आज अकेला आया हूँ तुझसे बात करने!..."

“तो क्या तुम राजनीति में काम कर रहे हो!...कब से?” गरुड़ा ने मुख्यमन्त्री-प्रसंग के आने के कारण बीच में ही पूछ लिया।

“आठ-दस साल हो गये!” भूदेव ने बताया, “पर अभी तक समझ लो जहाँ-का-तहाँ हूँ!...बस, यों ही कार्यक्रमों में, आयोजनों में, लोगों के पीछे जूते घिस रहा हूँ!...उस दिन मैंने जब यहाँ देखा कि किस तरह मुख्यमन्त्री सबके सामने तुम्हारे पैरों में लेट गये थे; तब मैंने सोचा कि अपने यार में कोई तो बात है...इसीलिए मैं आज तुम्हारे पास आया हूँ यार!”

सुनकर गरुड़ा ने कहा, “देखो, राजनीति दो प्रकार की होती है—एक कार्यकर्ता की राजनीति; और दूसरी नेता की राजनीति!...कार्यकर्ता की राजनीति करने वाले अक्सर बुढ़ा जाने तक कार्यकर्ता ही बने रह जाते हैं!...पर कुछ लोगों की राजनीति शुरू से ही नेता की होती है; और वे कभीकभार पलक झपकते शिखर तक जा पहुँचते हैं!...लेकिन यह होता तभी है जब हर तरह का मैनेजमेंट किया जाता है! अपनी भाषा में कहूँ तो जब हर साध्य को साध लिया जाता है!...”

“मुझे कार्यकर्ता की राजनीति नहीं करना है गरुड़ा!...बता, क्या करूँ मैं?... मुख्यमन्त्री को मैंने तुम्हारे पैरों में पड़ा देखा है...” भूदेव ने अपने मन की गाँठ खोल दी गरुड़ा के सामने।

सुनकर गरुड़ा थोड़ी देर के लिए चुप रहा; उसके बाद उसने भूदेव के चेहरे पर अपनी निगाहें गड़ाकर कहा, “अगले विधानसभा-चुनाव तक इन्तजार कर ले... चुनाव की अधिसूचना जारी हो जाने के बाद एक बार मुझे याद दिला देना!...पर भूलना मत, जो मैंने थोड़ी देर पहले कहा था...राजनीति एक धन्धा है; और धर्म उससे भी बड़ा धन्धा!...मैं जो-कुछ भी करता हूँ, धन्धे के लिए करता हूँ!”

“तुम जो कहोगे, वह करूँगा मैं!” भूदेव ने गरुड़ा की ओर देखा।

“जै हो!...टाइम पर याद दिलाना!...जाओ अब!” कहते हुए गरुड़ा, ‘महामण्डलेश्वर स्वामी गरुड़ध्वजानन्द सरस्वती महाराज’ में तब्दील हो गया; और उसने अपना दाँया हाथ वरदहस्त मुद्रा में करते हुए उसी तरह ऊपर उठा दिया, जिस तरह मुख्यमन्त्री के दण्डवत होने पर उठा दिया था!...

•

समय आने पर गरुड़ा की ताकत का प्रमाण मिल गया था भूदेव को!...

अगले विधानसभा-चुनाव में भूदेव को न सिर्फ़ ‘पार्टी’ ने अपना उम्मीदवार बनाया; बल्कि पहली ही विधायकी के साथ मिनिस्टर भी बना दिया था—राज्यमन्त्री (स्वतन्त्र प्रभार)!

उसके बाद वह गरुड़ा का दोस्त न रहकर भक्त हो गया! वह जानता था कि उसके और मुख्यमन्त्री के बीच यदि गरुड़ा न होता, तो उसके लिए 'पार्टी' से टिकट मिलना ही दूर की कौड़ी था; विधायकी और मिनिस्टरी तो सोच से भी परे की बात!...

•

विधायक और मिनिस्टर बनने के बाद, बीतते समय के साथ-साथ भूदेव का 'रूपान्तरण' होता गया! लोकतन्त्र के मुँह पर यही कालिख तो होती है कि लोक द्वारा चुन दिया गया 'प्रतिनिधि' धीरे-धीरे 'मालिक' में तब्दील होता जाता है!... लगभग तीस सालों तक एक कार्यकर्ता के रूप में राजनीति के गली-कूँचों में जूते घिसते रहे भूदेव को जब मिनिस्टर का ओहदा मिल गया, तो उसका बाहरी अर्थात भौतिक रूप तो चमकदार होता गया ही; साथ ही उसके भीतर भी कुछ परिवर्तन होते गये!...उसका रंग-रूप तो पहले से ही ध्यानाकर्षक था; पर उसका असली 'रूपान्तरण' तो भीतरी हुआ था...ऐसा कि वह अब रंग, जाति, वेशभूषा, सम्प्रदाय आदि के प्रति अत्यधिक चौकन्ना हुआ रहता था! इन चीजों के प्रति उसकी आँखें हमेशा खुली रहने लगी थीं! उसको अब धर्म, जाति, वेश, भूषा, रंग आदि में किसी भी तरह की मिलावट नागवार लगती रहने लगी थी!...

विधानसभा का पाँचवर्षीय कार्यकाल गुज़र गया; और उस गुज़रे पाँच वर्ष के समय के दरमियान धर्म, जाति, रंग, वेश आदि को लेकर रहे भूदेव के रुख ने लोगों का ध्यान खींचा था! तो भूदेव की इसी 'विशेष योग्यता' को अगली विधानसभा-चुनाव की उम्मीदवारी की अर्हता माना गया; और वह दोबारा 'पार्टी' का टिकट पाकर विधायक चुना गया और मिनिस्टर बना! इस बार बदले हुए विभाग का कैबिनेट-मिनिस्टर! इस बार भी उसके ऊपर गरुड़ा उर्फ़ 'महामण्डलेश्वर स्वामी गरुड़ध्वजानन्द सरस्वती महाराज' का पूर्व की ही तरह वरदहस्त रहा था!

कैबिनेट-मिनिस्टरी के पदारोहण के बाद, शुकराना प्रकट करने वह फिर गरुड़ा उर्फ़ 'महामण्डलेश्वर स्वामी गरुड़ध्वजानन्द सरस्वती महाराज' के आश्रम पहुँचा था।

बाहर देखने-दिखाने की चरण-वन्दन आदि की औपचारिकता के बाद, गरुड़ा ने उसे अपने अतिथि-कक्ष में बिठाया था।

वहाँ कुछ देर भूदेव और गरुड़ा के बीच चुनाव से सम्बन्धित समयभराऊ बातें हुईं; उसके बाद गरुड़ा ने भूदेव के चेहरे पर अपनी निगाहें जमाईं और उससे कहा, "अब समय आ गया है भूदेव!"

सुनकर भूदेव ने सवालिया होकर गरुड़ा की निगाहों को देखा।

"अब मुझे अपना एक और आश्रम चाहिए!" गरुड़ा ने भूदेव की आँखों में देखते हुए कहा।

"आश्रम...?" भूदेव के मुँह से निकला; और उसने बात को समझने की गरज से गरुड़ा के चेहरे की ओर देखा।

"हाँ, आश्रम!...तुम्हारे इलाके में!" कहते हुए गरुड़ा के चेहरे पर किसी तरह की याचना का भाव नहीं था; बल्कि वहाँ एक अधिकार-भरी बेमुरव्वत व्यावसायिक भंगिमा मौजूद थी, "प्रदेश में इस समय मेरे इस मुख्य आश्रम के अतिरिक्त पाँच और आश्रम संचालित हैं–अलग-अलग स्थानों पर–भक्तों की सुविधा के लिए!...अब तुम अपने इलाके में नये आश्रम के लिए जगह दो!...कम-से-कम पच्चीस एकड़ जमीन-एरिया!"

सुनने के बाद तत्काल भूदेव के स्मृति-पटल पर गरुड़ा का कहा हुआ वह उभर आया जो उसने पहली मुलाकात के समय इसी अतिथि-कक्ष में उससे कहा था, 'मैं जो-कुछ भी करता हूँ, धन्धे के लिए करता हूँ!' और अपना कहा हुआ भी, 'तुम जो कहोगे, वह करूँगा मैं!'...पर गरुड़ा के द्वारा जो और जिस तरह से चाहा गया, वैसे का अन्दाज़ा नहीं रहा था भूदेव को! बहरहाल, वह समझ गया; और उसके दिमाग़ में एकबारगी विचारों की चकरघिन्नी-सी घूम गयी!...वह जानता था कि राजनीति में पद की क्या अहमियत होती है–वह भी स्टेट के कैबिनेट-मिनिस्टर-जैसे पद की! और यह भी कि राजनीति में एक बार किसी पद पर आसीन हुआ व्यक्ति, यदि पदहीन हो जाय तो उसकी हालत दूध में गिरी मक्खी-जैसी हो जाती है कि वह दूध में पड़ी रहे तब भी किसी काम की नहीं और दूध से निकाल फैंकी जाय तब भी! इसीलिए राजनीति में एक बार किसी पद को पा जाने वाला व्यक्ति अपने जीवन की आखिरी साँस तक पदविहीन नहीं रहना चाहता है!...भूदेव भी नहीं रहना चाहता था! तो उसने अपने अन्तर्भावों को परदा देते हुए, गरुड़ा से कहा, "हो जायेगा!...यह काम हो जायेगा!...और भी कोई सेवा हो तो बतायें महाराज!"

गरुड़ा के शातिर दिमाग़ में यह बात क्लिक हुए बिना नहीं रही कि भूदेव ने पहली बार उसे 'महाराज' सम्बोधित किया था–वह भी अतिथि-कक्ष की एकान्तिक बातचीत में; अन्यथा इससे पहले तो वह उसे बेहिचक 'गरुड़ा' ही कहता आया था! बहरहाल, गरुड़ा ने भूदेव से कहा, "नहीं!...अभी तो जितनी जल्दी हो सके, यह जमीन की व्यवस्था कर मुझे सूचित करो! इस काम को पहली प्रायोरिटी में लो!"

"यह काम मेरी पहली प्रायोरिटी में रहेगा महाराज! आप निश्चिन्त रहें!" भूदेव ने कहा।

"जै हो!" गरुड़ा ने कहा; और इसके साथ ही वह वरदहस्त मुद्रा में आकर 'महामण्डलेश्वर स्वामी गरुड़ध्वजानन्द सरस्वती महाराज' में बदल गया, "जाओ!... और मुझे जल्दी रिजल्ट चाहिए!"

सुनकर भूदेव सोफा-चेयर से उठ खड़ा हुआ और उसने झुककर गरुड़ा के पैरों को छुआ। उसके बाद वह अतिथि-कक्ष से बाहर निकल आया था।

•

उसी दिन की शाम को भूदेव ने अपने गृह-ज़िले के कलेक्टर को फोन मिलाया था...

•

कलेक्टर ने ली गयी समय-मियाद, यानी हफ्ते-भर के भीतर ही कैबिनेट-मन्त्री भूदेव 'नरसिंह' को रिपोर्ट किया, "सर, जगह तो है, जितनी आपने चाही है उतनी; पर उसमें एक छोटा-सा हर्डल है सर!"

"कैसा हर्डल?" भूदेव ने जानना चाहा।

"उसी जमीन पर कई साल पहले एक मजदूर-परिवार के पुनर्वास के लिए कुछ जगह पट्टे पर आवंटित की गयी थी। वह आदमी वहाँ घर बनाये हुए परिवार के साथ रह रहा है। उसका घर उस जमीन के बीचोंबीच पड़ता है!" कलेक्टर ने बताया था।

"कौन है वह...?" भूदेव ने कहा।

जवाब में कलेक्टर ने उस आदमी के बारे में तफ्सील के साथ मन्त्री भूदेव 'नरसिंह' को बताया था।

सुनकर भूदेव 'नरसिंह' ने कलेक्टर से कहा, "हटाओ उसे वहाँ से!...और सुनो, जो भी करना पड़े, मुझे वह जगह जल्द खाली चाहिए!" प्रदेश के कैबिनेट-मिनिस्टर ने कलेक्टर को उस मामले में फ्री-हैंड दे दिया था!

उसके बाद, कलेक्टर का आदेश फोन पर ऊपर से नीचे तक उतरता चला गया था—वाया एसडीएम-तहसीलदार-नायब तहसीलदार-आरआई-पटवारी...

•

...और कुछ ही दिनों के भीतर 'आदेश' पर अमल कर दिया गया—रात के समय बुलडोजर ले जाकर रमजू के घर को ढहा दिया गया, जिससे रमजू की घरवाली घर के मलबे में दब गयी और मर गयी!...

•

...रमज़ू को उन लोगों के बारे में कुछ-भी मालूम नहीं था जो उसके घर को तोड़ने के लिए आये थे!...उसने तो जो अपनी आँखों के सामने होता देखा था, वही ज्यों-का-त्यों थाने के मुंशी के समक्ष बयान कर दिया। तो उसी बिनाह पर मुंशी ने अज्ञात लोगों के खिलाफ़ उसकी रिपोर्ट दर्ज कर ली थी।

[3]

रमज़ू के बूते का जितना था वह उसने किया; यानी पुलिस-थाने में जाकर अपनी फरियाद सुना दी। उसके आगे जो भी करना था, पुलिस को करना था। पर पुलिस ने क्या किया, क्या नहीं किया—इस बारे में रमजू को कुछ नहीं पता!...

रमजू की दुनिया अब सड़क-किनारे एक 8×6 फीट के टपरे में जा पहुँची थी -टिन-कनस्तर के पतरे की आड़ और मोमजामा-बरसाती के छावन से बने अस्थाई टपरे में वह अपने चारों बच्चों के साथ रहता हुआ अपना समय-गुज़ारा कर रहा था। समय-गुज़ारा, यानी यह कि ख़ुद रमजू दिन में कहीं-न-कहीं मजदूरी करने जाता, उस समय उसके बच्चे उस टपरे के भीतर-बाहर बने रहते; और शाम को लौटने के बाद रमजू टपरे के बाहर ईंटें रखकर बनाये गये चूल्हे पर खाने के लिए कुछ पकाता और उसे बच्चों को खिला व ख़ुद खाकर रात गें बच्चों सहित टपरे के भीतर सो लेता था! अगले दिन फिर वही होता जो पिछले दिन हो चुका होता था! तो इस तरह वह अपने चारों बच्चों सहित समय गुज़ारता हुआ सड़क-किनारे रह रहा था!

उसके अपने घर को बुलडोजर से ढहा और उसके मलबे में उसकी घरवाली को दबाकर मार दिये जाने की घटना को हुए लगभग साल-भर बीत गया था। उस साल-भर के शुरुआती महीनों में उसने थाने के कई चक्कर लगाये थे; साथ ही हर उस जगह पर जाकर गुहार लगाई थी जहाँ उसे कुछ मदद की उम्मीद थी। पर उस सारी भागदौड़ का हासिल शून्य ही मिला था! तो अन्ततः उसने उसके घर व घरवाली के साथ जो हुआ, उसे अपनी नियति मान लिया था! नियति अज्ञान और अँधेरे में की गयी यात्रा के उस मुक़ाम को कहते हैं जिसे मंजिल मान लिया जाता है! रमजू के साथ अँधेरा भी था और अज्ञान भी! रमजू के साथ अज्ञान ऐसा कि वह इस बात से कतई अनभिज्ञ था कि दुनिया में कोई भी गतिविधि बिना किसी कारण के नहीं होती है! वह यह भी नहीं जानता था कि न्यायपूर्ण जीवन जीना मनुष्य का अधिकार होता है! वह तो यह तक नहीं जानता था कि न्याय क्या होता है; और यदि न्याय कुछ होता है तो उसे पाया कैसे जाता है! उसने 'नेता', 'मन्त्री', 'मुख्यमन्त्री', 'प्रधानमन्त्री', 'राष्ट्रपति' आदि शब्द तो सुने थे; पर वह इन शब्दों के सही-सही

मतलब नहीं जानता था! उसने 'कलट्टर साब', 'एस पी साब', 'तहसीलदार', 'पटवारी', 'थानेदार' आदि शब्द भी सुने थे; पर उसे नहीं मालूम था कि ये मनुष्यों के पदनाम नहीं बल्कि पुतलों के नाम होते हैं–ऐसे पुतलों के जो किसी–और के हाथों में मौजूद डोरियों से बँधे होते हैं और उन डोरियों के खींचे-ताने जाने के अनुसार करतब दिखाते हैं! उसने 'मानवाधिकार' और 'मानवाधिकार-आयोग'-जैसे शब्द व पदबन्ध कभी नहीं सुने थे! NGO अक्षरों से उसका कोई वास्ता कभी नहीं पड़ा था! 'आज़ादी का अमृतकाल' और 'आज़ादी का अमृत महोत्सव'-जैसे जुम्ले भी कभी उसके कानों तक नहीं पहुँचे थे! 'गांधीजी' शब्द उसने बेशक सुना था और उसे यह जानकारी थी कि 'गांधीजी' नाम के आदमी ने देश को अँग्रेज़ों से आज़ाद कराया था; पर उसे यह जानकारी नहीं थी कि 'गांधीजी' ने क़तार में मौजूद आख़िरी आदमी के बारे में क्या कहा था!...

लुब्बोलुवाब यह कि रमजू ने अज्ञान और अँधेरे के चलते थक-हारकर उसके घर व घरवाली के साथ जो हुआ था उसे अपनी नियति भान लिया था; और वह सड़क-किनारे अस्थाई टपरा बनाकर उसमें अपने बच्चों के साथ रहता हुआ समय-गुज़ारा करने लगा था!...

[4]

उधर रमजू के घर और घरवाली के हत्यास्थल का कोई निशान तक बाक़ी नहीं नहीं रहा था! उस स्थान के आसपास की कई एकड़ ज़मीन को चौहद्दी से घेर दिया गया था; और उस चौहद्दी के भीतर गरुड़ा उर्फ़ 'महामण्डलेश्वर स्वामी गरुड़ध्वजानन्द सरस्वती महाराज' के नये आश्रम का निर्माण-कार्य चल रहा था!...

[5]

रमजू का कुछ समय यों ही गुज़रा!...पर जैसे-जैसे समय आगे बढ़ता गया, वैसे-वैसे रमजू को लगने लगा कि वह समय को गुज़ार नहीं रहा बल्कि ढो रहा है; और उसे यह भी लगने लगा कि धरती पर उसके रहने की जगह लगातार सिकुड़ती जा रही है!...

और फिर एक दिन यह हुआ कि रमजू के रहने की जगह इतनी सिकुड़ गयी कि वह अपने बच्चों-सहित धरती के शून्य में विलीन हो गया!

उसके बाद जो बचा, वह पुलिस-थाने की फाइल में फरियादी के तौर पर दफ़्न एक नाम था-रमजान अली उर्फ रमजू, वल्द...! ❑

अन्याय-गन्ध

वह आदमी, जो बीते हफ्ते मुझसे मिलने आया था, इस बात का ज़िन्दा सबूत था कि मनुष्य के भीतर–यदि वह वास्तव में मनुष्य कहलाने का हकदार हो तो–उसकी सारी इच्छाओं से ऊपर एक इच्छा अवश्य होती है, वह है न्याय की इच्छा–न्याय पाने की इच्छा! न्याय पाने की उस इच्छा में ही कहीं अन्याय को अस्वीकार करने की मानसिकता भी शामिल होती है!...उस आदमी से मिलने के बाद मुझे लगा था कि उसकी तमाम ज़िन्दगी जैसे कई तरह के अँधेरों से ज़ेहनी लड़ाई में गुज़री होगी!...

उस शाम वह मेरे कमरे में दाख़िल होकर मेरे रूबरू था। उस समय उसके हुलिया को देखकर कतई अन्दाज़ा नहीं होता था कि वह आदमी औरों से कुछ हटकर है : शरीर पर हैण्डलूमी सफ़ेद कुरता और गाढ़े का पायजामा; पैरों में बेचमक चप्पलें; सिर के अधिकतर सफ़ेदीवाले खिचड़ी बाल; और साँवले क्या लगभग काले तक गये साठोत्तरवर्षीय चेहरे पर एक अपरिचित किस्म का चमकदार झक्कीपन! यह था उसका हुलिया! हुलिया, जो दिखायी देता था!

मगर जो दिखायी नहीं देता था और जो उसके भीतर छिपा हुआ था और जिसके कारण वह औरों से कुछ-अलग था, इसका अन्दाज़ा मुझे उसके बात करने के ढंग से हो गया था; और उसकी तस्दीक तब हो गयी थी जब मैंने उसकी 'डायरी' पढ़ी थी!...जब वह मेरे पास आया था तब 'डायरी' उसके साथ ही थी–उसके कन्धे पर टँगे झोले में!...मेरे पास बैठकर कुछ देर तक बातचीत करने के बाद उसने झोले से निकालकर 'डायरी' मेरे सामने रखते हुए कहा था, "यह मेरी डायरी लीजिए आप। मैं जो-कुछ भी अनुभव करता हूँ, भुगतता हूँ, सोचता हूँ, उसे इसमें लिख देता हूँ। इसमें मैंने अपने अहसास, अपने दुःख-दर्द, अपनी इच्छाएँ, अपने अनुभव, अपने विचार समय-समय पर लिखे हैं। मेरी ज़िन्दगी का बहुत-कुछ लिखा हुआ है इसमें।"

"पर इसको तुम मुझे क्यों दे रहे हो?" मैंने उससे कहा।

"दे नहीं रहा हूँ दिखाने लाया हूँ आपको!" उसने कहा, "आप लिखने-पढ़ने वाले आदमी हैं; तो मैंने सोचा कि अपने सोच-विचार के बारे में आपसे कुछ समझूँ! इसलिए!...इस डायरी में कुछ-भी ऐसा नहीं है जो छिपाने का हो!...आप इस डायरी में मेरे लिखे को पढ़ लीजिए। अभी तुरन्त नहीं!...आराम से कल-परसों तक!...मैं फिर आऊँगा–इसे वापस लेने; और इस पर आपके विचार जानने!" कहकर वह उठ खड़ा हुआ और बोला, "चलता हूँ। नमस्कार!" उसके बाद वह कमरे से बाहर चला गया था।

उसके जाने के बाद, मैंने उसकी 'डायरी' उठाकर उसके पन्ने पलटे थे; और उसके भीतर सरसरी निगाह डाल लेने के बाद मुझे समझ में आ गया था कि वह जिसे 'डायरी' कह रहा था, वह किसी एक वर्ष की तारीख़ों से लैस होने के बावजूद, वास्तव में एक 'नोटबुक' थी; क्योंकि उसमें कोई तारीख़वार दैनन्दिन रोज़नामचा नहीं लिखा गया था बल्कि स्वतन्त्र रूप से कुछ घटनाओं-स्थितियों-परिस्थितियों-मनःस्थितियों आदि को दर्ज किया गया था। तो इस आधार पर मैं उसको 'नोटबुक' ही कहूँगा!...बहरहाल, मैंने उसकी उस 'नोटबुक' को तसल्ली से पढ़ा था, जिसे वह मुझे पढ़ने के लिए देकर गया था और जिसके शुरुआती पृष्ठ पर उसका नाम लिखा हुआ था–नन्हेलाल 'नागरिक'।

उस 'नोटबुक' में दर्ज उस आदमी के तमाम अनुभवों में से दो (शुरुआती और आख़िरी) के बिनाह पर मैंने जो कहानी लिखी, वह आगे है :

किवाड़ खोलकर कमरे में पैर डालते ही उसके नथुनों में सड़ाँध का एक असहनीय भभका भर उठा था–कुछ वैसी सड़ाँध का भभका जैसी मरकर सड़ गये चूहे के कारण होती है!...एकबारगी वह समझ न पाया कि वह सड़ाँध कैसे और क्यों? वह जानता था कि उसके कमरे की स्थिति ऐसी नहीं थी कि उसमें कोई चूहा आ सके! कमरे में भीतर की ओर कोई दरवाजा था नहीं; उसमें एकमात्र दरवाजा था जो बाहर की ओर खुलता था और वह ऐसा चाकचौबन्द था कि उसके बन्द रहने पर चूहे का भीतर घुसना सम्भव नहीं था और वह उसे कभी खुला नहीं छोड़ता था! कमरे में सामान भी इतना नहीं था कि कोई चूहा उसमें घुसकर या दबकर मर सके! 'फिर यह सड़ाँध कैसे?' उसने सोचा; और बल्ब जलाकर कमरे का जायजा लिया–कमरे का हरएक सामान उलट-पलटकर देखा। कमरे में ज़्यादा सामान था ही नहीं! एक तरफ़ चटाई पर बिछी दरी थी, लोहे की एक छोटी बकसिया थी जिसमें अंकसूचियाँ, प्रमाणपत्र और अन्य काग़ज़ात थे; दूसरी तरफ़ एक स्टोव था, आटे का कनस्तर था,

एक भगौनियाँ थी, मसालदानी थी, एक थाली थी, एक गिलास था, पानी का मटका था और एक छोटी-सी अलमारी थी जिसमें पढ़ाई की किताबें रहती थीं। उसने हर चीज को उठाया, उलटा, पलटा, झाड़ा; पर मरा हुआ चूहा कहीं नहीं दिखायी दिया! तो उसकी परेशानी और बढ़ गयी–'फिर यह बास क्यों और कहाँ से आ रही है?' उसने अपने-आप से कहा था।

यह बरसों पहले का वाक़या है–तक़रीबन पचास बरस पहले का! तब वह नौवीं कक्षा में पढ़ता था। शहर में। उसके गाँव में आठवीं कक्षा तक का ही स्कूल था; इसलिए वह आगे की पढ़ाई के लिए शहर में आ गया था–उसने वहाँ रहने के लिए एक मकान में किराये पर छोटा-सा कमरा लिया हुआ था। वह शहर के एक सरकारी हायरसेकण्डरी स्कूल में दाख़िला लेकर नौवीं कक्षा में पढ़ रहा था। तो एक दिन वह स्कूल गया था और उस दिन वहाँ एक 'घटना' घटी थी : स्कूल की छुट्टी के बाद वह अपना बैग कन्धे पर टाँग कक्षा के तमाम लड़कों की भीड़भाड़ के बीच, अपने कमरे पर जाने के लिए स्कूल के बाहर निकलकर सड़क पर पहुँचा ही था कि क्लास के एक लड़के ने अपने तीन साथियों के साथ उसके सामने पहुँचकर उसकी कनपटी पर ज़ोर से थप्पड़ मारा था और उससे कहा था, "क्यों बे? बहौत होसियार बनता है तू!...हमें नहीं जानता?...यहाँ स्कूल में भी नहीं आ पायेगा तू!..." औचक हुई उस 'घटना' के कारण वह भौचक था और कनपटी पर पड़े थप्पड़ के कारण अपमान से विचलित भी! यह उसके लिए बिल्कुल अप्रत्याशित था! उसने कभी सोचा तक न था कि कभी उसको कोई इस तरह थप्पड़ मार सकता है! कक्षा के जिस लड़के ने उसकी कनपटी पर थप्पड़ मारा था उसका नाम भालसिंह था और जिसको उसके संगी-साथी हमेशा 'भाला' कहते थे और कभीकभार वह ख़ुद भी अपना परिचय देते हुए बड़े गर्व के साथ अपना नाम 'भाला' ही बताता था! वह दोहरे बदन का, उकठे-से चेहरेवाला, पढ़ाई में पूरा गधा और दादा-किस्म का था! थप्पड़ और धमकी देकर भालसिंह उर्फ़ 'भाला' अपने साथियों सहित इतराता और शेखियाँ बघारता हुआ वहाँ से चला गया था! पर कनपटी पर थप्पड़ पड़ने के बाद वह कुछ अजीब तरह की अनुभूति की गिरफ्त में था! दरअसल यह पहली बार था कि किसी ने उसको थप्पड़ मारा था! माँ-बाप का वह लाड़ला था इसलिए उन्होंने उसे कभी मारना-पीटना तो क्या, डाँटा-फटकारा तक नहीं था! शिक्षकों को भी उसे कभी डाँटने-फटकारने तक की नौबत नहीं आई थी क्योंकि वह पढ़ाई में अच्छा था! अपने गाँव के संगी-साथियों से उसका लड़ाई-झगड़ा इसलिए कभी नहीं हुआ था क्योंकि उसकी खेलने-कूदने में रुचि नहीं रही थी!...उस समय उसकी बिल्कुल भी समझ में

नहीं आ रहा था कि आख़िर उससे ऐसी कौन-सी ग़लती हो गयी कि जिसके कारण भालसिंह उर्फ़ 'भाला' ने उसको थप्पड़ मारा!...बहुत सोचने-विचारने पर उसे बस इतना याद आ रहा था कि क्लास में सिन्हा सर ने जो सवाल दिये थे, उन्हें वह हल करने में लगा हुआ था, तब भालसिंह उससे कुछ पूछ रहा था जिसका उसने उसे कोई जवाब नहीं दिया था और वह सवाल हल करने में लगा रहा था!... पर इसका यह मतलब तो नहीं कि???...उसके भीतर से सवालों का हुजूम उमड़ा आ रहा था और उनके जवाब में उसके भीतर से एक ही बात उठ रही थी–'यह तो अन्याय है!' वह शरीर से दुबला व ठिगना था–क्लास के लड़कों में सबसे 'वल्नरेबल'! अलबत्ता क्लास में सबसे ज़्यादा होशियार और ज़हीन!...उस दिन वह भालसिंह के थप्पड़ से विचलित व 'अन्याय' से प्रतिक्रियायित अपने कमरे पर लौटा था; और उसने जैसे ही कमरे में कदम रखा तो उसे महसूस हुआ कि उसके नथुनों में सड़ाँध भर उठी है! तक़रीबन पचास साल पहले का वह दिन था!...उसके बाद एक-एक कर दिन महीनों में बदलते गये, महीने सालों में; पर उस दिन के उस 'अपमान व अन्याय' और उसके कारण बनी सड़ाँध के अहसास ने उसका कभी पीछा नहीं छोड़ा था!... इस दरमियान उसने अलग-अलग वक़्त पर कभी प्रत्यक्ष और कभी परोक्ष तौर पर भालसिंह उर्फ़ 'भाला' को अलग-अलग शक्लों में देखा था!...

अब वह साठ-पार होकर घर-परिवार के साथ अपने गाँव में रह रहा था–लगभग सामान्य व रोज़मर्रा की दिनचर्या के साथ!...उस दिन, रात का खाना खाने के बाद रोज़ की तरह उसने टीवी खोला तो आँखों के सामने एक 'शो' था–एक 'रियलिटी-शो'! उस रियलिटी-शो की शुरुआत में उसके नियम-कायदे घोषित किये गये–उन नियम-कायदों में से एक विशेष कायदा यह था कि हर भागीदार को अपने कारनामे के मार्फ़त अपना मक़सद जाहिर करना था! कहना चाहिये, वह शो मक़ासिद जाहिर करने का कॉम्पटीशन या 'मुकाबला बामक़सद' था! उस बामक़सद मुकाबले के शो का एक महत्त्वपूर्ण नियम यह था कि उस शो के सारे भागीदारों के मक़ासिद में से जिस भागीदार का मक़सद फैसलाकुन (निर्णायक) को सबसे बेहतरीन लगता उसको इनाम का; और जिस भागीदार का मक़सद सबसे बदतरीन लगता उसको सज़ा का हकदार माना जाता था! फैसलाकुन का फैसला अन्तिम व सर्वमान्य होता था!

उस शो के लिए एक सजा-धजा, रौशनी से सराबोर मंच तैयार किया गया था, जिस पर उस शो के भागीदारों को अपने-अपने कारनामे के माध्यम से अपना-अपना मक़सद जाहिर करना था!...उस शो में भागीदारी के लिए देश के कोने-कोने से

भागीदार पहुँचे हुए थे–उन भागीदारों में एक फटेहाल किसान था, एक गवैया था, एक मसखरा था, एक 'बहुरुपिया हत्यारा' था, एक पूर्व-डाकू था, एक क्रिकेटिया था, एक गृहिणी थी, एक कठपुतली-कलाकार था, एक नर्तकी थी, एक हिजड़ा था, एक सोशल एक्टिविस्ट थी, एक वेश्या थी, एक वाचाल तुक्कड़ था, एक कम्प्यूटरबाज नौजवान था, एक मॉडल थी, दो समलैंगिकता-समर्थक थीं, एक मनोविज्ञानी था और एक नटिनी-लड़की थी! ग़ौरतलब यह था कि उस शो के और-सब भागीदार बालिग थे; मगर नटिनी-लड़की की उम्र महज पाँच वर्ष थी!...

बहरहाल, शुरू हुआ वह बामक़सद मुकाबले का शो :

मंच, जिसके चप्पे-चप्पे पर रौशनी अपने बारीक कतरे बिखेरे हुई थी और जिसके ऊपर दूधिया व नीले-पीले-आसमानी रंग नाच रहे थे, अचानक अँधेरे में तब्दील हो गया। उसके कुछ क्षणों बाद, उस अँधेरे में धुँधली रौशनी का एक बड़ा-सा धब्बा उभरा! उस धब्बे के बीच एक आदमी आया! वह आदमी देह पर धूसर व मैले-कुचैले कपड़े पहने, पाँवों में पुरानी जूतियाँ डाले, फटेहाल तथा मुफलिसी की ज़िंदा तस्वीर लग रहा था! वह एक किसान था! उस किसान ने मंच के ऊपर दो बैलों के साथ खेती की–बखर चलाया, हल चलाया, बोनी की। उसके बाद ट्रैक्टर के साथ खेती की; उसने खेतों में मेहनत करते हुए फसल उगाई, अन्न पैदा किया!...यही-सब करते हुए उसकी उम्र गुज़रती गयी, वह बूढ़ा होता गया, उसका शरीर हड्डियों का ढाँचा-भर रह गया; और एक दिन वह मर गया!...मंच पर किसान के मरने के दृश्य के बाद, कुछ देर तक मंच की रौशनी गायब रही; उसके बाद फिर धुँधली रौशनी का एक गोलाकार धब्बा उभरा, जिसके बीच एक फटेहाल युवक आया–सिर पर तसला, कन्धे पर फावड़ा रखे–वह मर गये किसान का बेटा था!...थोड़ी देर में मंच से धुँधली रौशनी का वह धब्बा गायब हो गया!...

उसके बाद मंच पर एक प्रकाश-वृत्त उभरा, जिसके बीच एक मसखरा आया, जिसने देर तक कुछ फूहड़ व अश्लील चुटकुले सुनाये। अपना यह कारनामा प्रस्तुत करने के बाद वह मंच से चला गया।

मसखरे के जाने के बाद मंच पर 'फ्लड लाइट' रौशन हो गयी और उसके बीच हाथ में बल्ला हिलाता चलता एक क्रिकेटिया आया। उसने वहाँ पहुँचते ही अपना बल्ला ऊपर उठाकर लहराया; उसके बाद बल्ले से पूरी अदा के साथ गेंद को हिट किया तो गेंद अनन्त आसमान की ओर उड़ती चली गयी! यह कारनामा दिखाने के बाद उसने कहा, "देखा आपने? मैं इसी तरह खेलता हूँ!...इसीलिए

मेरी बोली ऊँचे दामों में लगती है!...अब भई, मैं तो बिकाऊ हूँ! तो जो ऊँचे दाम लगायेगा, वो मुझे खरीद लेगा! तब मैं अपने खरीदार के लिए खेलूँगा!...आप भी चाहें तो मुझे खरीद सकते हैं! बिड में हिस्सा लीजिये; सबसे ऊँचे दाम लगाइये और मुझे खरीद लीजिये!...बिकाऊ होना मेरी क्वालिटी है और इसी क्वालिटी के कारण मैंने बड़े-बड़े ऑनर और ओहदे पाये हैं!...मैं यहाँ यह अपील करने आया हूँ कि कृपया अधिक-से-अधिक संख्या में आयें और ऊँची-से-ऊँची बोली लगाकर मुझे खरीद लें!" कहकर उस क्रिकेटिये ने आदतन अपनी खीसें निपोरीं; और फिर बल्ला लहराता हुआ वह वहाँ से चला गया!...

उसके बाद मंच भगवा रौशनी से नहा गया; और उस रौशनी के बीच एक 'हिजड़ा' आया, जिसने महीन साड़ी-ब्लाउज़ पहने हुए थे और जिसके चेहरे पर मुरझाई हुई युवता और तनी हुई भाव-मुद्रा थी! उसने अपनी उसी तनावभरी मुद्रा के साथ अपने काले-लम्बे बालों वाले सिर को हिलाते हुए अपना 'प्रवचन' शुरू किया; उसने कहा, "देखो, मुझे हर समय हिन्दू धर्म की चिन्ता लगी रहती है और अब तो यह चिन्ता और भी बढ़ गयी है!...क्यों बढ़ गयी है?...इसलिए बढ़ गयी है कि... कि 'परिवार नियोजन' का नियम सिर्फ़ हिन्दुओं पर ही लागू है! इसलिए मुझे शंका है कि यदि इसी तरह चलता रहा तो हिन्दू धर्म बचेगा भी या नहीं!...हिन्दू धर्म के लोगों की संख्या कम होती जा रही है; और अन्य धर्म के लोगों की संख्या बढ़ती जा रही है! यह एक बड़ी भारी चुनौती है आज हिन्दू धर्म के सामने!...'परिवार नियोजन' के अलावा एक और कारण है इसका–वह है धर्मांतरण! हिन्दुओं का धर्मांतरण कराकर हिन्दू धर्म को खतम करने की साजिश की जा रही है! भोले-भाले लोगों को बरगला कर यह किया जा रहा है!...यदि इसी तरह चलता रहा तो...तो एक दिन हिन्दू अपने ही हिन्दुस्तान में अल्पसंख्यक हो जायेंगे!...इसलिए मैं तो यह कहूँगी कि अब हरएक हिन्दू को कम-से-कम पाँच बच्चे पैदा करना चाहिए! तभी हिन्दुओं की संख्या बढ़ेगी! अब 'हम दो हमारे दो' का नारा त्यागना होगा! यह नारा हिन्दुओं के विरुद्ध एक षड्यन्त्र के तौर पर बनाया गया है! इसे भूल जाना होगा! तभी हिन्दू बढ़ेंगे; और हिन्दू धर्म आगे बढ़ेगा!...बोलो, हिन्दू धर्म की जय!" कहने के बाद 'हिजड़ा' मंच से चला गया।

उसके पश्चात मंच पर बहुरंगी रौशनी हो गयी! रंगों-भरी उस रौशनी के बीच एक नौजवान अपनी टेबिल-चेयर लगाकर बैठा हुआ था। चेयर पर बैठे उस नौजवान की कमर पीछे की ओर कमान की तरह झुकी हुई थी; और वह अपने सामने की टेबिल पर रखे लैपटॉप पर अपनी उँगलियाँ चला रहा था। उसके दोनों

कानों में दो अलग-अलग तरह की 'ठप्पियाँ' फँसी हुई थीं, जिनमें से एक पूरी तरह स्वतन्त्र थी और दूसरी से जुड़ा तार उस नौजवान की शर्ट की जेब में रखे मोबाइल-फोन तक गया था। वह नौजवान कभी अपने सामने रखे लैपटॉप पर बदलती तस्वीरों को ग़ौर से देखने लगता था, तो कभी अपनी शर्ट की जेब में से निकालकर अपने टच-स्क्रीन मोबाइल-फोन की स्क्रीन पर देखकर किसी से बातें करने लगता था। बातें करते समय वह ऐसा लगता था मानो सन्निपात में हो; और उस स्थिति में किसी अदृश्य से रूबरू हो रहा हो! बातें करते समय उसको अपना मोबाइल-फोन अपने कान तक ले जाने की ज़रूरत नहीं पड़ रही थी; इसलिए उसका बातें करना हवा से बतियाना लगता था! बात करने के लिए वह सिर्फ़ अपने मोबाइल-फोन की स्क्रीन पर उँगली छुआता और शुरू हो जाता था। बीच-बीच में वह अपने कान में फँसी 'ठप्पी' को छू लेता था; और उसका बात करना जारी रहता था! उसको एक सेकण्ड की भी फ़ुर्सत नहीं थी! जैसे ही उसका मोबाइल-फोन पर बात करना बन्द होता, वह लैपटॉप की तरफ़ झुक जाता था! उसके कान में फँसी 'ठप्पी' से जुड़ा तार उसकी हर हरकत पर हिलता था! उस तार के साथ उस नौजवान की वाबस्तगी कुछ ऐसा मंजर बना रही थी गोया किसी गम्भीर मर्ज का शिकार कोई मरीज दवाइयाँ पहुँचाती चिकित्सकीय नली से जुड़कर अपनी ज़िन्दगी चला रहा हो! दरअसल वह नौजवान उस वक़्त 'अपनी दुनिया' के बीच था–उस दुनिया के बीच नहीं, जिसमें वह पैदा हुआ था; बल्कि उस दुनिया के बीच जो 'आभासी' थी! वही उसकी 'अपनी दुनिया' थी!...तो मंच पर वह नौजवान 'अपनी दुनिया' के बीच था!...तभी इन्द्रधनुषी रंगों वाली रौशनी में सराबोर उस मंच के एक कोने पर धुँधली रौशनी का एक चौकोर धब्बा प्रकट हुआ; और उस धब्बे के बीच दो व्यक्ति नमूदार हुए–वे दरअसल उस नौजवान के माता-पिता थे! वे धुँधली रौशनी के धब्बे के बीच खड़े-खड़े, इन्द्रधनुषी रौशनी के बीच टेबिल-चेयर लगाये बैठे हुए नौजवान की तरफ़ देखते हुए उसे कातरतापूर्वक पुकारने लगे!...पर वह नौजवान उस दुनिया में था ही नहीं जिसमें उसके माता-पिता मौजूद थे; वह तो 'अपनी दुनिया' में था–उसमें पूरी तरह से मस्त-व्यस्त! 'अपनी दुनिया' में मौजूद उस नौजवान के कानों में 'ठप्पियाँ' घुसी हुई थीं; इसलिए उस तक उसके माँ-बाप की कातर आवाज़ें नहीं पहुँच पा रही थीं! उसके माँ-बाप मंच के कोने पर मौजूद धुँधले धब्बे में खड़े हुए उसे लगातार पुकार रहे थे! पर वह नौजवान तो अपनी आँखें अपने लैपटॉप व मोबाइल-फोन के स्क्रीन पर लगाये, अपने कानों में फँसी 'ठप्पियों' के माध्यम से 'अपनी दुनिया' की आवाज़ें सुनने में व्यस्त था! उसके माँ-बाप उसे लगातार पुकारे जा रहे थे और वह

अपने लैपटॉप पर कुछ लिख रहा था, जो लैपटॉप के स्क्रीन पर स्पष्ट अक्षरों में दर्ज हो रहा था–वह उस नौजवान की टैगलाइन थी–*आइ एम ए ग्लोबल इण्डियन।* और उसके बाद मंच से बहुरंगी रौशनी नदारद हो गयी।

कुछ ही पलों बाद मंच पर शफ़्फ़ाफ़ उजाला बिखर गया; और उस उजाले में किसी विश्व-विजेता की-सी चाल से चलता हुआ एक आदमी नमूदार हुआ था! उस आदमी ने शरीर पर उजली-शानदार पोशाक व पैरों में पोशाक से मैच करती जूतियाँ पहन रखी थीं! उसके चेहरे पर रौब व ग़ुरूर की गहरी पर्त चढ़ी हुयी थी! वह आदमी एक 'बहुरूपिया हत्यारा' था! वह 'बहुरूपिया हत्यारा' चलकर माइक के पास पहुँचा; उसके बाद उसने भाषण देना शुरू कर दिया; उसने कहा, "भाइयों और बहनों!... मैं...मैं...मैं...मेरा...मैंने...मुझे...मेरे...मुझसे...मुझको...मैं...मैं...मेरी... मेरा...मुझको...मैंने...मुझसे...मुझको...मेरे...मैं...मेरी...मुझे...मेरा...मुझको...मैं... मैं...मैं..." उसने इसी तरह देर तक भाषण दिया; और जाते-जाते वह मंच को अँधेरे में डुबो गया!...

'बहुरूपिया हत्यारे' के चले जाने के बाद मंच उजली रौशनी से दीप्त हुआ; और उस प्रकाश-दीप्ति के बीच मंच पर एक थिरकती हुई नृत्यांगना आई, जिसने विभिन्न भाव-मुद्राओं के साथ अपनी नृत्य-कला प्रदर्शित की। उसके बाद वह नृत्यांगना मंच से चली गयी।

उसके पश्चात मंच के बीचोंबीच उजली रौशनी का एक बड़ा धब्बा बन गया। कुछ ही पलों में रौशनी के उस धब्बे के बीच एक ऐसा आदमी आया, जिसने आते ही बातों की झड़ी लगा दी। उसकी जीभ फर-फर चल रही थी और वह अपनी बेलगाम बातों के बीच तुकबन्दियों का छोंक लगाता चल रहा था! कुछ देर तक यह-सब करते रहने के बाद वह वाचाल तुक्कड़ मंच से चला गया।

वाचाल तुक्कड़ के जाते ही मंच के बीचोंबीच रौशनी का एक वृत्त उभरा; और उस वृत्त में एक कठपुतली प्रकट हुई। उस कठपुतली के दृश्य में आते ही नेपथ्य से गम्भीर-खरज आवाज़ में सूत्रधार के द्वारा कमेंटरी शुरू हो गयी और उस कमेंटरी के साथ ही कठपुतली अपनी मुद्रायें व भाव-भंगिमायें प्रकट करने लगी। सूत्रधार ने कमेंटरी की शुरुआत यों की, "हाजिरीन, आप मंच पर जिन्हें देख रहे हैं, ये हैं पुरोहित; फिर प्रगतिशील; ऊपर से पेनघसीटू! अर्थात 'प्रगतिशील-पुरोहित-पेनघसीटू'! (कठपुतली ने रौशनी के वृत्त के बीच, कमेंटरी के अनुसार भंगिमा व्यक्त की।) अब आप ज़रा ग़ौर से इन 'प्रगतिशील-पुरोहित-पेनघसीटू' की शक्लोसूरत को देखिये-देखिये इनका मँझोला कद, मुटकाँध शरीर, मैली-काली सूरत, सिर व मूँछों

के बालों में पैवस्त खिचड़ी और देह पर धोती-कुरता की पोशाक! (कठपुतली ने कमेंटरी की सूचनाओं के अनुसार मटक-मटककर अभिव्यक्ति की।) तो जनाब, यह तो है इन 'प्रगतिशील-पुरोहित-पेनघसीटू' का दैहिक परिचय! अब आइये, इनके भीतरी परिचय से दो-चार हो लीजिये! सबसे पहले इनकी 'प्रगतिशीलता' के बारे में जान लीजिये...ये 'प्रगतिशील-पुरोहित-पेनघसीटू' अपनी पेनघसीटन में स्त्री-सशक्तीकरण को पुरज़ोर तरीके से दिखाते हैं; किन्तु अपने निजी जीवन में–ख़ास तौर पर अपनी मित्र-मण्डली के बीच होने पर–मौजूदा दौर की कुछ नामचीन स्त्रियों के चरित्र को लेकर इन्तिहाई फ़ोहश व गलीज शब्दों को किसी लजीज व्यंजन की तरह अपने मुँह में भर-भरकर चबाते हुए पाये जाते हैं! ये महाशय अपनी पेनघसीटन में मनुष्य की समानता का नारा बुलन्द करते हैं; किन्तु वास्तविक जीवन में मनुष्य की ऊँच-नीच स्थिति को दर्शाता रोज़गार करते हैं–वह रोज़गार है–पुरोहिती! (कठपुतली ने मंच पर मुद्रा अख़्तियार की।) आप जानते हैं कि पुरोहित और यजमान का रिश्ता इतना ग़ैरबराबरी का होता है कि यजमान की जगह पुरोहित के पैरों में होती है और पुरोहित की जगह यजमान के सिर पर! (कठपुतली ने कमेंटरी के अनुसार अभिव्यक्ति की।) ये महाशय 'प्रगतिशील' कहे जाते हैं; किन्तु ब्राह्मणी कर्मकाण्ड करते-कराते हैं! आप जानते हैं कि जब कोई व्यक्ति ब्राह्मणी कर्मकाण्ड करता-कराता है तो वह प्रकारान्तर से ब्राह्मणवाद को सुर्खरू कर रहा होता है, जातिवाद की जड़ें मजबूत कर रहा होता है, सामन्तवाद को पोस रहा होता है, रूढ़िवाद को प्रश्रय दे रहा होता है! ये महाशय यह-सब करते हैं और फिर भी 'प्रगतिशील' कहे जाते हैं! दरअसल इनके कुरते की बाँयी जेब में प्रगतिशीलता रहती है और दाँयी जेब में पुरोहिती-पंचांग! ये महाशय पंचांग के पन्ने पलट-पलटकर यजमानों को शुभ-अशुभ मुहूर्त बताते हैं; और 'जातकर्म' से लेकर 'मृत्युकर्म' तक कराते हैं! 'मृत्युभोज' खाना, 'श्राद्धभोज' जीमना और 'दक्षिणा' लेना ये अपना जन्मसिद्ध अधिकार मानते हैं! (कठपुतली ने कमेंटरी के अनुसार भंगिमायें प्रकट कीं।) अब इन महाशय के व्यक्तिगत 'गुणों' को देखें... इन 'प्रगतिशील-पुरोहित-पेनघसीटू' की यह 'नीति-रीति' रही आई है कि यदि इन्हें लगता है कि इनके सामनेवाला इनको किसी भी प्रकार से कोई लाभ या हानि पहुँचा सकता है–फिर वह चाहे कोई पूँजीपति सेठ हो, कोई गुण्डा हो, कोई नेता हो या कोई आलोचक-समीक्षक आदि–तो ये खिचड़ीकेशी फ़ौरन से पेश्तर आगे बढ़कर सामनेवाले के चरण-स्पर्श का आयोजन करते हैं! (कठपुतली ने मंच पर चरण-स्पर्श-मुद्रा प्रदर्शित की।) ये महाशय अपने शरीर पर कुरता 'क्रान्तिकारी कलर'

का धारण करते हैं, धोती 'गांधीवादी रंग' की और अण्डरगारमेन्ट्स 'भगवा वर्ण' के पहनते हैं! (कठपुतली ने मटक-मटककर वस्त्र दिखाये।) इन 'प्रगतिशील-पुरोहित-पेनघसीटू' की एक खासियत यह है कि यदि कोई व्यवस्था-पीड़ित इनके पास आकर इनसे मदद की गुहार करे तो ये व्यवस्था के ख़िलाफ ऐसी लफ़्फ़ाज़ी उगलते हैं कि क्या कहने! किन्तु पीड़ित के साथ खड़े होने या चलने के नाम पर इनके हाथ-पाँव फूल जाते हैं! दरअसल 'सत्ता' और 'व्यवस्था' के नाम से ये इस कदर भयभीत रहते हैं कि 'थानेदार' शब्द सुनकर इनके भीतर थरथराहट होने लगती है और 'कलैक्टर' शब्द सुनकर कँपकँपाहट! (कठपुतली ने मंच पर थरथरी और कँपकँपी व्यक्त की।) ये महाशय झूठ और सच को घोंट-पीसकर ऐसी 'चटनी' बनाते हैं कि उसे चखने वाले के सामने इनकी प्रगतिशीलता की धाक जम जाये!...पर तमाम लफ़्फ़ाज़ी और चमकीली चुपड़न के बाद भी इन 'प्रगतिशील-पुरोहित-पेनघसीटू' का असली-घिनौना चेहरा तब देखने को मिलता है जब ये मनुष्य के मुर्दे पर भी 'मन्त्र' पढ़-पढ़ कर यजमानों से पैसे वसूलते हुए पाये जाते हैं!" सूत्रधार की बात पूरी होते ही कठपुतली ने देह-मुद्रा व्यक्त की। उसके बाद वह मंच के प्रकाश-वृत्त से गायब हो गयी। तत्पश्चात मंच का प्रकाश-वृत्त भी नदारद हो गया।

उसके चन्द पलों बाद मंच फिर रौशन हुआ और उस पर एक गवैया आया। गवैया ने कुछ देर तक आलाप व मुरकियों के साथ एक बन्दिश का गायन किया। उसके बाद वह मंच से चला गया।

उसके बाद उद्घोषणा हुई, "अगले एक्ट के रूप में आप देखने जा रहे हैं-'इण्डियन सोसायटी की ट्रिग्नोमेट्री'" और इसके साथ ही मंच पर रौशनी का एक त्रिकोण बन गया। उस त्रिकोण के एक कोण पर एक औरत आकर खड़ी हो गयी; और उसने ऊँची आवाज़ में कहा, "हमारे 'धन्धे' को धन्धे की मान्यता दो धन्धे की मान्यता दो!..." वह औरत एक वेश्या थी। त्रिकोण के दूसरे कोण पर दो स्त्रियाँ आकर खड़ी हो गयीं; और वे अपने हाथ ऊपर को उठा-उठाकर कह रही थीं, "समलैंगिकता को स्वीकार करो स्वीकार करो!..." त्रिकोण के तीसरे कोण पर तीन स्त्रियाँ आकर खड़ी हो गयीं; जिनमें से एक अत्यन्त मद्धम स्वर में कह रही थी, "स्त्री-शील की रक्षा करो!..." दूसरी स्त्री चीखते हुए कह रही थी, "यौन-स्वतन्त्रता हमारा अधिकार है!..." तीसरी स्त्री ऊँची आवाज़ में नारा लगा रही थी, "यौन-अपराधियों के सर कलम करो!..." उस एक्ट के पूरा होते ही मंच से रौशनी का त्रिकोण गायब हो गया।

उसके बाद मंच पर प्रकाश का एक आयत उभरा, जिसमें दो व्यक्ति कुर्सियों पर आमने-सामने बैठे हुए थे, जिनके बीच स्क्रीन पर बड़े-बड़े अक्षरों में लिखा हुआ था–मनोवैज्ञानिक से भेंटवार्ता। उन दोनों व्यक्तियों में से एक अधेड़ उम्र का रँगे-काले बालों वाला था और दूसरा व्यक्ति सफ़ेद दाढ़ी-मूँछ-बालों वाला बुज़ुर्ग गोरा! अधेड़ व्यक्ति ने बुज़ुर्ग गोरे व्यक्ति की ओर झुककर विनम्रता से कहा, "हमारे शो में आपका हार्दिक स्वागत है श्रीमान सिग्मण्ड फ्रायड!"

जवाब में बुज़ुर्ग ने दायीं हथेली उठाकर कहा, "ठीक है ठीक है...पूछिये, क्या पूछना है तुमको मुझसे!"

सुनकर अधेड़ व्यक्ति ने फौरन कहा, "सर, आप एक मनोविज्ञानी हैं..."

"हाँ, तो?" बीच में ही बुज़ुर्गवार फ्रायड ने कहा और अधेड़ व्यक्ति के मुँह की ओर देखा।

अधेड़ व्यक्ति ने तुरन्त अपना सवाल रखा, "तो यह कि ये जो आजकल भारत में हो रहा है, उसके बारे में आपका क्या ख़याल है?"

"क्या हो रहा है भारत में?" फ्रायड ने अधेड़ की ओर देखा।

"भारत में जो रेप वग़ैरह के केस लगातार सामने आ रहे हैं!...इसको आप किस तरह देखते हैं?"

बुज़ुर्ग फ्रायड ने बिना किसी पसोपेश में पड़े फौरन कहा, "यह कोई अनौखी बात नहीं है!...रेप या इस तरह की घटनायें भारत में ही नहीं, सारी दुनिया में घटित होती रहती हैं!"

सवालकर्ता ने पूछा, "इस तरह की घटनाओं के पीछे आप क्या कारण देखते हैं?"

"मैं क्या कारण बताऊँ!" फ्रायड बोले।

"सर, आप विश्वविख्यात मनोविज्ञानी हैं तो मानव-मन के बारे में कुछ तो बताइये कि जिसके कारण इस तरह की घटनायें घटित की जाती हैं!"

सुनकर बुज़ुर्गवार फ्रायड बोले, "देखो, मानव-मन के भीतर अँधेरे और उजाले के बीच एक तरह का युद्ध चलता रहता है हमेशा! उस युद्ध में कभी अँधेरे पर उजाला हावी होने लगता है, कभी उजाले पर अँधेरा!...तो सब-कुछ इसी पर निर्भर करता है कि किस समय कौन किस पर हावी हो रहा है!" कहकर फ्रायड चुप हो गये।

"ओके सर," प्रश्नकर्ता ने फ्रायड के सामने अगला प्रश्न रखा, "सर, एक और सवाल–'वीमेन-लिब' के बारे में आप क्या सोचते हैं? क्या देह की मुक्ति

ही 'वीमेन लिबरेशन' है? और क्या देह-प्रदर्शन को 'वीमेन-लिब' माना जाना चाहिए?"

सुनकर फ्रायड ने अपनी आँखें प्रश्नकर्ता के चेहरे पर गड़ाते हुए कहा, "देखो, 'वीमेन-लिब' या स्त्री-मुक्ति–ये बिल्कुल अलग चीज है! देह-प्रदर्शन या देह-मुक्ति का इससे कोई वास्ता नहीं है!...देह-प्रदर्शन का एक अलग पहलू है, जिसकी तरफ आमतौर पर लोगों का ध्यान ही नहीं जाता! उसे भी देखो!...यह जो बाज़ार है ना–दुनिया का बाज़ार–जिसे आजकल एक नये नाम से जाना जाता है–'ग्लोबलाइजेशन'! यह नया बाज़ार बहुत ताकतवर है! इतना ताकतवर कि जिस समय जो वस्तु न्यूयॉर्क या लन्दन के मॉल में बिक रही होती है, उसी समय वह भारत के किसी पिछड़े गाँव की झोंपड़ी में खुली दुकान में भी बिक रही होती है!... तो यह, जिसे तुम 'देह-प्रदर्शन' कह रहे हो, वह उस बाज़ार से जुड़ा मामला है! आज किसी भी वस्तु को बेचने व उससे पहले उसके विज्ञापन के लिए स्त्री-देह का इस्तेमाल किया जाता है! दरअसल यह मानव-मनोविज्ञान का व्यापार के लिए इस्तेमाल है! यह मानव-मनोविज्ञान का एक फैक्ट है कि स्त्री या पुरुष के शरीर विपरीत लिंग को स्वाभाविक रूप से आकर्षित करते हैं! तो इसी मनोवैज्ञानिक आधार पर व्यापार के लिए विज्ञापन हेतु स्त्री व पुरुष दोनों के शरीर का इस्तेमाल किया जाता है! पुरुष-शरीर का कम, स्त्री-शरीर का ज्यादा!...तो मेरा कहना है कि स्त्री-देह का प्रदर्शन करना या करवाया जाना बेसिकली एक मार्केटिंग-ट्रिक है! और यह काम उन माध्यमों के मार्फ़त कराया जाता है जो आमोखास लोगों के सम्पर्क में आते हैं। तुमने गौर किया है कभी कि आम लोगों तक पहुँच रखने वाले मीडिया में, स्त्री-देह उन चीजों के विज्ञापन के लिए इस्तेमाल होती है जिन चीजों का उपयोग या उपभोग आम लोग करते हैं! और उच्च वर्ग या खास लोगों तक पहुँच रखने वाले मीडिया–जिनमें अँग्रेजी भाषा के पत्र-पत्रिकाएँ और कुछ वर्चुअल माध्यम शामिल हैं–में स्त्री-देह का इस्तेमाल उन वस्तुओं के विज्ञापन के लिए किया जाता है, जिन्हें वह वर्ग यानी खास लोगों का वर्ग उपयोग में लाता है या खरीदने की सामर्थ्य रखता है! अलग-अलग वर्ग के लिए अलग-अलग विज्ञापन! पर दोनों वर्ग के लिए विज्ञापन में स्त्री-देह मौजूद! इस तरह स्त्री-देह का प्रदर्शन मूलतः तो बाज़ार का एक टूल है!...यह है हकीकत! तो इस हकीकत को समझे बिना, मेरा मतलब है, किसी भी चीज के वास्तविक पर्सपैक्टिव को समझे बिना उसका अनुसरण करने लगना खतरे से खाली नहीं होता!...अब रहा सवाल वीमैन-लिबरेशन का, तो लिबरेशन कभी बाहरी आवरण के कारण नहीं हासिल होता है; वह हासिल होता है भीतर से–भीतर

से मतलब, विचारों से—तर्कसंगत, नैतिक व वैज्ञानिक विचारों से!" कहने के बाद बुजुर्गवार सिग्मण्ड फ्रायड चुप हो गये।

यह देखकर प्रश्नकर्ता ने उनकी तरफ देखते हुए कहा, "थैंक्यू श्रीमान फ्रायड! हमारे कार्यक्रम में शिरकत करने और अपने कीमती विचार व्यक्त करने के लिए थैंक्यू वेरी मच!"

सुनकर सिग्मण्ड फ्रायड मुस्कराये।

उसके बाद मंच पर मौजूद प्रकाश का आयत गायब हो गया।

ततपश्चात मंच पर धूसर रौशनी फैल गयी; और उस धुँधली रौशनी में एक पूर्व-डाकू आया। पूर्व-डाकू ने खादी के कुरता-पाजामा पहन रखे थे और काला चश्मा लगाया हुआ था। उसने अपने दोनों हाथ जोड़कर अभिवादन की मुद्रा अख़्तियार की और कहा, "अब मेरा थोड़ी समाज-सेवा करने का मन है; सो मैं लोकसभा का चुनाव लड़ना चाहता हूँ!...लोकसभा का चुनाव लड़ने का मुझको भी अधिकार है! एमपी बनने का मुझे भी अधिकार है! इसलिए मैं आपसे विनती करने आया हूँ कि चुनाव में मुझे भारी बहुमत से विजयी बनाकर लोकसभा में पहुँचायें! धन्यवाद!" और वह मंच से चला गया।

पूर्व-डाकू के जाने के बाद मंच उज्ज्वल रौशनी से दीप्त हो उठा; और उस पर दस-दस फीट ऊँचाई के लकड़ी के दो खम्भे एक-दूसरे से पच्चीस फीट की दूरी पर खड़े हुए थे तथा उन दोनों खम्भों के ऊपरी सिरों को जोड़ती हुई एक रस्सी तनी हुई बँधी थी!...चंद पलों में मंच पर एक नटिनी-लड़की और एक अधेड़वय आदमी आये। नटिनी-लड़की की उम्र पाँच साल थी। वह एक बेहद मामूली फ्रॉक पहने थी और डरी हुई-सी इधर-उधर देख रही थी। लड़की के साथ आया अधेड़ आदमी उसका बाप था। नटिनी-लड़की चलकर एक तरफ़ के खम्भे के पास पहुँची। उसके साथ ही उसका बाप भी। खम्भे के पास ही ज़मीन पर एक सीढ़ी रखी थी। नटिनी-लड़की के बाप ने उस सीढ़ी को उठाकर खम्भे के सहारे खड़ा कर दिया। उसके बाद उसने अपनी लड़की की ओर देखा। लड़की ने भी उसकी ओर देखा। उसके बाद वह खम्भे के सहारे खड़ी सीढ़ी पर चढ़ने लगी। सीढ़ी पर एक-एक कदम चढ़ती हुई वह खम्भे के ऊपर वहाँ जा पहुँची, जहाँ से तनी हुई रस्सी पच्चीस फीट दूर दूसरे खम्भे तक गयी थी। लड़की के वहाँ पहुँचते ही, उसके बाप ने खम्भे के पास रखी प्लास्टिक की एक छड़ उठाकर उसके हाथों में पकड़ा दी। लड़की ने छड़ को अपने दोनों हाथों के दोनों तरफ़ अन्दाज़ से बराबर-बराबर करके पकड़ लिया। उसके बाद उसने रस्सी पर चलने के लिए अपना पहला कदम आगे बढ़ाया। इसके

साथ ही रस्सी के नीचे मंच पर मौजूद उसका बाप उसकी ओर देखते हुए आगे बढ़ा। लड़की ने दूसरा कदम आगे रखा और वह धीरे-धीरे रस्सी पर आगे बढ़ने लगी। उसके साथ ही रस्सी के नीचे मौजूद उसका बाप ऐसी चौकस निगाहों से उसकी ओर देखता हुआ आगे बढ़ने लगा कि किसी कारणवश यदि लड़की अपना सन्तुलन खो बैठे और गिरने लगे, तो वह फौरन किसी सेफ्टी-नेट की तरह उसे अपने हाथों में थाम ले और ज़मीन न गिरने दे! लड़की अपने दोनों हाथों में छड़ को थामे सन्तुलन बनाती हुई सिर्फ़ रस्सी पर अपना सारा ध्यान बनाये हुए आगे बढ़ रही थी! उस वक़्त मंच की रौशनी सिर्फ़ लड़की और तनी हुई रस्सी पर केन्द्रित हो गयी। लड़की की फ्रॉक से बाहर दिख रही कमउम्र-कमज़ोर टाँगों में हो रही हल्की-हल्की थरथराहट दर्शकों को दिख रही थी। हॉल में सन्नाटा तारी था। दर्शकों की निगाहें नटिनी-लड़की के रस्सी पर चल रहे छोटे-छोटे पैरों पर टिकी हुई थीं; और कभी-कभी जा पहुँचती थीं लड़की के उस मासूम चेहरे पर, जिसकी एकाग्र आँखों में उस वक़्त बेबसी, तकलीफ़ और मुफ़लिसी के साये नज़र आ रहे थे! लड़की की आँखें उस समय सिर्फ़ अधर में तनी रस्सी को देखती हुई गोलाकार हुई जा रही थीं; और उसकी वे एकाग्रता से एकटक देखती गोल हुई जा रही आँखें ही थीं, जिन्हें देख कर दर्शकों के भीतर एक अजीब तरह की व्यथा पैवस्त हुई जा रही थी; और उसके छोटे-छोटे पतले-काँपते-थरथराते पैरों का रस्सी पर आगे बढ़ना उनकी साँसें रोके दे रहा था! नटिनी-लड़की चल रही थी रस्सी के ऊपर; साथ ही उसका बाप चल रहा था रस्सी के नीचे–लड़की पर निगाह टिकाये हुए!...और रस्सी पर कदम-कदम आगे बढ़ती लड़की अन्ततः रस्सी के दूसरे छोर पर जा पहुँची थी! उस वक़्त उसका मासूम चेहरा पसीने से तरबतर हो रहा था! अधर में तनी रस्सी के दूसरे छोर पर आख़िरी कदम रखने तक लड़की की आँखें एक हृदयविदारक तकलीफ़ व बालिगाना एकाग्रता का बयान बनी रही थीं! पर जैसे ही उसने रस्सी के अन्तिम छोर पर पहुँच अगले खम्भे पर अपना पैर रखा वैसे ही उसके मासूम चेहरे पर मुस्कान की एक महीन-सी रेखा उभर आई थी! तब उसके बाप ने खम्भे से सीढ़ी लगाकर उसे नीचे उतारकर अपनी गोद में उठा लिया था। उसके बाद वह उसे गोद में उठाये ही मंच से ले चला था। उस वक़्त नटिनी-लड़की के साथ ही उसके बाप के चेहरे पर भी एक पारदर्शी ख़ुशी नुमायाँ थी!...

शो की आखिरी भागीदार-पाँच साल की कमसिन नटिनी-लड़की–के कारनामे के बाद वह 'मुकाबला बामक़सद' पूरा हो गया था।

उसके बाद सबको इन्तज़ार था उस 'बामक़सद मुकाबले' के फैसले का!

थोड़ी देर के बाद उस शो के फैसलाकुन की आवाज़ सुनाई दी, "आज के शो के कारनामों के मक़ासिद के बिनाह पर इनाम व सज़ा का फैसला ले लिया गया है! कुछ कारनामों के मक़ासिद निहायत मामूली थे; कुछ के सराहनीय; कुछ के बेहद काबिलेतारीफ़! किन्तु इन्हीं कारनामों में दो कारनामे ऐसे थे, जिनमें से एक कारनामा इनाम का हकदार पाया गया है और दूसरा सज़ा का! आज के शो का सबसे बेहतरीन मक़सद वाला कारनामा वह था जिसमें एक मनोरंजक भाषण दिया गया था-वह भाषण दर्शकों के मनोरंजन के मक़सद को बख़ूबी पूरा करता था–भाषण का वह कारनामा था 'बहुरूपिया हत्यारे' का! अत: 'बहुरूपिया हत्यारा' बतौर इनाम एक ऊँचे ओहदे का हकदार बनता है! और आज के शो का सबसे बदतरीन मक़सद वाला कारनामा वह था जिसमें पाँच साल की एक लड़की ने अधर में टँगी रस्सी के ऊपर चल कर दिखाया था–लड़की के रस्सी पर चलने के कारनामे का इसके अलावा और कोई मक़सद नज़र नहीं आता कि वह ख़ालिस रूप से ग़रीबी और भूख का इज़हार था; क्योंकि इतनी कमउम्र लड़की मनोरंजन का मतलब ही नहीं समझ सकती है–वह तो ग़ुरबत के कारण चार पैसे कमाने की इच्छा को पूरा करने के लिए ही ऐसा काम करती है। तो प्रकारान्तर से नटिनी-लड़की का रस्सी के ऊपर चलने का वह कारनामा देश की ग़रीबी व भूख को जाहिर करने के मक़सद वाला था! अत: नटिनी-लड़की अपने बाप सहित क़ैदख़ाने में डाल दिये जाने की सज़ा की हकदार बनती है!"

यह सुनने के बाद, हॉल के भीतर सन्नाटा तारी हो गया था–वैसा ही सन्नाटा, जैसा किसी बेआवाज़-चीख़ से बनी ख़ामोशी के बाद निर्मित होता है!

रियलिटी-शो ख़त्म हो चुका था; और इसके साथ ही मंच से रौशनी गायब हो गयी थी तथा मंच पर निचाट अँधेरा पसर गया था!...

उस रियलिटी-शो को देखने के बाद, टीवी पर छाये अँधेरे के सामने बैठे उस आदमी ने अचानक फिर अपने नथुनों में वैसी ही सड़ाँध महसूस की, जैसी बरसों पहले स्कूल से अपने कमरे पर लौटने के बाद की थी!...उस सड़ाँध के बीच उस समय वह एक दुविधा में फँसा हुआ था–दरअसल वह उस समय यह तय नहीं कर पा रहा था कि उस रियलिटी-शो में भालसिंह उर्फ़ 'भाला', 'बहुरूपिया हत्यारा' था या फिर 'फैसलाकुन'?...बहरहाल, उस ऊहापोह के साथ ही उसके नथुनों में मुसलसल भरती जा रही सड़ाँध उसका साँस लेना मुहाल किये दे रही थी!... ❑

लयभंग

बीस-इक्कीस दिनों की उगी हुई दाढ़ी ने जगदीशशरण के चेहरे को दार्शनिकों की-सी सूरत दे रखी थी; पर उन्हें गोया इसका पता ही न था! उन दिनों वे अपने-आप से बहुत दूर चले गये थे! पहले हमेशा रोज़ सवेरे समय पर शेविंग करना उनकी दिनचर्या के शुरुआती कामों का हिस्सा रहा आया था। पर उस 'घटना' ने सब-कुछ उलट-पुलट कर रख दिया था; और तब से वे ख़ुद से बेख़बर हो कर रह गये थे; और उनके भीतर सवालों की एक गुत्थमगुत्था भीड़ थी, जो उन्हें चैन न मिलने देती थी!...

जगदीशशरण ने अपनी अब तक की ज़िन्दगी को गोया तराश कर चमकदार बनाया हुआ था...यह अनुशासन का नतीजा था–जीने के उस अनुशासन का, जो उन्हें विरासत की तरह मिला था; और आदत की तरह भी! उनके ख़ानदान को अनुशासन एक मूल्य की तरह मिला रहा आया था और वह देश के उन गिने-चुने घरानों में से एक रहा आया था जो हमेशा पाक-साफ़ रहे आये और जिनके साथ कभी कोई ऐसी-वैसी बात नहीं जुड़ सकी!...अपने पिता का कहा उन्हें हमेशा याद रहा आया था, "देखो जगदीश! अनुशासन जीवन की लय होता है!...अगर मनुष्य की ज़िन्दगी में से अनुशासन को निकाल दिया जाय, तो कितनी बदसूरत हो जायेगी वह ज़िन्दगी!...दुनिया के जर्रे-जर्रे में पैवस्त अनुशासन ही उसे सुन्दर बनाता है!... नहीं तो, यदि पेड़ से उसका फल बड़ा दिखायी दे तो कैसा लगेगा?...उसी तरह मनुष्य के शरीर में उसका प्रत्येक अंग एक निश्चित अनुपात व सामंजस्य के साथ होता है; पर जहाँ यह अनुपात व सामंजस्य गड़बड़ा जाता है वहीं बदसूरती आ बैठती है...भैंगी आँखों वाला आदमी कैसा लगता है–देखा है?...और अनुशासन सिर्फ़ बाहर का ही नहीं होता; भीतर का भी होता है!..." कहते हुए उन्होंने अपनी सारंगी पर निगाह डाली थी और उसके समतल चिकने हिस्से पर धीरे-से हाथ फेरा था जैसे किसी मासूम बच्चे को दुलार रहे हों, "अब इस सारंगी को ही देखो...यदि

इसका एक भी तार अपना अनुशासन खो बैठता है तो यह कितनी बेसुरी हो जाती है, बताने की ज़रूरत नहीं!..." कह कर उन्होंने अपनी चमकती आँखों से उन्हें, यानी अपने बेटे को इस तरह देखा था जैसे जाँच रहे हों कि उनके कहे का कुछ असर उस पर हुआ है कि नहीं!...

उनके पिता मशहूर सारंगीनवाज़ थे। जब वे अपना साज़ बजाते थे तब सारी दुनिया को भूल जाते थे। उन्होंने अपने ख़ानदानी परम्परागत हुनर को आगे बढ़ाया था। पीढ़ी-दर-पीढ़ी चली आ रही संगीत की परम्परा का हुनर!...वे सहृदय थे। अलबत्ता अपने बेटे के प्रति इस मायने में अत्यन्त कठोर भी थे कि उसे एक अच्छे इंसान के रूप में देखना चाहते थे; और इसकी ख़ातिर, उससे ज़रा-सी भी लापरवाही-जिसे वे अनुशासन टूटना मानते थे-होते ही, अपना सारा लाड़-प्यार भुला कर, उसको अपने हाथों थप्पड़ों से पीट डालते थे। इस मामले में उनको किसी भी क़िस्म की कोई ढील बर्दाश्त न होती थी। और उनकी उस अनुशासनप्रियता का परिणाम ऐसा सुखकर आया कि आगे चलकर उनका बेटा जगदीशशरण अनुशासन की डोरी पर चलने में हमेशा सफल रहा! यही नहीं, वह अपने सुर-साधक पिता का हमेशा कृतज्ञ रहा कि उन्होंने एक अच्छे पिता की भूमिका का निर्वाह करते हुए उसे एक अनुशासित, मेहनती और अच्छा इंसान बनाने में कोई कसर न छोड़ी!...

और समय के बदलने के साथ 'वह' अब 'वे' हो चुका था।

हालाँकि पिता के जीते जी ही देश की हवायें बहुराष्ट्रीय आँधी में बदलने लगी थीं; दुनिया एक गाँव कही जाने लगी थी; समय को 'उत्तरआधुनिक' नाम का परचम थामे चलता पाया जाने लगा था; मनुष्य की हैसियत एक वस्तु-जैसी आँकी जाने लगी थी; परन्तु पिता का कलाकार-मन हमेशा अपनी सारंगी के सुरों के साथ ही जुड़ा रहा और दुनिया की बाँकी-टेढ़ी चाल से उनका कुछ लेना-देना नहीं बन पाया था।

पर जगदीशशरण न 'पिता' थे; न ही पिता की तरह कलाकार! वे दुनियादार थे। अलबत्ता पिता के अनुशासन से गहरे जुड़े हुए! उन्होंने अपना पैतृक-पारम्परिक संगीत का संसार नहीं अपनाया था; बल्कि उसकी जगह उन्हें समय के हिसाब से ठीक लगा था कि वे कोई ऐसा काम करें जो आने वाली पीढ़ी को भी कुछ दे और उनकी अपनी आजीविका भी चलती रहे। इसलिए उन्होंने शिक्षण का पेशा अपनाया था—छोटे-छोटे बच्चों को पढ़ाने का काम!

वे पहली से लेकर पाँचवीं कक्षा तक के बच्चों को पढ़ाते थे; और नाकाफ़ी तनख़्वाह के बावजूद इस कारण ख़ुश थे कि वह कर पा रहे थे जो करना चाहते

थे। अनुशासन से उन्होंने अपनी ज़िन्दगी को अपने पिता की सारंगी के तारों की तरह कस रखा था; और अपनी ज़िन्दगी के अनुशासन को वे अपने विद्यार्थियों तक भी पहुँचाने में कोई कोर-कसर नहीं रखते थे! काग़ज़ के पन्नों पर मौजूद पाठ के हरएक वाक्य की उनकी व्याख्या पर, पूर्णविराम ज़िन्दगी और उसके अनुशासन का ही होता था!

स्कूल बेशक प्राइवेट था! और वह शहर की एक झुग्गी-बस्ती में था! ज़ाहिर है, उसमें पढ़ने आने वाले बच्चे निचले तबके के थे! इस स्कूल में काम करते हुए उन्हें लगभग दस साल होने जा रहे थे।

स्कूल 'जनाकांक्षा' नाम की एक समाजसेवी संस्था के द्वारा चलाया जा रहा था, जिसमें पढ़ने वाले विद्यार्थियों से कोई फीस नहीं ली जाती थी। यह कुछ ऐसे लोगों के एकजुट होने से बनी संस्था थी जिनके सपने रंगबिरंगे नहीं बल्कि धूसर, दुनियावी और उनकी अन्तरात्मा के पसन्द के थे। 'जनाकांक्षा' विद्यार्थियों से फीस न लेते हुए भी अपने साथ कुछ ऐसे प्रतिबद्ध-जैसे शिक्षकों को जोड़े हुए थी जो कम-से-कमतर वेतन लेकर अपने मन का काम यानी शिक्षण-कार्य करने के लिए राज़ी थे। मसलन, जगदीशशरण!...संस्था ने स्कूल के शिक्षकों एवं कर्मचारियों के लिए कुछ सुविधायें उपलब्ध करा रखी थीं, जिनमें से एक थी 'बीच की छुट्टी' में उपयोग के लिए संचालित कैन्टीन!...

...उस समय जगदीशशरण 'बीच की छुट्टी' के दौरान स्कूल की कैंटीन में थे। उनके पास बैठे मुकुन्द माटसाब ने चाय पीते हुए, अपने भीतर की पतली-सी आशंका की झलमली को उनके साथ बाँटना चाहा और उनकी तरफ़ देखते हुए कहा, "शरण जी, सुनने में आ रहा है कि यह स्कूल जल्दी ही बन्द हो जायेगा!"

"क्यों?" उनके मुँह से निकला; और वे मुकुन्द माटसाब के चेहरे की ओर ग़ौर से देखने लगे कि उन्होंने यह बात किस आशय से कही है और वहाँ कुछ गम्भीर-जैसा नज़र आ रहा है या यों ही-सा कुछ!

उन्हें मुकुन्द माटसाब के चेहरे और आँखों में फ़िक्र और उदासी का पारदर्शी घोल फैला हुआ दिखा। वे उनके 'क्यों?' का जवाब देने की कोशिश कर रहे थे, "सुनते हैं कि कुछ लोग इस जगह पर मल्टी बनाना चाहते हैं...शॉपिंग कॉम्प्लेक्स!... इस जगह को करोड़ों-अरबों के कारोबार की जगह में बदलना चाहते हैं वे!" कह कर उन्होंने अपने पास बैठे शरण जी के चेहरे पर इस आशय के साथ देखा कि वे इस बारे में क्या सोचते हैं; और अपनी बात को आगे बढ़ाया, "आप तो जानते हैं शरण जी, उस लिहाज से यह जगह कितनी क़ीमती है!"

मुकुन्द माटसाब से यह सुन कर उनके भीतर एक चकरघिन्नी-सी घूमने लगी थी। उन्होंने कहा, "यह किसने बताया आपको?"

"अरे, दो-चार दिन से बहुत उड़ रही है यह बात...अपने स्टाफ़ के ज़्यादातर लोग इस बारे में बात करते हैं!" मुकुन्द माटसाब ने जवाब दिया।

सुन कर उन्होंने मुकुन्द माटसाब से कहा, "पर 'जनाकांक्षा' वाले इसके लिए राज़ी हैं क्या?"

"देखो," मुकुन्द माटसाब बोले, "उस तरह तो यह जमीन किसी की नहीं है...सरकारी है!...और यह 'जनाकांक्षा'-जैसी, गरीबों के लिए काम करने वाली समाजसेवी संस्था के नाते, सरकार ने उसे उपयोग के लिए दे रखी है...या पता नहीं, कैसे क्या है!...पर इतना मुझे मालूम है कि है यह सरकारी जमीन ही!" कह कर उन्होंने जगदीशशरण के चेहरे पर नज़रें गड़ाईं; फिर आगे कहा, "पर ये मल्टी बनाने वाले लोग कौन हैं; और इस सरकारी जमीन पर ऐसा कैसे हो सकता है? यह मेरी समझ में नहीं बैठता!"

सुन कर जगदीशशरण के भीतर से आवाज़ आई, "होने को आज के समय में क्या नहीं हो सकता?...कुछ भी हो सकता है!" पर यह कहते हुए उनके चेहरे पर निश्चिन्तता का उजास नहीं था जो कि वहाँ प्राय: रहा करता था।...

उसके बाद, चाय ख़त्म होने के साथ ही दोनों उठ कर अपने-अपने काम पर चले गये थे।

उसके बाद के दिनों में कई तरह की खबरें उनके कानों तक आती रही थीं... कभी सुनाई देता कि 'जनाकांक्षा' वालों से 'उन' लोगों का सौदा पट गया है और कुछ दिनों में स्कूल बन्द कर दिया जायेगा; और यह जगह 'उन' लोगों के लिए ख़ाली कर दी जायेगी!...कभी किसी के मुँह से सुनने को मिलता कि 'उन' लोगों ने 'जनाकांक्षा'-स्कूल-प्रबन्धन को धमकी दी है कि...!...कभी कोई बताता कि 'जनाकांक्षा' वालों ने स्कूल बन्द करने व स्कूल छोड़ने से साफ़ इनकार कर दिया है कि...!...इसी तरह की, जितने मुँह उतनी बातें! कभी कुछ, तो कभी कुछ!...और फिर कुछ दिनों में वे सारी बातें आई-गयी हो गयी थीं! उस बारे में कहीं कोई चर्चा नहीं रह गयी थी! सब-कुछ सामान्य-जैसा हो गया था।

और इस तरह की उस सामान्यता के साथ क़रीब छह महीने गुज़र गये थे।

उसके बाद, एक दिन, वह दिन उनके रूबरू आ खड़ा हुआ था...वह दिन यों बिल्कुल मामूली-सा था; पर जैसा कि होता है, उस मामूली-से दिन में भी कुछ ग़ैरमामूली गतिविधियाँ परिवेश में थीं–जैसे कि उस दिन ब्रह्माण्ड-सुन्दरी-कांटेस्ट-

आयोजन में भाग लेने के लिए 'भारत-सुन्दरी' ने रवानगी डाली थी; जैसे कि शहर में उस दिन केन्द्रीय गृहमन्त्री का आगमन हुआ था; जैसे कि उस दिन शेयर बाज़ार के राष्ट्रीय सूचकांक में भारी उछाल की ख़बर अख़बारों में थी; जैसे कि उस दिन शहर के एक सम्भ्रान्त इलाके में एक मल्टीप्लैक्स का उद्घाटन होने जा रहा था; जैसे कि मौसम विभाग ने उस दिन कुछ ज़्यादा ठण्ड पड़ने की सम्भावना व्यक्त की थी...

पर इस सब के बावजूद जगदीशशरण स्कूल में चौथी कक्षा के विद्यार्थियों को पढ़ाने में मशगूल थे। कक्षा के विद्यार्थी भी उनकी बातें ग़ौर से सुनने और समझने में मुब्तिला थे। और जैसा कि प्रायः होता था, पढ़ाई के उस दिन के पाठ में भी आनुषंगिक तौर पर अनुशासन उपस्थित था। उस समय विद्यार्थियों से मुख़ातिब उनके शब्द थे, "देखो, प्रकाश सरल रेखा में यानी सीधा चलता है...इसमें एक ख़ास बात है!...वह क्या है?...इसे इससे ठीक उलट उदाहरण से समझा जा सकता है–वह यह कि अँधेरा सरल रेखा में नहीं चलता है!...इन दोनों में फ़र्क यह है कि प्रकाश अनुशासन का हामी होता है; और अँधेरा नहीं!..." आगे वे अपने सामने बैठे बच्चों के बौद्धिक स्तर के मुताबिक अधिक स्पष्ट व सरल बनाने के लिए मुँह खोल ही रहे थे कि अचानक उनकी निगाह कमरे की खिड़की पर जा अटकी, जहाँ आग की कुछ छोटी-लम्बी, पीली-नारंगी चलायमान जीभें लपलपा रही थीं! वे यह देख कर हैरत में पड़ गये और उनके मुँह से अनायास निकला, "अरे, आग...!"

अचानक उनके हैरतज़दा हाव-भाव देख और मुँह से 'अरे, आग...!' शब्द सुन कर कक्षा-भर के बच्चों का ध्यान खिड़की पर लपकती आग पर जा पहुँचा और उनके चेहरों पर भय दिखायी देने लगा और उन्होंने प्रतिक्रिया में कुछ-न-कुछ कहा। उनके बीच हलचल मच गयी। वे आग से बचने की ख़ातिर उठने-दौड़ने-भागने और पंछियों की तरह फड़फड़ाने की मुद्रा में आ गये।

यह देख कर उन्होंने बच्चों से कहा, "सब लोग शान्ति से अपनी-अपनी जगह पर बैठ जाओ!...कुछ नहीं होगा!...मैं बाहर जाकर देखता हूँ...तुम-सब इधर-उधर मत भागना!" कह कर वे कमरे के दरवाज़े से होकर बाहर की तरफ़ दौड़े।

सुन कर आज्ञाकारी व अनुशासित बच्चे अपनी-अपनी जगह पर बैठ गये; और खिड़की पर आग की और-और लम्बी होती जाती जीभों को देखते रहे।

कमरे से बाहर पहुँचते ही जगदीशशरण के होश फ़ाख्ता हो उठे–वहाँ का नज़ारा ख़ौफ़नाक था–समूचे स्कूल-कैम्पस में आग की उद्दण्ड लपटों का ताण्डव मचा था; शिक्षकों और विद्यार्थियों की अपने बचाव के लिए मची अफ़रा-तफ़री थी; शोर था; और आसपास से जुट आये लोगों की हल्ला मचाती भीड़ थी।

उन्हें एक क्षण को ताज्जुब हुआ कि यह शोरगुल उन्हें अपनी कक्षा में क्यों नहीं सुनायी दिया था; और, क्या वे अपने काम में इतने लीन थे कि कमरे के बाहर की दुनिया की ख़बर उन तक नहीं पहुँच पा रही थी! वे अब अवाक और किंकर्तव्यविमूढ़ की स्थिति में भौंचक्के-से खड़े उस आग से ख़ुद को बचाने की भी चिन्ता से बाहर थे। भीड़ में से कई लोग यथासाधन और यथासामर्थ्य आग बुझाने के काम में लग गये हुए थे। पूरा परिवेश शोरोगुल तथा अफ़रा-तफ़री से भर गया हुआ था।...तभी अचानक उन्हें अपने उन विद्यार्थियों का ख़याल आया, जिन्हें वे कक्षा में अपनी-अपनी जगह बैठने के लिए कह कर आये थे। वे तेज़ी से अपनी कक्षा की ओर दौड़े; पर कमरे के दरवाज़े के पास पहुँच कर उन्होंने पाया कि आग कमरे के दरवाज़े के किवाड़ों और दूसरे हिस्सों को अपनी गिरफ़्त में ले चुकी थी; और उनके भीतर जाने का रास्ता रोके खड़ी अपनी लम्बी-लम्बी जीभें लपलपाती हुई अट्टहास कर रही थी!...अब उन्हें कुछ नहीं सूझ रहा था कि वे क्या करें!...कुछ ही क्षणों में वे आग से घिरे अपने पढ़ाई-कमरे की ओर मुख़ातिब ज़ोर-ज़ोर से अपने उन विद्यार्थियों के नाम ले-ले कर पुकार रहे थे जिनकी उम्र नौ-नौ, दस-दस साल थी और जिन्हें वे पिछले चार सालों से जानते थे और जिन्हें वे कक्षा में अपनी-अपनी जगह पर बैठने के लिए कह कर आये थे, "अरे नरेशा!...रामनगीना!...बिन्द्रावन!... शमशाद!...बैजन्ती!...बेबी!...ज्ञानचन्द!...सोबरन!..."

वे लगातार चिल्लाते हुए अपने विद्यार्थियों के नाम पुकारे जा रहे थे; पर उधर से किसी भी बच्चे का कोई जवाब नहीं आ रहा था...

...और अगले दिन के स्थानीय अख़बार में ख़बर पहले पेज से लेकर तीसरे-चौथे पेज तक पसरी हुई थी : 'अग्निकाण्ड में 16 स्कूली बच्चों की मौत' शीर्षक से छपी ख़बर के साथ, घटना-स्थल और मृत बच्चों के फोटोग्राफ; और साथ ही विद्यालय के संचालन से जुड़ी संस्था 'जनाकांक्षा' के पदाधिकारियों के द्वारा घटना की न्यायिक जाँच की माँग और अग्निकाण्ड के पीछे किसी गहरी साजिश के होने की आशंका व्यक्त किये जाने के सम्बन्ध में वक्तव्य प्रकाशित थे...

जगदीशशरण के सामने अख़बार था; और उनके भीतर सब-कुछ उलट-पुलट गया था–वहाँ अब सवालों की भीड़ थी–समय और चेतना के द्वन्द्व से पैदा हुए सवाल-दर-सवाल–नैतिकता, सामाजिकता, अनुशासन और व्यवस्था से सम्बन्धित सवाल-ही-सवाल!...और उनकी आँखों में आ रहे थे, उन अनुशासित व आज्ञाकारी बच्चों के मासूम चेहरे, जो झुग्गियों से आते थे और उनकी कक्षा में पढ़ते थे!...

उनके कानों में गूँज रही थीं वे ख़बरें जो कुछ महीनों पहले लगातार सुनने में आती रही थीं...मुकुन्द माटसाब उनसे कह रहे थे, 'शरण जी, सुनने में आ रहा है कि यह स्कूल जल्दी ही बन्द हो जायेगा!'...'सुनते हैं कि कुछ लोग इस जगह पर मल्टी बनाना चाहते हैं...शॉपिंग-कॉम्प्लैक्स!...इस जगह को करोड़ों-अरबों के कारोबार की जगह में बदलना चाहते हैं वे!'...'उस लिहाज से यह जगह कितनी कीमती है!'...'उस तरह तो यह जगह किसी की नहीं है...सरकारी है!'...'पर ये मल्टी बनाने वाले लोग कौन हैं; और इस सरकारी जमीन पर ऐसा कैसे हो सकता है?... यह मेरी समझ में नहीं बैठता !'...बाद में सुनी गयी बातें भी उनके कानों में गूँज रही थीं कि 'जनाकांक्षा' वालों से 'उन' लोगों का सौदा पट गया है!...और यह भी कि 'जनाकांक्षा' वालों ने स्कूल की जगह छोड़ने से साफ़ इनकार कर दिया है कि...और यह भी कि 'उन' लोगों ने 'जनाकांक्षा'-स्कूल-प्रबन्धन को धमकी दी है कि...!... और उनकी आँखों के सामने बार-बार वह आगज़दा मंज़र नमूदार हो-हो जा रहा था जिसमें वे असहाय खड़े, छोटे-छोटे बच्चों सहित स्कूल को जलता हुआ देख रहे थे!...लौट-लौट कर उनकी आँखों में अपनी कक्षा के उन बच्चों के चेहरे आ-आ जा रहे थे जो अब अख़बार की ख़बर बन चुके थे!

अख़बार बेशक उनके लिए महज़ बाहरी सूचना का जरिया था। पर उनके भीतर की सूचना उन्हें ज़्यादा परेशान किये हुए थी–उनके भीतर जैसे किसी ने खुरच-खुरच कर लिख दिया था–'हम अब नरभक्षी की गिरफ़्त में आ गये हैं–उस नरभक्षी की गिरफ़्त में, जो किसी अनुशासन को पसन्द नहीं करता!'...और इसके साथ ही उनके भीतर मौजूद सवालों की भीड़ में से कुछ ऐसे सवाल उनके सामने बार-बार तन कर खड़े हो-हो जा रहे थे, जिनसे आँख मिलाने का ताव उनके पास न था!... ❑

अकाल-साक्षी

उसके तीन आँखें थीं; चार कान थे; पैरों में पंख थे; मगर हाथ एक भी न था! वह अपनी तीन आँखों से भूत, वर्तमान और भविष्य को देखता था; चार कानों से चतुर्दिक की आवाज़ों को सुनता था; पैरों से चलता व उड़ता था; और हाथहीन होने के बावजूद, बतर्ज़ 'कर बिनु करम करै बिधि नाना' सारे काम सम्पन्न करता था! वह कालपुरुष था!...और वह उस वक़्त वर्तमान को देखने वाली आँख से शहर की एक निम्नमध्यमवर्गीय कॉलोनी के एक घर में मौजूद कलानाथ को देख रहा था!... कलानाथ को कुछ देर तक देखते रहने के बाद उसे लगा था कि वे अतीत के गाँव-निवासी दुर्गाबाबू के, शहरवासी नये संस्करण हैं! तो उसने कलानाथ को समझने से पहले, दुर्गाबाबू को समझने का फैसला किया और अपनी वर्तमान को देखने वाली आँख को बन्द कर, अतीत को देखने वाली आँख खोल ली। उसके बाद वह सन 1988 में मौजूद दुर्गाबाबू को देख रहा था :

...दुर्गाबाबू गाँव में थे। उनका एक बेटा था–देवदत्त, जिसको वे देवू कहते-पुकारते थे। देवू धीरे-धीरे बड़ा हो रहा था; और इसके साथ ही दुर्गाबाबू उससे अपनी बहुतेरी आशायें-कल्पनायें बाँधते रहते थे। उनके अनेक मनसूबे थे, जिनमें से एक यह था कि बेटे को अच्छी-से-अच्छी शिक्षा दिलायेंगे–अँग्रेज़ी माध्यम से पढ़ायेंगे! उनका ख़याल था कि ज़माने में अँग्रेज़ी पढ़े-जाने बिना कोई पूछता है भला! अँग्रेज़ी बिना पढ़े को छोटी-मोटी नौकरी भले हासिल हो जाय; पर अफ़सर बनना उसके बूते की बात नहीं होती! अफ़सर तो अँग्रेज़ी माध्यम वाले स्कूलों में अँग्रेज़ी-पढ़े लोग ही बन पाते हैं!...

मगर बेटा जब स्कूल में दाख़िल किये जाने की उम्र का हुआ और उसे स्कूल में दाख़िल कराने का अवसर आया, तब दुर्गाबाबू का मनसूबा धरा-का-धरा रह गया; क्योंकि गाँव में अँग्रेज़ी माध्यम वाला स्कूल कहाँ?...तो मन मार कर उन्होंने उसे गाँव के उसी सरकारी स्कूल में भर्ती करा दिया जिसमें ख़ुद पढ़ाते थे!

पर देवू की मेधा निराली निकली–वह सरपट किताब पढ़ता, गिनती-पहाड़े बोलता! दुर्गाबाबू बेटे की प्रतिभा को देख कर ख़ुश होते; मगर उनके भीतर गुड़ की कंकरी की तरह यह बात बार-बार किरकिराती रहती कि देवू को यदि किसी अच्छे अँग्रेज़ी माध्यम वाले स्कूल में पढ़ने का अवसर मिल जाता तो उसका भविष्य बना-बनाया रक्खा था!

यही वजह थी कि वे जब देखो तब देवू के भविष्य को लेकर चिन्तित बने रहते! विशेष तौर पर उसे जब गाँव के अवरुद्ध-भविष्य बच्चों के बीच देखते तब! वे सोचते कि सरकारी स्कूल में पढ़ने वाले उन तमाम बच्चों का तो भूत, वर्तमान और भविष्य अँधेरे से अँधेरे तक ही है! उन्हीं-जैसों के लिए तो बनी है कहावत–'ओनामासीधम... बाप पढ़े ना हम!' परन्तु देवू तो एक पढ़े-लिखे बाप का बेटा है! तो फिर उसका भविष्य क्यों अँधेरे में रहे? सोचते थे दुर्गाबाबू यानी सरकारी स्कूल के शिक्षक दुर्गा प्रसाद! वे इस बारे में, आये दिन अपने शिक्षक साथियों से भी अपनी चिन्ता जाहिर करते रहते थे!...

एक दिन, स्कूल की मध्याह्न-छुट्टी के समय मेज के इर्द-गिर्द बैठे साथी शिक्षकों को मुख़ातिब दुर्गाबाबू ने कहा, "एक बात है, टीवी आज के समय में बहुत ज़रूरी चीज है!..."

सुन कर, किसी को भी यह बात समझ में नहीं आई कि दुर्गाबाबू ने अचानक टीवी का ज़िक्र क्यों छेड़ा! हालाँकि उनकी बात पर सभी ने अपनी-अपनी तरह से प्रतिक्रिया व्यक्त की। एक ने तुरन्त कहा, "हाँ, ज़रूरी तो बहुत है! एक से एक बढ़िया सीरियल आते हैं! और 'रामायण' तो...क्या ही बढ़िया आ रही है 'रामायण'!...मजा आ जाता है!"

"और बच्चों के लिए भी तो नॉलेज वाले कार्यक्रम आते हैं! आजकल शिक्षा के कार्यक्रम भी आते हैं–इस दृष्टि से भी बहुत ज़रूरी हो गयी है टीवी!" दुर्गाबाबू बोले।

यह सुनने के बाद साथी शिक्षकों की समझ में आ गया कि दुर्गाबाबू ने अचानक टीवी का ज़िक्र क्यों छेड़ा है!

तो अभी 'रामायण' की तारीफ़ कर चुके शिक्षक ने कहा, "हाँ, शिक्षा के कार्यक्रम भी हैं! पर भैया, असली देखने की चीज तो 'रामायण' है!...और कुछ देखो न देखो; पर 'रामायण' वाह! क्या कहने रामायण के!" उसने चुस्की-सी चूसी।

"और प्रधानमन्त्री का फोटू?" शहर से आने वाले शिक्षक ने तनिक तंजिया लहजे में कहा, "प्रधानमन्त्री का फोटू देखने की चीज नहीं है क्या?...समाचारों में आधे टाइम तो वही दिखता है!"

"वो तो है!...पर दूसरी चीजें भी हैं!"

"कुछ भी हो; कुल मिलाकर चीज जनरल-नॉलेज बढ़ाने वाली है!...है कि नहीं?" कह कर दुर्गाबाबू ने अपनी बात की पुष्टि के लिए सबकी ओर देखा।

"ये बात तो है!" शहर से आने वाले शिक्षक ने कहा, "दुनिया की कोई भी चीज कुछ-न-कुछ नॉलेज तो बढ़ाती ही है!"

इस बात पर अन्यों ने सहमति में सिर हिलाये थे।

उसके बाद दुर्गाबाबू का विचार दृढ निश्चय में बदल गया था। यों तो कई दिनों से उनके दिमाग़ में चल रही थी यह बात कि देवू के भविष्य की दृष्टि से, और-कुछ न सही; पर घर में टीवी ले आना बहुत ज़रूरी है! जमाने की माँग है यह! न कर सके उसे किसी अँग्रेज़ी माध्यम वाले स्कूल में भर्ती, तो न सही! पर घर में ऐसी चीज़ आ जाय कि जिसके जरिये घर-बैठे दुनिया-जहान की ख़बरें, विचित्र-से-विचित्र और दुर्लभ-से-दुर्लभ जानकारियाँ मिलती रहें, तो तमाम स्कूल एक तरफ़, वह एक तरफ़! फिर सारी बात बच्चे की बुद्धि पर निर्भर करती है! और देवू की बुद्धि के क्या कहने!...उन्होंने तय कर लिया कि जल्द-से-जल्द घर में टीवी ले आयेंगे वे!

उस दिन के बाद, दुर्गाबाबू रोज़ाना फंतासी में देखते कि समूची दुनिया सिमट कर उनके कमरे में–कमरे के एक कोने में रखी मेज़ के ऊपर रखे डिब्बे में–आ गयी है; और देवू उसे टकटकी लगाये देख रहा है!...वह देख रहा है कि दुनिया के कौन-से हिस्से में क्या हो रहा है–वह देख-समझ रहा है कि मिखाइल गोर्बाचेव कौन है!...वह देख रहा है कि ईरान-इराक-युद्ध कितना भयानक है!...वह देख रहा है कि भारत में उग्रवादियों द्वारा गोलियों से भून दिये गये लोग मासूम हिन्दुस्तानी हैं!...वह देख रहा है कि रोनाल्ड रीगन का चेहरा कैसा दिखता है!...वह देख रहा है कि देश का प्रधानमन्त्री किस प्रकार के भाषण देता है!...और!...

...और एक दिन वह आयताकार डिब्बा उनके कमरे की मेज़ पर आ विराजमान हुआ था, जिसके ब्लैक एण्ड व्हाइट परदे पर पल-पल रंग बदलती दुनिया दिखायी देती थी!

उस दिन दुर्गाबाबू ने देवू को हिदायत दी थी, "पढ़ने के साथ-साथ इसे भी देखा करो! बहुत ज्ञान बढ़ाने वाली चीज है! ध्यान लगा कर देखा करो, समझा करो!"

सुन कर देवू ने हामी में सिर हिलाया था।

उस दिन के बाद, देवू दुर्गाबाबू की हिदायत के पालन में नियम से टीवी देखता था।

टीवी और देवू से वाबस्ता कुछ समय दुर्गाबाबू की हिदायत और इच्छा के अनुसार बीता। मगर उसके बाद, जो कुछ हुआ, वह दुर्गाबाबू के लिए किसी ख़ौफ़नाक सपने की तरह था।

...देवू चौथी कक्षा में पास हो गया था। स्कूल की गर्मी की छुट्टियाँ चल रही थीं। 18 मई के दिन पड़ोस के घर में शहर से चार बच्चे गर्मी की छुट्टियाँ बिताने आ गये थे। आते ही वे घर से निकले; और गली में बेपनाह शोर-शराबा करते हुए उछल-कूद मचाने लगे थे; गोया उन्हें ज़िन्दगी में पहली बार यह-सब करने की छूट मिली हो जिसका वे भरपूर लाभ उठाना चाहते हों!...

दरयाफ़्त करने पर दुर्गाबाबू को मालूम हुआ था कि वे रामखिलावन के बच्चे हैं जो गर्मी की छुट्टियाँ मनाने अपनी मम्मी के साथ गाँव अपने दादा के घर आये थे! रामखिलावन के बारे में दुर्गाबाबू को जानकारी थी कि वह उन दिनों तहसीलदार था! दुर्गाबाबू ने उसे तो बरसों से नहीं देखा था; अलबत्ता उसके बच्चों को देख कर उनको अन्दाज़ा हो गया था कि रामखिलावन तहसीलदार होने के साथ ही, 'बड़ा आदमी' भी हो गया है! तभी तो उसके बच्चे 'ऐसे' हैं!

देवू ने उस दिन उन बच्चों को उछलते-कूदते व शोर-शराबा करते चुपचाप देखा। उस दिन उन बच्चों का उछलना-कूदना और ऊधम करना देखते हुए उसका भी वैसा ही करने का मन होता रहा। लेकिन अपरिचितों के साथ जा पहुँचने में उसे हिचक बनी रही; और वह चुपचाप उन्हें देखता रहा।

उसके बाद के दिन तक देवू को पता लग गया कि पड़ोस के घर में शहर से आये उन बच्चों के नाम संजू, बंटी, दीपू और रूबी हैं।

उस दिन की शाम को संजू, बंटी, दीपू और रूबी को जब यह पता चला कि पड़ोस के घर में टीवी है, तो वे ख़ुशी के मारे तालियाँ बजाने लगे थे। रामखिलावन की पत्नी उर्फ़ 'तहसीलदारनी' की तो पड़ोस के घर में टीवी होने की ख़बर से गोया जान में जान आ गयी थी! उन्होंने ख़ुश होते हुए कहा था, "चलो, यह अच्छा हुआ कि यहाँ टीवी है!...मैं तो इस वजह आ ही नहीं रही थी कि गाँव जाने पर 'रामायण' कैसे देख पायेंगे?...पर साहब ने हठ कर के कहा कि 'चली जाओ, वहाँ थोड़ा मूड भी बदल जायेगा और बच्चे भी गाँव देख आयेंगे! रही 'रामायण' की बात, तो अब तो गाँवों में भी लोग समझदार हो गये हैं! एक-न-एक टीवी जरूर होगा वहाँ! वहीं जा कर 'रामायण' देख आया करना!' इसीलिए चली आई!...चलो, यह अच्छा हुआ कि टीवी पड़ोस में ही है!"

उस दिन, शाम को दुर्गाबाबू ने जब टीवी खोला, तो संजू, बंटी, दीपू और रूबी पखेरूओं की भाँति उड़ते हुए-से आये और कमरे में बेहिचक स्थान ग्रहण कर टीवी के परदे के रूबरू हो गये थे। दुर्गाबाबू ने देखा कि संजू और बंटी मिनट-भर को भी चुप नहीं बैठ रहे थे–वे टीवी देखने के साथ ही कुछ-न-कुछ बोले जा रहे थे!

यह देख कर दुर्गाबाबू ने उन्हें टोका भी; और चुपचाप टीवी देखते रहने को कहा; पर उन पर इसका कोई असर न हुआ; और वे टीवी देखते हुए लगातार बातें करते रहे! दुर्गाबाबू ने समझ लिया कि वे अपनी आदत से मजबूर हैं; और उनकी ऐसी आदत के लिए उन्हें थोड़ा ग़ुस्सा भी आया कि कान पकड़ कर उठा दें दोनों को! कुतुर-कुतुर में न ठीक-से देखते हैं, न ही देखने देते हैं! मगर यह सोच कर चुप रहे कि कौन-जाने 'तहसीलदारनी' इस बात का बुरा मान जायँ कि बच्चों को भगा दिया! साथ ही उन्होंने यह भी सोचा कि कौन-से ज़िन्दगी-भर के लिए यहाँ आये हैं! कुछ दिनों में लौट कर शहर चले ही जायेंगे!...

एक-दो दिन में देवू को मालूम हो गया कि संजू छठा क्लास पास करके आया है; बंटी ने पाँचवाँ क्लास पास किया है; दीपू ने तीसरा; और वे तीनों शहर के एक अँग्रेज़ी मीडियम वाले स्कूल में पढ़ते हैं! और यह भी कि रूबी अभी छोटी है इसलिए पढ़ती नहीं है और अगले साल से एलकेजी में पढ़ना शुरू करेगी! देवू ने अपने बारे में भी उनको जानकारी दे दी थी।

उसके बाद के दिनों में देवू प्राय: संजू के साथ देखा जाता था। संजू को कई तरह के 'खेल' आते थे; और देवू, संजू के हर खेल में शरीक रहता था!...

...अब तक जून महीना शुरू हो गया था और तेज़ गर्मी शुरू हो गयी थी; इसलिए संजू, बंटी आदि दोपहरी के समय घर के भीतर ही रहते थे। मगर जैसे ही दोपहर ढलती और माहौल तनिक ठण्डा होने लगता, वे घर की छत के ऊपर जा पहुँचते और शहर से लाई हुई पतंग उड़ाने लगते! पतंग से ऊब जाते, तो संजू के दिमाग़ की उपज कोई-और अनोखा खेल खेलने लगते! देवू प्राय: उनके साथ मौजूद होता–कभी किसी खेल में शामिल; और कभी उनके खेल को देखता हुआ!...

...एक दिन संजू जब पतंग उड़ाने से ऊब गया, तो उसने बंटी और दीपू को अपने पास बुला कर कहा, "चलो, अब अन्त्याक्षरी हो जाय...बोलो!"

सुन कर बंटी एक ख़ास रिद्म में कन्धों को मटकाते हुए बोली, "मैं तेरी दुश्मन, दुश्मन तू मेरा, मैं नागिन तू सपेरा!"

संजू ने कहा, "रा?...रा से राम तेरी गंगा मैली हो गयी पापियों के पाप ढोते-ढोते!"

"ता से?" बंटी बोली, "तूने बेचैन इतना जियादा किया, मैं तेरी हो गयी मैंने वादा किया!"

"जय श्रीराम!" अन्त्याक्षरी के बीच दीपू ने अचानक दोनों हाथ उठा कर कहा!

किन्तु उस तरफ़ किसी ने ध्यान नहीं दिया।

"या से ...याद आ रही है, तेरी याद आ रही है!" संजू बोला।

"हम-तुम चोरी से, बँधे इक डोरी से!" बंटी बोली।

संजू ने गाते हुए कहा, "सारी दुनिया का बोझ हम उठाते हैं!"

"होगा थानेदार तू!" बंटी ने तपाक-से कहा।

संजू बोला, "अच्छा, अब पिक्चरों की!...बोलो!"

"पिक्चरों की?...ठीक है!" बंटी बोली, "अन्धा कानून!"

"जय श्रीराम!" दीपू ने फिर नारा बुलन्द किया।

संजू बोला, "अन्धा कानून?...ना...से...नगीना!"

"ना...नमक हराम!"

"मंजिल-मंजिल!"

"लोफर!" बंटी ने चीखते हुए कहा।

दीपू ने एक बार फिर हाथ ऊपर को उठा कर पूरे ज़ोर से कहा, "जय श्रीराम!"

संजू का ध्यान अन्त्याक्षरी के खेल पर था; उसने 'लोफर' के काट में कहा, "राम और श्याम!"

"मा से महान!

"नागपूजा!"

"जानी दुश्मन!"

"नमक हलाल!"

"ला..." बंटी सोचते हुए बोली, "ला...ला...लव स्टोरी!"

...इस तरह से फिल्मों के गानों व नामों की अन्त्याक्षरी देर तक चलती रही, जिसके बीच-बीच में दीपू, 'रामायण' के हनुमान की स्टाइल में 'जय श्रीराम!' नारा उछालता रहा! दरअसल दीपू को 'रामायण' के हनुमान ने इतना ज़्यादा प्रभावित किया हुआ था कि वह हर दो-चार मिनट के अन्तर से दिन-भर–खेलते-खाते, हगते-मूतते–'जय श्रीराम' उच्चारित करता रहता था; और कभी-कभी हनुमान की नकल पर 'एक्शन' में भी आ जाता था!...दो-तीन दिन पहले तो वह अपने हनुमानी एक्शन के तहत सबके लिए लगभग मुसीबत ही खड़ी कर बैठा था! हुआ यह था कि उस दिन घर के बाहर खेलते हुए संजू एण्ड कम्पनी के साथ खेलने गाँव के कुछ बच्चे भी आ पहुँचे थे। सभी उछल-कूद कर रहे थे। गाँव का एक कमज़ोर-सा लड़का एक ओर खड़ा यह तमाशा देख रहा था कि तभी दीपू ने चुपके-से उसके पीछे पहुँच कर ठीक 'हनुमान' की मुद्रा में 'जय श्रीराम!' बोलते हुए अपने दोनों हाथों को मुष्टिका की तरह बाँध कर उसकी पीठ पर दे पटका था! लड़का दुबला तो था ही,

कुछ ढीला भी खड़ा था; सो मुँह के बल गिरा और बिना आवाज़ पसरा रह गया था! यह देख कर सारे बच्चों की सिट्टी-पिट्टी गुम हो गयी; और वे वहाँ से भाग खड़े हुए थे। उन्हीं लड़कों में से किसी ने उस लड़के के घर जा कर बताया था; तो बदहवास होता उसका बाप आया और उसे उठा कर घर ले गया था—वहाँ उसके मुँह में पिसी शक्कर डाली, तब वह होश में आया था!

जब उस घटना के बारे में 'तहसीलदारनी' को पता चला तो उन्होंने दीपू से कहा, "वह मर जाता तो?...तुम्हें क्या, भुगतना तो हमें पड़ता!..."

जवाब में दीपू ने बेफिक्री के साथ 'जय श्रीराम!' कहा और हनुमानी चाल में इधर-उधर टहलने लगा। दरअसल 'रामायण' का 'हनुमान' उसके ज़हन में कुछ इस कदर बस गया था कि वह बहरसूरत 'जय श्रीराम!' उच्चारे बिना रह ही नहीं पाता था! इस मामले में ख़ास बात यह थी कि वह 'रामभक्त हनुमान' और 'हनुमान दादा' के बीच कोई फ़र्क नहीं कर पाता था!...

इधर देवू, संजू एण्ड कम्पनी की 'अन्त्याक्षरी' को इतने ध्यान से सुनता रहा था कि अन्त्याक्षरी के कुछ शब्द व नाम उसकी कोरी चेतना में आविष्ट हो गये थे; और कुछ दिनों में उसकी फिल्मों के गानों व नामों की जानकारी इतनी वसीह हो गयी थी कि उसने संजू एण्ड कम्पनी की अन्त्याक्षरी-प्रतियोगिता में हिस्सा लेना शुरू कर दिया था! प्रतियोगिता में वह यथा-आवश्यक फिल्मी गाने या नाम को झट-से बोल देता! संजू और बंटी उसकी प्रतियोगिता में भागीदारी को मान्यता दे देते, तो उसका उत्साह दूना हो जाता! उसके बाद वह उस तरफ़ और मन लगाता!

शाम होने पर संजू, बंटी और दीपू अपना खेल बन्द कर, छत से उतर कर नीचे चले जाते। उनके पीछे ही देवू भी अपने घर आ जाता।

दुर्गाबाबू देखते कि अँधेरा होते ही संजू, बंटी, दीपू और रूबी टीवी वाले कमरे के आसपास इस तरह मँडराने लगते जिस तरह मरे जानवर के आसपास गीध मँडराते हैं! और जैसे ही टीवी खुलता, वे उसके सामने जा बैठते! दीपू और रूबी तो जल्दी ही वहीं सो जाते या वहाँ से उठ कर चले जाते; मगर संजू और बंटी टीवी के सामने तब तक बैठे रहते जब तक कि 'हिन्दी में समाचार' न आने लगते! अन्य दिनों तो वे परदे पर 'राष्ट्रीय कार्यक्रम' आते ही उठ जाते; लेकिन बुधवार, शुक्रवार, इतवार को तब तक बैठे रहते, जब तक वाचक/वाचिका मुख्य समाचार पढ़ कर, पहला समाचार विस्तार से न पढ़ने लगता/लगती! तब तक उन्हें यह आशा बनी रहती थी कि निकल गये चित्रहार या फ़िल्म की-सी रसमयता हो सकता है कि आगे भी हो! किन्तु जब उन्हें समाचारों की सूखी बातें ही सुनायी-दिखायी देतीं, तो वे वहाँ से चले

जाते! और समाचारों के बाद का पहला विज्ञापन आने के साथ ही पुनः आ प्रकट होते–सीरियल देखने के लिए!...

रोज़ यह-सब देख कर दुर्गाबाबू को झुँझलाहट होती; और वे सोच में डूब जाते कि आख़िर यह हो क्या गया है इन बच्चों को कि इन्हें देश-दुनिया में कोई दिलचस्पी नहीं है!

हालाँकि इस मामले में देवू को कुछ-अलग पाकर उन्हें तसल्ली होती; क्योंकि वह लगातार बैठता था और समाचारों को पूरा मन लगा कर देखता-सुनता था! जिसका सबूत था कि वह जब-तब दुर्गाबाबू से कुछ सवाल पूछता था! जैसे कि उसने एक दिन पूछा था, "पापा, उग्रवादी कौन होते हैं?"

दुर्गाबाबू ने उसे समझाया था।

किन्तु वह जवाब से सन्तुष्ट न हुआ; इसलिए उसने आगे पूछा था, "हत्या क्या होती है पापा?"

दुर्गाबाबू ने उससे कहा था, "जब एक आदमी, दूसरे आदमी को मार डालता है तो उसे हत्या कहते हैं!"

यह सुन कर देवू ने दुर्गाबाबू से अगला सवाल पूछा था, "उग्रवादी लोगों को क्यों मार डालते हैं?"

दुर्गाबाबू को एकबारगी कुछ-भी समझ में नहीं आया था कि वे उसको कैसे और किस तरह समझायें। थोड़ी देर तक वे जवाब के लिए अपने भीतर आसान शब्द तलाशते रहे। उसके बाद उन्होंने यथासम्भव देवू को समझाया था।

बहरहाल, वे इस बात से ख़ुश थे कि उनका बेटा देवू चीज़ों को कितनी सतर्कता के साथ देखता है कि उसके ज़हन में ऐसे ज़रूरी सवाल उठते हैं!...

देवू रोज़ाना सवेरा होते ही संजू, बंटी आदि की टीम में जा शामिल होता!... वे सब इकट्ठा हो कर प्रतिदिन नये-नये प्रकार के ऊधम करते! कभी 'थोड़ा-थोड़ा पापा जैसा कोलगेट का टूथब्रश, थोड़ा-थोड़ा मम्मी जैसा कोलगेट का टूथब्रश!' की नकल करते; तो कभी 'दूध सी सफ़ेदी निरमा से आये, रंगीन कपड़ा भी खिल-खिल जाये!' की! कभी 'ही-मैन' बनते; तो कभी 'स्पाइडर-मैन'! कभी 'गब्बरसिंह' की एक्टिंग करते; तो कभी 'शहंशाह' की!...

एक दिन संजू को ऊधम के अपने सारे आइटम ख़त्म हो गये लगे, तो उसका ध्यान उस बूढ़े की तरफ़ गया, जो मकान के सामने के छपरे में पड़ी टुटल्ली-सी खाट पर पड़ा प्रायः भसभसी-सी आवाज़ में खाँसता और कुछ-न-कुछ कहता रहता था! संजू, बंटी, दीपू और रूबी का दादा था वह! तहसीलदार रामखिलावन का

बाप!...बहरहाल, अपने ऊधम-भरे खेलों के सभी आइटम ख़त्म हो जाने पर संजू का उस बूढ़े की ओर ध्यान गया, तो संजू दौड़ कर उसके पास पहुँचा। उसके पीछे ही उसकी टीम भी पहुँच गयी। आहट पाकर बूढ़े ने अपनी लगभग दृष्टिहीन आँखों को भटर-भटर चलाया; और रिरियाते हुए कहा, "को ऐ बेटा?...मेरे काजें लपटा लै आ नेंक! भूँक लगी ऐ मोइ!...लै आ एक कटोरा लपटा!"

"लपटा?" संजू ने हैरत की मुद्रा बनाते हुए बूढ़े के कान के पास मुँह ले जाकर कहा।

"हाँ बेटा!...भूँक लगी ऐ!...लै आ नेंक!" बूढ़े के स्वर में याचना थी।

"क्या लाऊँ बाबा?" संजू ने मज़ा लेते हुए कहा।

"लपटा लै आ बेटा!" बूढ़ा बोला।

"लपटा!...बर्फी बनी है बाबा, खाओगे?" संजू ने ठट्टा किया।

"लै आ नेंक!" बूढ़े ने कहा।

सुन कर संजू तालियाँ बजाते हुए फिरकनी की तरह नाचने लगा।

"जलेबी लोगे बाबा?" संजू की देखादेखी इस बार बंटी ने बूढ़े के बिल्कुल पास पहुँच कर कहा।

"लै आ नेंक!" बूढ़े ने कहा।

सुन कर इस बार बंटी भी संजू की ही तरह नाचने लगी।

उसके बाद संजू ने बूढ़े के पास, अपना बन्दर की तरह बनाया मुँह ले जाकर कहा, "बन्दर की पूँछ लोगे बाबा?"

इसके साथ ही तालियाँ पीटती हुई बंटी ने चिल्लाना शुरू कर दिया, "बूढ़ा बन्दर! बूढ़ा बन्दर!..."

उसकी देखादेखी सभी ने कोरस की तरह चिल्लाना शुरू कर दिया, "बूढ़ा बन्दर!...बूढ़ा बन्दर!..."

सबको देख कर, देवू ने भी उछलते हुए कहना शुरू कर दिया, "बूढ़ा बन्दर! बूढ़ा बन्दर!..."

उसके बाद समवेत तालियाँ थीं, खिलखिलाहटें थीं, उछल-कूद थी, इठलाते शरीर थे, मुँह बनाते चेहरे थे; और बेहिचक आवाज़ें थीं, "बूढ़ा बन्दर!...बूढ़ा बन्दर!..."

उसके बाद संजू ने कूदते-फाँदते और नई तरह से अपना मुँह बनाते कहना शुरू कर दिया, "बन्दर बाबा! बन्दर बाबा!..."

देवू सहित बाक़ी सब भी संजू की नकल में सम भरे जा रहे थे, "बन्दर बाबा!... बन्दर बाबा!..."

इस सबके बीच बूढ़ा रिरियाते हुए कह रहा था, "लपटा लै आ बेटा, एक कटोरा लपटा..."

पर उसका कहा अब कोई नहीं सुन रहा था।

संजू एण्ड कम्पनी अपनी ही लय में लीन आसमान को सिर पर उठाये हुए मज़े ले रही थी!

संजू एण्ड कम्पनी देर तक 'बूढ़ा बन्दर' और 'बन्दर बाबा' वाले 'खेल' के मज़े लेती रही।

उसके बाद जब धूप तीखी हो गयी और गर्म हवा कनपटियों पर तमाचे-से मारने लगी, तो संजू, बंटी, दीपू और रूबी घर के भीतर चले गये। उनके जाने के साथ ही देवू भी अपने घर के भीतर चला आया था।

उसके बाद मौसम जैसे ही थोड़ा ठण्डा हुआ, संजू रोज़ की तरह छत के ऊपर पहुँच कर पतंग उड़ाने लगा। पतंग आसमान में लहरा रही थी; और बंटी, दीपू, रूबी तथा देवू पतंग को उड़ती हुई देख रहे थे। शाम होने तक यही चलता रहा। उसके बाद सब छत से नीचे उतर आये थे।

उन्हें मालूम था कि वह 'चित्रहार' का दिन था; इसलिए खाना खाकर निबटने के बाद संजू, बंटी, दीपू और रूबी टीवी के आसपास मँडराने लगे थे!

चित्रहार शुरू हुआ, तो 'तहसीलदारनी' भी आईं ; और काफ़ी-सारी जगह घेर कर बैठ गयीं ! वे 'रामायण' और 'चित्रहार' का नागा कतई नहीं करती थीं! संजू, बंटी, दीपू, रूबी तो वहाँ पहले से ही मौजूद थे। देवू, संजू की बग़ल में बैठा था। गाना बदलता, तो जो नये चेहरे परदे पर दिखायी देते उनके नाम, देवू संजू से पूछता था; और संजू उनके नाम उसे बताता था। जैसे कि 'यह धर्मेन्द्र है!'... 'यह पूनम ढिल्लों है!'... 'यह गोविन्दा है!'... 'यह श्रीदेवी है!'...

दूरदर्शन की भेंट 'चित्रहार' के बाद, लोक-सेवा-संचार-परिषद की विज्ञापन-फ़िल्म शुरू हो गयी, जिसमें कल-कल बहती जलधारा दिखायी दी और पण्डित भीमसेन जोशी की सस्वर आवाज़ गूँजी–'मिले सुर मेरा तुम्हारा तो सुर बने हमारा...' और फिर दृश्य बदले, भाषाएँ बदलीं, व्यक्ति बदले!...जैसे ही कोई परिचित चेहरा दीखता, संजू और बंटी चीखते हुए उसका नाम लेते–'हेमामालिनी!'...'अमिताभ!' ...'जितेन्द्र!'...'मिथुन!'...

और जब वह विज्ञापन-फ़िल्म ख़त्म हुई; उसके बाद राष्ट्रीय समाचारों की सिग्नेचर-ट्यून के उपरान्त, परदे पर समाचार-वाचक/वाचिका का चेहरा नमूदार हुआ। उस चेहरे ने मुस्कुरा कर 'नमस्कार!' कहा; और 'आज के मुख्य समाचार' बताये। उसके बाद विस्तार से समाचार पढ़ना शुरू किया, 'आज बंगलौर-त्रिवेन्द्रम-

आइलैण्ड-एक्सप्रेस पटरी से उतर कर अष्टमुण्डी झील में जा गिरी! इस हादसे में लगभग चार सौ व्यक्तियों की घटनास्थल पर ही मृत्यु हो गयी!' इसके साथ ही परदे पर झील का दृश्य उभरा और उसमें डूबे-अधडूबे ट्रेन के डिब्बे नुमायाँ थे! सुन-देख कर दुर्गाबाबू के मुँह से निकला, "उफ़! कैसी दर्दनाक मृत्यु! और इतने लोगों की...!" सोच कर वे सिहर उठे, 'कितनी यातना सही होगी बेचारों ने मरते वक़्त!' सोचते हुए उनकी आँखों में तरलता की झीनी चादर फैल गयी। उस वक़्त उनकी आँखें कुछ-भी देख नहीं पा रही थीं; अलबत्ता उनके कान सुन रहे थे, 'पंजाब में आज उग्रवादियों ने पाँच लोगों की गोली मार कर हत्या कर दी...' कहे जाने के साथ ही परदे पर मृतकों की लाशें और उनके सम्बन्धियों के रोते-बिसूरते चेहरे नमूदार हुए, जिन्हें ठीक-से देख पाने के लिए उन्होंने अपनी आँखें पोंछीं...तभी यकायक उनकी निगाह कमरे में गयी–कमरा बिल्कुल ख़ाली था–'तहसीलदारनी' से लेकर संजू, बंटी, दीपू, रूबी तक वहाँ कोई नहीं था! यहाँ तक कि देवू भी नहीं! शायद ट्रेन-दुर्घटना की रसहीन ख़बर के शुरू होते ही वे-सब वहाँ से उठ कर चले गये थे–उनके साथ ही देवू भी!...यह देख कर दुर्गाबाबू जड़ीभूत-से हो गये!

...परदे पर मौजूद चेहरा समाचारों के अन्त में मुख्य समाचार पढ़ रहा था, 'आज बंगलौर-त्रिवेंद्रम-आइलैण्ड-एक्सप्रेस पटरी से उतर कर अष्टमुण्डी झील में जा गिरी! इस हादसे में लगभग चार सौ लोगों की घटनास्थल पर ही मृत्यु हो गयी!... पंजाब में आज उग्रवादियों ने पाँच लोगों की गोली मार कर हत्या कर दी!...'

दुर्गाबाबू वह-सब सुन रहे थे; साथ ही वे अपने-आप में डूबे हुए-से मुँह-ही-मुँह में बुदबुदा रहे थे, 'हत्यायें!...हत्यायें कहाँ नहीं हुई हैं!!!...कहाँ नहीं हुई हैं हत्यायें???...'

वे देर तक डूबे रहे अपने-आप में...और जब उस स्थिति से उबरे, तो उन्होंने देखा–देवू, संजू, बंटी, दीपू, रूबी कमरे में बैठे हुए थे!...पर यह क्या! उनके धड़ों पर उनके सिर (चेहरे) ही मौजूद न थे! सिरहीन शरीर बैठे हुए थे कमरे में! कमरे के भीतर बिना सिर (चेहरे) के देवू, संजू, बंटी, दीपू, रूबी को देख कर दुर्गाबाबू की आँखें फटी-की-फटी रह गयी थीं!...उस समय वे समझ नहीं पा रहे थे कि वह-सब देख कर वे उद्वेलित हैं या आक्रोशित या भयभीत!...वे धीरे-धीरे संज्ञाशून्य होते जा रहे थे...

•

दुर्गाबाबू की मनोदुर्दशा को निरपेक्ष भाव से देख लेने के बाद, कालपुरुष ने अपनी अतीतदर्शी आँख को बन्द कर लिया; और वर्तमान को देखने वाली आँख को खोल लिया! अब वह अपनी वर्तमानदर्शी आँख से कलानाथ को देख रहा था...

कालपुरुष की आँख वर्तमान में मौजूद कलानाथ पर टिकी हुई थी...तभी उसके कानों को कुछ आवाज़ें सुनाई देने लगीं–वे विभिन्न किस्म की आवाज़ें थीं! जैसे कि, ललकारती हुई आवाज़ें; चिंघाड़ती हुई आवाज़ें; दहाड़ती हुई आवाज़ें; रोती हुई आवाज़ें; बिलखती हुई आवाज़ें; बिसूरती हुई आवाज़ें; पुकारती हुई आवाज़ें; गुहारती हुई आवाज़ें; गाती हुई आवाज़ें; नाचती हुई आवाज़ें; खिलखिलाती हुई आवाज़ें; ठहाके लगाती आवाज़ें; उपहास करती आवाज़ें; शर्म से भरी आवाज़ें; बेशर्मी से भरी आवाज़ें; कुटिलता से भरी आवाज़ें; क्रूरता से भरी आवाज़ें...उन तमाम आवाज़ों को सुनने के बाद कालपुरुष ने समझ लिया कि वे 'अमृतकाल' की रोज़मर्रा की आवाज़ें हैं; इसलिए उसने अपना ध्यान उधर से मोड़ कर कलानाथ पर केन्द्रित कर लिया :

कलानाथ उस समय शहर की एक मध्यवर्गीय कॉलोनी में अपने घर की बाल्कनी में पड़ी प्लास्टिक की कुर्सी पर बैठे हुए थे...

...सालों लम्बा छूँछा व सूना समय गुज़ारा था उन्होंने; पर उनकी अन्त:वेदना का रंग ज़रा भी धुँधला नहीं पड़ा था!

उन बीते वर्षों के दरमियान लगता रहा था उन्हें कि जैसे किसी सुरंग से गुज़रते रहे–सुरंग, जिसमें कुछ भी नहीं था सिवाय वीराने के! ऐसा वीराना, जिसमें बेचैनी ही बेचैनी थी!

...उस बेचैनीज़दा वीराने से बाहर निकलने का एक दिन उन्हें रास्ता सूझा था कि वहाँ चलना चाहिए जहाँ से जीवन की यात्रा शुरू हुई थी–अपने गाँव! गाँव, जहाँ उनका पुश्तैनी मकान था–वही मकान, जो कभी उनका घर हुआ करता था! घर, जिसमें उनका जन्म हुआ था और जिससे उनकी तमाम मीठी यादें वाबस्ता थीं! उसी घर में उनके बचपन से लेकर जवानी तक का समय बीता था; ब्याह हुआ था; बेटे के पिता बने थे! उसी घर के कारण गाँव था उनका; गाँव के लोग थे उनके; और बने तथा बनाये हुए रिश्ते-नाते थे–बिल्कुल पारदर्शी रिश्ते-नाते!...

तो गाँव जाना तय कर लिया था उन्होंने।

और एक दिन जा पहुँचे थे गाँव–अपने गाँव–अपने उस घर, जिसकी मिट्टी उनकी देह का हिस्सा थी!...

वे गाँव तो पहुँच गये थे; पर वहाँ पहुँचे उनको, गाँव ने किसी अजूबे की तरह देखा था–उस गाँव में मौजूद उन लोगों ने जिनमें से अधिकतर ने उन्हें पहली बार देखा था; और उन लोगों ने भी जिन्होंने उन्हें बरसों बाद देखा था, उनको किसी अजनबी की तरह देखा था!...वे बरसों के बाद वहाँ जो पहुँचे थे!...इस बीच गाँव

के बहुतेरे बूढ़े-पुराने दुनिया से जा चुके थे; उनके हमउम्र जहाँ-तहाँ के हो चुके थे; और एक नई पीढ़ी मंज़र पर आ चुकी थी–वह नई पीढ़ी, जिसने उन्हें पहली बार देखा था और जिसे उन्होंने पहली बार देखा था!...

तब उन्हें लगा था कि वे नितांत अपरिचित लोगों के बीच पहुँच गये हैं! वे वहाँ पहुँचे तो रहने के लिए थे–वहाँ रह कर सुकून और अपनापन पाने के लिए। किन्तु उन्हें अपना गाँव निहायत अपरिचित लगा!...बेशक अपना घर उन्हें अच्छी तरह परिचित लगा था। जिस घर में उन्होंने अपने जन्म से लेकर उसके बाद के तीस-पैंतीस बरस गुज़ारे हों, वह भला कैसे न परिचित लगता उन्हें!...

बहरहाल, वे गाँव में रहने गये थे, तो रहे। पर वहाँ वे ज़्यादा दिन नहीं रह सके! क्योंकि जितने दिन वे वहाँ रहे, उतने ही दिनों में उन्हें अहसास हो गया था कि गाँव किस कदर रूखा और बेमुरव्वत हो गया है अब! उन्हें अपना वह पुराना गाँव बहुत खोजने पर भी वहाँ नहीं मिला, जिसमें उन्होंने अपना पूरा बचपन और जवानी का कुछ हिस्सा गुज़ारा था! वहाँ अब एक बिल्कुल नया, बेलिहाज और निर्मम गाँव था! इस कारण वे गाँव से आजिज आये हुए लौट कर फिर शहर आ गये थे!

बरसों पहले, जब वे अपने गाँव से शहर में रहने के लिए आये थे, तब शहर में रहना उनकी ज़रूरत था–अपने बेटे की पढ़ाई-लिखाई और बेहतर ज़िन्दगी की ख़ातिर! किन्तु इस बार, जब वे गाँव से शहर लौटे थे, तब शहर लौटना उनकी मजबूरी था!...

•

...कलानाथ अब गाते नहीं थे! गाना सम्भव ही नहीं रह गया था उनसे! बेटे के जाने के बाद मंच पर जाना छोड़ दिया था उन्होंने! मंच की तो बात ही क्या, घर पर भी कभी गुनगुनाते तक न थे! बेशक संगीत उनकी रगों में बसा हुआ था! पर उससे क्या? संगीत सुर, ताल व लय से वजूद पाता है; और उनके भीतर से लय तिरोहित हो चुकी थी! साँसें चल रही थीं, तो सुर बना हुआ था; शरीर चलायमान था, तो ताल भी बचा हुआ था; पर लय नहीं रह गयी थी! भीतर एक अनवरत उत्तरदाह ने सारी जगह घेर रखी थी, तो लय कहाँ रहती!...धूसर उदासी के बीच बार-बार एक कचोट उठती थी–काश! कुछ भी न कहा होता उन्होंने! कुछ भी, यानी जो कहा था वह भी नहीं! बेशक, जो कहा था, वह एक पिता के कर्त्तव्य और अधिकार के तहत कहा था और उसमें एक स्वाभाविक हित-चिन्ता के अलावा और कुछ भी नहीं था!... किन्तु कचोट पीछा न छोड़ती थी–काश! कुछ भी न कहा होता!...

संगीत को कलानाथ ने नहीं चुना था; बल्कि संगीत ने कलानाथ को चुना था अपने लिए!...बचपन से ही गुनगुनाहट रही आई थी उनके भीतर; और सत्रह-अठारह की उमर होने तक वह गुनगुनाहट शब्दों व सुर-ताल-लय के मेल से बने गायन में बदल चुकी थी! कुदरत की नियामतें छिपती कहाँ हैं!...उस समय गाँव में थे; और गाँव में कीर्तन-गम्मत करने वाले कुछ लोग थे–हर दूसरे-तीसरे दिन गाँव में कहीं-न-कहीं कीर्तन-गम्मत-गायन होता रहता था। कलानाथ उसमें शामिल होते और गानेवालों के सुर में सुर मिला कर गायन-संगत करते! वे कोई कीर्तन-गम्मत न चूकते! हर गवंत में हाज़िर रहते! उनके गले के सुर व लोच को गाँव के कीर्तनियों-गम्मतियों ने पहचाना; तो वे कभी-कभी उनको संगत की जगह स्वतन्त्र गाने का भी मौका दे देते थे। इस तरह उनकी प्रतिभा को गाँव की छोटी कीर्तन-गम्मत-मण्डली में आसरा मिला, तो प्रतिभा के पैर आगे बढ़ते गये; और एक दिन वे बनारस तक जा पहुँचे थे–गुरू से बाकायदा संगीत सीखने!...गाँव के गवैयों ने उनके पिता को एक दिन बताया था कि उनके बेटे के गले में गवैया के गुण हैं; और कहा था, "जाइ अगर कऊ अच्छे गुरू ते सिच्छा मिल जाय, तौ जि अच्छौ गवैया बन सकतुऐ!"

खेती-किसानी करने वाले उनके पिता का दिमाग़ रौशन था। उन्होंने सलाह देने वालों की बात को तवज्जो दी; और एक दिन कलानाथ से पूछा, "काए कला, तैं जि बता कि तोइ आगे की पढ़ाई करनों कि गाइबौ सीखनों ऐ? तेरी का इच्छा ऐ?"

सुन कर कलानाथ ने पिता से कहा था, "गाइबौ मोइ अच्छौ लगतुऐ...!"

बस, इतना सुनना था कि उनके पिता ने कह दिया था, "ठीक ऐ!"

पिता के 'ठीक ऐ!' कह देने के बाद सब-कुछ ठीक होता चला गया था।

पिता किसी अच्छे गुरू का नाम, पता लगाते रहे।...उसके बाद एक दिन उनको साथ लेकर बनारस जा पहुँचे थे–पण्डित तन्नू मिश्र के यहाँ!...

उसके बाद, गुरू पण्डित तन्नू मिश्र से पाँच सालों तक गाना सीखा था कलानाथ ने। और गुरू के हुनर में से इतना-कुछ आत्मसात कर लौटे कि सुर-ताल-लय और गले के लोच के बूते, बाद के समय में सेमीक्लासीकल म्यूजिक की दुनिया में एक चमकदार युवा-उपस्थिति बन कर उभरे थे। संगीत-कार्यक्रमों में बुलाया जाने लगा था उन्हें। श्रोता उनके गाये ठुमरी, दादरा, चैती, झूला, कजरी, टप्पा आदि सुन कर 'वाह'–'वाह' कर उठते–उन्हें कलानाथ के गले में पण्डित तन्नू मिश्र-जैसी ही सुरीली लयकारी सुनाई देती थी।

वे पच्चीस की उमर तक पहुँचते-पहुँचते ठुमरी-दादरे के नामी गवैयों में पहचाने जाने लगे थे।

उसी समय में उनका विवाह सम्पन्न हुआ था।

विवाह के दो बरस बाद वे पिता बन गये थे-एक बेटे के पिता!

पिता बनने पर वे एक नई तरह की ख़ुशी से रूबरू हुए थे। उसके बाद उन्होंने अपने बेटे का नामकरण किया था–'धैवत'! संगीत की दुनिया में पोर-पोर रचा-बसा आदमी उससे बाहर आख़िर जाता भी कैसे! संगीत का छठवाँ सुर होता है धैवत! वही उनके बेटे का नाम बना था!

उसके बाद बेटे को बड़ा होते देखा उन्होंने–सही समय और जगह पर लगे सुर की तरह! उन दिनों वे अपने भीतर एक अनोखी ख़ुशी को महसूस करते रहे थे।... जब बेटा पढ़ाई की उम्र पर पहुँचा, तब उन्होंने उसकी बेहतर शिक्षा के लिए गाँव छोड़ कर शहर में बसना मुनासिब समझा और शहर में आकर बस गये थे।...बेटे को उन्होंने शहर के एक 'अच्छे' स्कूल में दाख़िल कराया था। उसके बाद बेटा स्कूल जाता, लौट कर घर आता–इस तरह वे अपने भविष्य को आगे बढ़ता देख रहे थे। उनकी दुनिया ख़ुशनुमा थी। उनकी, यानी ख़ुद कलानाथ और उनकी पत्नी की दुनिया! दोनों के दिन ख़ुशगवार गुज़र रहे थे।...

समय पर बेटे ने मिडिल-स्कूल पास कर लिया। उसके बाद उन्होंने उसका दाख़िला शहर के एक 'नामी' हायरसेकण्डरी-स्कूल में कराया था।

वे अपने बेटे की पढ़ाई की प्रगति व प्रकृति से ख़ुश व सन्तुष्ट थे। बेटे को पढ़ाई में आगे बढ़ता देख-देख कर उन्हें लगता था कि उनका जीवन सकारथ हुआ!

परन्तु समय का पहिया कब किस दिशा में चलने लगे, कोई नहीं जानता! और समय की पहरेदारी कर पाने की सकत भी मनुष्य को हासिल नहीं! यह बात कलानाथ-परिवार के लिए सौ फीसदी सटीक साबित हुई!...उनका बेटा अभी ग्यारहवीं कक्षा में पढ़ रहा था कि उन्हीं दिनों कलानाथ व उनकी पत्नी को उसके व्यवहार तथा हाव-भाव में कुछ अनोखापन दिखायी देने लगा था–ऐसा अनोखापन जिसके तईं उसकी किशोरावस्था-सुलभ मासूमियत की जगह, बदमिज़ाजी व रूखेपन ने ले ली थी; और उसके चेहरे के अपनेपन की जगह, निःसंगता ने! ऐसा कलानाथ और उनकी पत्नी ने लगातार कई दिनों से महसूस किया था। इस कारण वे परेशान व चिन्तित हुए कि आख़िर हो क्या गया है उनके उस इकलौते बेटे को, जिसके स्वभाव की मासूमियत की वे बलिहारी जाते रहे आये थे!

उन्होंने इस बारे में बेटे से कई बार बात भी की, तो वह या तो निरुत्तर होता, या कोई रूखा-सा उत्तर देकर कन्नी काट जाता था! उन्होंने इस बाबत बेटे के स्कूल जाकर भी पूछताछ की; पर वहाँ से भी उन्हें उस बारे में कुछ-ख़ास हासिल न हुआ था!

अन्ततः वे बेटे को लेकर एक 'डॉक्टर' के पास गये। 'डॉक्टर' ने उसकी फिजीकल जाँच-पड़ताल करने के बाद कलानाथ से कहा था, "इसको किसी साइकैट्रिस्ट को दिखाइये! फिजीकली तो यह बिल्कुल ठीक है...कोई मानसिक प्रॉब्लम लग रही है!..."

उसके बाद वे बेटे को शहर के एक जाने-माने साइकैट्रिस्ट के पास ले गये। उसने बेटे से तरह-तरह के सवाल किये; उसके बाद पाया निष्कर्ष कलानाथ को बताया था, "आपका बेटा ड्रग-ऐडिक्शन का शिकार है!...इसको लम्बे और केअरफुल इलाज की जरूरत है!"

कलानाथ ने जो सुना, वह उनके लिए अप्रत्याशित तो था ही; डरावना भी था!

उसके बाद उन्होंने 'डॉक्टर' से क्या कहा, क्या पूछा; इसका यहाँ उल्लेख बेमानी है। वे बेटे के इलाज के लिए 'डॉक्टर' के प्रिस्क्रिप्शन व सलाह के साथ बेटे को लेकर घर लौटे।

जिस बेटे को हमेशा लाड़-प्यार के बीच बड़ा होता देखते आ रहे थे, उसको, उस दिन 'डॉक्टर' के यहाँ से लौटने के बाद उन्होंने पहली बार फटकारा था! उनकी उस फटकार में सख़्त शब्द थे; साथ ही एक पिता का अपने पुत्र को अपनी अपेक्षा के उलट पाने का जलता हुआ सन्ताप भी था! कोई भी पिता अपने पुत्र में अपने-आप को ही पाने की चाह रखता है; किन्तु जब वह वहाँ उसके विपरीत को पाता है, तब जो सन्ताप उसके भीतर पैदा होता है, वही सन्ताप उस दिन कलानाथ के भीतर दहक रहा था! कोई भी पिता अपने पुत्र की दुर्दशा ख़ुद के भीतर भी भोगता है, तो अपने बेटे की दुर्दशा को उस समय कलानाथ भी भोग रहे थे! और उस भुगतन की दुर्दांत पीड़ा ही शब्दों का रूप धर कर उस दिन की उनकी फटकार में मौजूद थी! वह एक ऐसी स्थिति थी, जिसमें आदमी, सामने वाले पर किये गये 'प्रहार' को ख़ुद अपने भीतर भी महसूस करता है!...

बेशक कलानाथ की उस दिन की डाँट-फटकार सिर्फ़ उसी समय तक महदूद थी। उसके बाद तो वे 'डॉक्टर' के प्रिस्क्रिप्शन के अनुसार बेटे का इलाज कराते रहे थे।

कुछ समय ज़ेरेइलाज व्यतीत हुआ। उसके बाद, एक दिन उनके बेटे ने अपने-आप को छत के पंखे और ज़मीन के बीच के 'महाशून्य' में लटका लिया था!...

कलानाथ के लिए वह एक क़हर था–अवाक एवं जड़ कर देने वाला क़हर! और उनकी पत्नी के लिए सदमा! उनकी पत्नी अपने इकलौते बेटे को उस हालत में देखने के बाद, जो होश खो कर ज़मीन पर गिरी तो फिर उठी ही नहीं! उस दिन

बेटे के साथ उसकी माँ भी गयी थी!...रह गये थे कलानाथ–असहाय, असमर्थ और अकेले!...

उस दिन के बाद उनके भीतर का संगीत लयहीन हो गया था; और फिर वे कभी गा नहीं सके थे!...

उसके बाद दिन महीनों में तब्दील होते गये और महीने वर्षों में; पर वे अपने भीतर की व्यथा से कभी मुक्त नहीं हो सके!...उनका दाह बार-बार कुछ शब्दों में रूपान्तरित हो कर उनके भीतर घुमड़ने लगता था...'काश...!'...पुत्र-शोक के मनस्ताप के समय, प्राय: उनके भीतर 'राग भैरवी' की एक बन्दिश छटपटाने लगती थी, 'बाबुल मोरा नैहर छूटौइ जाइ...'। और तब मन की व्यथा उनके लिए और असहनीय हो उठती थी!...

•

...कलानाथ को गाँव से लौटे वक़्त गुज़र गया था।

...उस दिन वे घर की बाल्कनी में कुर्सी डाल कर बैठे हुए थे। समय था दोपहर-पूर्व का। तभी उनकी निगाह पड़ोस के घर के सामने की सड़क पर, अचानक होने लगी खटर-पटर के कारण, गयी थी; और वे वहाँ देख कर थोड़े हैरान हो उठे थे कि यह क्या हो रहा है!?!...दरअसल, पड़ोस के घर के दरवाज़े के ठीक सामने एक आदमी लकड़ियाँ काट-काट कर उन्हें रस्सी से बाँधते हुए अर्थी तैयार कर रहा था! उसके अलावा वहाँ कोई दूसरा आदमी न था! बस, एकमात्र आदमी अर्थी बना रहा था! उस आदमी को कलानाथ ने इससे पहले वहाँ कभी नहीं देखा था!...उन्होंने ग़ौर से देखा–वह अर्थी ही थी, बनती हुई!...पर क्यों?...वहाँ क्यों?... वे समझ नहीं पा रहे थे। जिस घर के दरवाज़े के सामने वह बन रही थी, उस घर के भीतर से किसी भी तरह की कोई आहट-आवाज़ उन्हें सुनाई नहीं दे रही थी!...

बिल्कुल निकट पड़ोसी होने के चलते कलानाथ को उस घर में रहने वालों की जो जानकारी थी, उसके अनुसार उस घर में दो लोग रहते थे–एक अधेड़वय औरत और दूसरा बीस-बाईस बरस का एक लड़का! इन दोनों के अलावा कलानाथ ने किसी तीसरे व्यक्ति को कभी उस घर में रहते नहीं देखा था। हालाँकि, महानगर में तब्दील होते शहरों की आम हो चुकी रवायत के अनुसार, जहाँ दो पड़ोसी भी एक-दूसरे से अपरिचित ही बने रहते हैं, कलानाथ को अपने पड़ोस के रहवासी उन दो लोगों–औरत और लड़के–से वाबस्ता और-कोई जानकारी नहीं थी!...

पर बहरहाल, उस समय वे जो देख रहे थे वह उनके सामने बिल्कुल स्पष्ट था! वह अर्थी ही बनाई जा रही थी! उसे देखते हुए वे थोड़े अचंभित व आशंकित हुए जा रहे थे!...अर्थी बनाई जाती देखने के दो-चार बुरे मौके कलानाथ के जीवन में पहले भी आ चुके थे; किन्तु इस तरह नहीं कि एकमात्र आदमी किसी द्वार पर बैठा अर्थी बना रहा हो! यह उनके लिए अचंभित करने वाली बात थी; क्योंकि ऐसे मौकों पर उन्होंने लोगों के जमघट ही देखे थे! और आशंकित वे यह सोच कर हो रहे थे कि क्या उस घर में रहने वाले दो-मात्र लोगों में से कोई चल बसा?...

आगे थोड़ी देर में उन्होंने देखा कि उस घर का रहवासी लड़का घर के भीतर से अपनी मोटरसाइकिल निकाल रहा था। यह देख कर उन्हें किंचित तसल्ली हुई। उसके बाद उनकी आशंका की सुई दूसरी ओर घूमी, 'तो क्या औरत नहीं रही?...'

उन्होंने देखा, लड़के ने मोटरसाइकिल पर बैठ कर उसे स्टार्ट किया; और वह वहाँ से कहीं को निकल गया। उसके थोड़ी देर बाद वह मोटरसाइकिल पर अपने पीछे दो व्यक्तियों को बिठाये वापस आया। उसके पीछे बैठ कर आये दोनों व्यक्ति मोटरसाइकिल से उतर कर सड़क पर खड़े हो गये। वे दोनों दिखने में बेलदारी करने वाले मजदूर लग रहे थे। लड़का मोटरसाइकिल को घर के भीतर रखने चला गया था। थोड़ी ही देर में वहाँ दो और व्यक्ति पैदल चलते हुए आये; और वे दोनों, पहले मोटरसाइकिल पर बिठा कर लाये गये दोनों व्यक्तियों के पास पहुँच कर चुपचाप खड़े हो गये। हुलिया से वे दोनों भी पहले आये दोनों व्यक्तियों की तरह मज़दूर ही लग रहे थे।

अर्थी बना रहे व्यक्ति ने अपना काम पूरा कर लिया था। उसके बाद उसने खड़े होकर घर के गेट को आहिस्ता-से खटकाया था।

उसके बाद लड़का घर के भीतर से गेट पर आया, तो अर्थी बनाने वाले ने बिना कुछ बोले अर्थी की ओर हाथ से इशारा कर उसके तैयार हो जाने के बाबत उसे बताया था।

लड़के ने अर्थी को देखा; उसके बाद वह घर के भीतर चला गया; और कुछ ही पलों में लौट कर सड़क पर खड़े चारों मजदूरनुमा व्यक्तियों से बोला, "आ जाओ!"

सुनकर चारों व्यक्ति लड़के के पीछे घर के भीतर गये; और कुछ ही देर में, अपने हाथों में कपड़े से ढँके एक शव को साधे हुए बाहर आये और उन्होंने उस शव को अर्थी के ऊपर रख दिया था।

देख कर कलानाथ ने सोचा कि उस घर की औरत ने ही दुनिया को अलविदा कह दिया!...हालाँकि उसकी अभी ऐसी उम्र तो न थी!...तो क्या हुआ उसको कि...?...

अभी कलानाथ के भीतर यह-सब चल ही रहा था कि उन्होंने देखा कि उस घर की औरत अपने हाथ में एक कपड़ा लिये गेट से बाहर निकल कर अर्थी के पास पहुँची; और उसने अपने हाथ में लिये कपड़े की तहें खोलकर उसे अर्थी पर रखे शव के ऊपर पसार दिया।

कलानाथ हैरान थे यह देख कर कि उस घर के रहवासी लड़का और औरत तो सही-सलामत हैं; फिर यह कौन है जिसको अर्थी पर रखा गया है!?!...उन्होंने अपनी हैरानगी के साथ ही, अर्थी के पास मौजूद लड़के और औरत को देखा, जिनके चेहरों पर उस वक़्त सपाट निस्संगता के अलावा रंज का कोई नामोनिशान तक न था!

शव को अर्थी पर रखे जाने और उसके ऊपर औरत के द्वारा कपड़ा पसार दिये जाने के बाद अर्थी बनाने वाले व्यक्ति ने शव को रस्सी के सहारे अर्थी की लकड़ियों से बाँध दिया।

उसके बाद लड़के ने उन चारों मजदूरनुमा व्यक्तियों की तरफ़ देख, सिर हिला कर इशारा किया, जिन्होंने शव को भीतर से लाकर अर्थी के ऊपर रखा था।

इशारा पा कर वे चारों अर्थी के पास पहुँचे; और उन्होंने धीरे-से अर्थी को अपने कन्धों पर उठा लिया। उसके बाद वे सधे कदमों से चलते हुए उसे वहाँ से ले चले थे।

उसके बाद, वहाँ रह गये अर्थी बनाने वाले व्यक्ति को उसके काम के मेहनताने के रुपये औरत ने चुकाये थे; तो वह भी वहाँ से चला गया था।

उसके बाद लड़का व औरत घर के भीतर घुस गये थे।

कलानाथ ने अपने घर की बाल्कनी की कुर्सी पर बैठे-बैठे यह-सब देखा। उनके लिए यह-सब हैरानकुन ही नहीं, अजीब और अनोखा भी था कि किसी की अन्तिम विदाई इस प्रकार से किसी आँख में एक आँसू के बिना किराये के कन्धों पर हुई थी! साथ ही उनके भीतर यह सवाल भी था कि कौन था वह व्यक्ति, जिसकी अर्थी को कन्धा देने के लिए भी चार अपने न थे और जिसको भाड़े पर लाये गये मज़दूर उठा कर ले गये थे!...

बाल्कनी की कुर्सी पर बैठे कलानाथ अभी अपने भीतर के सवालों से जूझ ही रहे थे कि उन्होंने देखा, जिस दरवाज़े से अर्थी उठे अभी आधा घण्टा भी न हुआ होगा, उस दरवाज़े के सामने एक फूड-डिलीवरी-बॉय की बाइक आकर रुकी; उसके बाद घर के भीतर से लड़का निकल कर आया और वह डिलीवरी-बॉय से पैकेट लेकर वापस घर के भीतर चला गया था!...

सर्दियों का समय था; इसलिए कलानाथ धूप के लिए रोज़ाना बारह-एक बजे तक बाल्कनी में कुर्सी पर बैठे रहते थे। उन्होंने कलाई-घड़ी पर निगाह डाली : बारह बज कर पच्चीस मिनट हो रहे थे। यह देखने के बाद वे कुछ-और देर तक वहाँ बैठे रहे। उसके बाद वे वहाँ से उठने को सोच ही रहे थे कि पड़ोस के घर की तरफ़ से अचानक आने लगी 'आवाज़' ने उनका ध्यान खींचा : उन्होंने 'आवाज़' की तरफ़ देखा : वहाँ पड़ोस के घर का लड़का था, जो घर की बाल्कनी में अपने मोबाइल-फोन पर फुल वॉल्यूम में एक इंस्ट्रूमेण्टल-साउण्ड-ट्रैक प्ले कर उसकी बीट पर हौले-हौले थिरक रहा था!

कलानाथ के लिए वह दृश्य एब्नॉर्मल व अमानुषीय था–ख़ास तौर पर, उस घर से थोड़ी ही देर पहले उठी अर्थी के बैकड्रॉप में!...

•

कुछ दिनों बाद, दरयाफ़्त करने पर कलानाथ को पता लगा था कि उस दिन उनके पड़ोस के घर से किराये के कन्धों पर जो अर्थी उठी थी, वह उस घर के लड़के के उस पिता की थी जो लम्बे समय से लकवाग्रस्त हो कर घर के बिस्तर पर गुज़र गया था; और बरसों पहले जिसने अपने बेटे को अपने कन्धों पर बिठा-बिठा कर दुनिया का नज़ारा कराया था!...

यह जानने के बाद, कलानाथ के भीतर से अचानक एक हूक-सी उठी और फिर उनका बुक्का फूट पड़ा था...

•

...उसके बाद कालपुरुष ने कुछ-भी नहीं देखना चाहने की मंशा से अपनी तीनों आँखें बन्द कर लीं! ❑

चित्र-चरित्र

[The Black Sun : A Day of Sorrow]

उस दिन का सूरज उगने से पहले-पहले, शहर के बीचोंबीच के एक चौराहे की रोटरी पर खड़े 'महात्मा गांधी' को काले कपड़े से ढँक दिया गया; और सूरज उगने के बाद शहर की सड़कों पर आ गये ठेलेवालों, रेहड़ीवालों, ख़ोमचेवालों, मज़दूरों, कामगारों और आमदोरफ्त करते लोगों को धूल-गर्द की तरह पोंछ कर सड़कें निरापद कर दी गयीं!...उसके बाद शहर की सड़कें मनुष्यहीन, बेहरकत और मुर्दे-जैसी ख़ामोश लगने लगी थीं!...

यह पहला पैराग्राफ था उस अफ़साने का जो अफ़सानानिगार ने मुसव्विर की पेंटिंग के मद्देनज़र लिखा था और जिसे पढ़ने के बाद मुसव्विर मुतमइन हुआ था कि यह पेंटिंग के उस हिस्से का कथा-रूपान्तरण है जिसमें एक काले रंग के सूरज और गोल लेन्स के कमानीवाले चश्मे के प्रतीक चित्रित हैं; इसके साथ ही मुसव्विर के ज़ेहन में यह बात आई थी कि किसी भी आर्ट-फॉर्म के ट्रीटमेंट और भाषा उसके अपने होते हैं जो उसे दूसरे आर्ट-फॉर्म्स से अलहदा और विशिष्ट बनाते हैं!...अपनी पेंटिंग को ध्यान में रखते हुए, मुसव्विर अफ़साने को बहुत ग़ौर से पढ़ रहा था।

हुआ दरअसल कुछ यों था कि तक़रीबन पन्द्रह दिन पहले अफ़सानानिगार के मोबाइल-फोन के स्क्रीन पर रिंगिंग के साथ जो नाम फ्लैश हो रहा था उसे देख कर उसको ख़ुशी हुई थी कि चलो देरसवेर यार ने सुधि तो ली! और उसने तत्काल फोन उठा कान से लगा कर कहा, "हैलो!"

"आज तुमको घर आना है!" उधर से कहा गया था।

"क्यों भई? किस ख़ुशी में बुला रहे हो? अन्यथा अमूमन अनरीचेबिल ही मिलते हो!"

"अरे भई, आओ तो!...सब बताऊँगा! वैसे अभी इतना बता दूँ कि कुछ काम हुआ है, जो तुम्हारे लिए एक कंटेंट भी है और चेलैंज भी!"

"चेलैंज?...मेरे लिए?" अफ़सानानिगार की उत्सुकता बढ़ गयी थी, "खुल कर बता यार! क्या है?...'चेलैंज' बोल कर क्यों सस्पेंस क्रियेट कर रहा है!"

"नहीं, अभी नहीं!...आकर ख़ुद देख लो! इसीलिए तो बुला रहा हूँ!"

"ठीक है आता हूँ!" अफ़सानानिगार ने कहा था।

वे दोनों दोस्त थे–कहना चाहिए, जिगरी दोस्त! दोनों प्राइमरी-स्कूल से लेकर यूनिवर्सिटी तक सहपाठी रहे थे। यूनिवर्सिटी से 'मास्टर' डिग्री हासिल करने के बाद दोनों ने अपना-अपना रास्ता चुन लिया था–अपनी-अपनी पसन्द का जॉब! जॉब ज़िन्दगी चलाने के लिए! जॉब के अलावा, दोनों ख़ुद को अभिव्यक्त करने के लिए अपने-अपने ढंग का कलाकर्म भी करते थे–एक के कलाकर्म का नाम था 'पेंटिंग'; और दूसरे के कलाकर्म का नाम 'अफ़सानानिगारी'! अपनी-अपनी इन कलाओं से जुड़ने के संस्कार दोनों को उस यूनिवर्सिटी के माहौल से ही मिले थे जिसमें उन्होंने 'मास्टर' डिग्री के लिए पढ़ाई की थी और जो अपनी एक्स्ट्रा-करीकुलम गतिविधियों के लिए सुख्यात ही नहीं कुख्यात भी थी!...अब तक दोनों की ज़िन्दगी का पूर्वार्द्ध गुज़र चुका था; और दोनों अपने-अपने जॉब से रिटायर्ड हो कर, अब पूरे समय अपने घर-परिवार के साथ रहते हुए, अपने-अपने कलाकर्म में मुब्तिला रहते थे।

बहरहाल, दोस्त के बुलावे पर अफ़सानानिगार जब उसके घर पर उसके स्टूडियो में पहुँचा, तो दोस्त ने वहाँ रखी 2×3 फीट आकार की नयी पेंटिंग की ओर इशारा कर उससे कहा था, "यह है!...नया काम है मेरा!"

अफ़सानानिगार ने बिना कुछ बोले, उस पेंटिंग को देखा था–उसके हर पहलू पर ग़ौर करते हुए–उसमें प्रयुक्त रंग, उसमें से उभरती आकृतियाँ, उसके रंग व आकृतियों का टेक्सचर; और बारीक रेखाओं के द्वारा चार भागों में विभाजित एक सम्पूर्ण चित्र!...वह कुछ देर तक उस पेंटिंग में खोया रहा। उसके बाद उसने दोस्त की ओर देखा, "कुछ बात तो है!...एक ख़ास तरह का इम्पैक्ट क्रियेट करती कुछ बात!...रंग, रेखायें और आकृतियाँ मिल कर कुछ कह रहे हैं!...पर क्या?...इसे तुम ही बताओगे! वैसे तुमने इसका टाइटल दिया है–The Black Sun : A Day of Sorrow... थोड़ा क्लियर करो कि बेसिकली इसका सब्जेक्ट क्या है?"

"पॉलिटिक्स!" मुसव्विर दोस्त ने कहा।

"ओ के!...इसमें सड़क पर चलती हुई दो टाँगें दीख रही हैं जो ख़ून से लिथड़ी हुई लग रही हैं; एक कुर्सी की आकृति नज़र आ रही है; गोल लेन्स वाले कमानी के एक चश्मे का अंकन है; एक उल्लू का आकार दिखायी दे रहा है और भी बहुत-कुछ है!" अफ़सानानिगार ने कहा।

"हाँ!"

"इसको ज़रा डिकोड करो!"

"नहीं! यह काम तुमको ही करना पड़ेगा!...हाँ, इतना ज़रूर कहूँगा कि पॉलिटिक्स की प्रायोरिटी में हमेशा एक ही चीज होती है–वह है 'कुर्सी'! उसके अलावा और सब-कुछ उसके लिए सेकण्डरी होता है–यहाँ तक कि मनुष्य भी!"

सुन कर अफ़सानानिगार ने एक बार फिर पेंटिंग को ग़ौरपूर्वक देखा। वह उसे देर तक देखता रहा। उसके बाद बोला, "ओके!...और हाँ, तुम फोन पर कह रहे थे कि मेरे लिए कुछ कंटेंट भी है और चेलैंज भी! वह क्या है?"

"यही तो है!" मुसव्विर ने पेंटिंग की ओर हाथ से इशारा कर, उससे कहा, "इसमें तुम्हारे लिए कंटेंट है...अब तुम इसको डिकोड करते हुए इसमें से कितना निकाल पाते हो और उस पर किस तरह अपना अफ़साना खड़ा कर पाते हो–यही तुम्हारे लिए चेलैंज है!"

यह सुनने के बाद अफ़सानानिगार ने इस बार एक बिल्कुल अलग निगाह से पेंटिंग को देखा। कुछ देर देखते रहने के बाद उसने अपने मुसव्विर दोस्त से कहा, "कुछ तो बात है इस पेंटिंग के रंगों-रेखाओं-आकारों और टेक्सचर-स्ट्रक्चर में, जो सोचने-विचारने पर विवश कर रही है!...क्या मुझे इसका फोटो मिल सकता है?"

"बिल्कुल!...अपने फोन के कैमरे से खींच लो!" मुसव्विर ने फ़ौरन कहा।

उसके बाद अफ़सानानिगार ने अपने मोबाइल-फोन के कैमरे से पेंटिंग का फोटो लिया; और उसे चेक किया–साफ़ व स्पष्ट था!

"आओ, अब एक-एक कप चाय लेते हैं!" कह कर मुसव्विर स्टूडियो से ड्रॉइंगरूम की ओर चल दिया। उसके साथ अफ़सानानिगार भी।

चाय पीने के बाद कप रखते हुए अफ़सानानिगार ने अपने दोस्त से कहा, "ओके, अब चलूँगा...उम्मीद है, हम जल्द ही मिलेंगे!"

"ऑल द बेस्ट!...मिलते हैं!" मुसव्विर ने कहा।

उसके बाद अफ़सानानिगार अपने दोस्त के घर से रवाना हो कर कुछ देर में अपने घर आ गया था। दोस्त का चेलैंज उसके साथ था, जो उसके भीतर लगातार एक रचनात्मक बेचैनी क्रियेट किये हुए था।

घर पहुँच कर कुर्सी पर बैठते ही उसने अपने मोबाइल-फोन की गैलरी खोली और वह उसमें मौजूद पेंटिंग (के फोटो) को डिकोड करने की गरज से देखने लगा : सबसे पहले उसने पेंटिंग के टाइटल को पढ़ा : The Black Sun : A Day of Sorrow... उसके बाद पेंटिंग को चार हिस्सों में बाँटती लकीरों को ग़ौर से देखा–वे

लकीरें पेंटिंग को चार हिस्सों में बाँट अवश्य रही थीं; किन्तु उस बँटवारे से पेंटिंग की समग्रता भंग नहीं हुई थी। चार हिस्सों में बँटी उस पेंटिंग को वह कुछ देर तक ग़ौर से देखता रहा, तो इस निष्कर्ष पर पहुँचा कि पेंटिंग का चार हिस्सों में किया गया सांकेतिक बँटवारा, एक दिन के चार प्रहरों का प्रतीक है! अब वह पेंटिंग के चारों हिस्सों को क्रमशः एक-एक कर समझने की कोशिश करते हुए प्रत्येक हिस्से के रंगों व आकृतियों को देखने लगा। वे आकृतियाँ, जैसी कि किसी पेंटिंग में होनी चाहिए, सिम्बोलिक थीं–फोटोग्राफ़िक नहीं! किन्तु वे सिम्बोलिक आकृतियाँ अपने रंगों व रेखाओं के माध्यम से बख़ूबी सम्प्रेषित हो रही थीं। उसने देखा, पेंटिंग के पहले हिस्से में एक तरफ़ को काले रंग का सूरज चित्रित था और उसी हिस्से में गोल लेंस का कमानीवाला एक चश्मा; इसके साथ ही सड़क पर चलती हुई दो रक्तरंजित टाँगें और सड़क पर छिटका लहू-रंग!...दूसरे हिस्से में स्टैण्ड पर कसे माइक के सामने एक नंगी मनुष्य-आकृति खड़ी हुई थी, जिसका उत्तेजित लिंग तना हुआ दिखायी दे रहा था और जिसका सिर व चेहरा लकड़बग्घे का था! उसके अगल-बग़ल कुछ और मनुष्य-आकृतियाँ नज़र आ रही थीं!...तीसरे हिस्से में एक ख़ाली कुर्सी और कुछ मनुष्य-आकारों का अंकन था; साथ ही कुछ घोड़ों-हाथियों-रथों के रेखांकन भी!...चौथे हिस्से में एक इमारत की मुँडेर पर उल्लू बैठा दिखायी दे रहा था; और दूसरी तरफ़ एक मनुष्य-आकृति दूसरी मनुष्य-आकृति के सामने कोर्निश की मुद्रा में झुकी नज़र आ रही थी!...

अफ़सानानिगार कुछ दिनों तक दिन-रात उस पेंटिंग में ही उलझा रहा। और अन्ततः एक दिन उसके अफ़साने का ब्लू-प्रिंट उसके ज़ेहन में बन गया था! उसके बाद कुछ ही घण्टों में उसने उस ब्लू-प्रिंट को अफ़साने की शक्ल में काग़ज़ पर उतार दिया था!

उसके अगले दिन उसने अपने मुसव्विर दोस्त को फोन किया था, "अफ़साना तैयार है! आज लेकर आ रहा हूँ!"

"उत्सुक हूँ पढ़ने के लिए! आ जाओ!" उधर से कहा गया था।

उसके बाद उसी दिन वह अपने मुसव्विर दोस्त के घर पहुँचा था और उसने उसके सामने अफ़साने के पन्ने रखते हुए कहा, "लो, यह है!"

मुसव्विर ने स्टेपल किये हुए सिलसिलेवार पन्ने हाथ में ले लिये; और उत्सुकता से भरा हुआ वह उन्हें एक तरफ़ से पढ़ने लगा था।

अफ़साने का पहला पैराग्राफ़ पढ़ते ही उसके ज़ेहन में कोंधा कि यह उसकी पेंटिंग के उस हिस्से का कथा-रूपांतरण है जिसमें एक काले रंग के सूरज और

गोल लेंस के कमानीवाले चश्मे के प्रतीक हैं; इसके साथ ही उसके ज़ेहन में यह बात भी आई कि किसी भी आर्ट-फॉर्म के ट्रीटमेंट और भाषा उसके अपने होते हैं जो उसे दूसरे आर्ट-फॉर्म्स से अलहदा और विशिष्ट बनाते हैं!...अपने भीतर उभरे इन विचारों के साथ ही उसके भीतर अफ़साने को पूरा पढ़ने की लालसा चरम पर जा पहुँची थी। चूँकि उसके भीतर उभरे तात्कालिक विचारों ने चन्द पलों के लिए उसका ध्यान भटका दिया था इसलिए उसने अफ़साने को एक बार फिर शुरुआत से ही पढ़ना शुरू किया :

***उस** दिन का सूरज उगने से पहले-पहले, शहर के बीचोंबीच के एक चौराहे की रोटरी पर खड़े 'महात्मा गांधी' को काले कपड़े से ढँक दिया गया; और सूरज उगने के बाद शहर की सड़कों पर आ गये ठेलेवालों, रेहड़ीवालों, ख़ोमचेवालों, मज़दूरों, कामगारों और आमदोरफ्त करते लोगों को धूल-गर्द की तरह पोंछ कर सड़कें निरापद कर गयीं !...उसके बाद शहर की सड़कें मनुष्यहीन, बेहरकत और मुर्दे-जैसी ख़ामोश लगने लगी थीं!...*

शहर की उन्हीं मुर्दे-जैसी ख़ामोश, बेहरकत और मनुष्यहीन सड़कों में से एक पर उस दिन की सुबह चौदह-पन्द्रह साल की एक लड़की अपना गंतव्य पाने के लिए भटक रही थी। उस लड़की की देह पर उस वक़्त कोई कपड़ा नहीं था और उसकी कमर से नीचे का हिस्सा ख़ून से लथपथ था! वह उस समय बदहवासी में खुद को ढोती हुई-सी चल रही थी और जहाँ-तहाँ मरी-सी आवाज़ में मदद के लिए गुहार लगा रही थी! पर उसकी सुनने वाला कोई न था!...

***सुबह** आहिस्ता-आहिस्ता दोपहर में तब्दील हो गयी थी...*

उन-सबने देर सुबह तक सुन्दर नींद लेकर रात की थकान को नेस्तोनाबूद कर लिया था। शाम के समय उन्हें देवी-मण्डप की व्यवस्था में पहुँचना था। पर उससे पहले, दोपहर के अपने पूर्व-निर्धारित 'कार्यक्रम' के लिए इकट्ठा होना था। वह कार्यक्रम उनके 'पौरुष' को जाहिर करने के लिए था! तो वे-सब तैयार हो कर अपने-अपने घर से निकले और एक जगह मिले। उस जगह से वे 'ठेके' पर पहुँचे। वहाँ उन्होंने अपने-आप को 'रिचार्ज' किया। उसके बाद उस तय स्थान की ओर चल दिये, जहाँ उन्हें 'मीडिया' के समक्ष अपनी 'भावनायें' व्यक्त करनी थीं।

थोड़ी देर में वे-सब 'मीडिया' के कैमरों के सामने थे। उनमें से एक, जो झबरी मूँछों व मिचमिचाती आँखों वाला था और जो उन-सबका मुखिया था और जिसने

रंगबिरंगे कुरता-पाजामा-जाकिट व काले पम्प-शू पहने हुए थे, ततैया के काटे-जैसा तिलमिलाता व हाथ-पाँव फेंकता हुआ कैमरे के सामने चीख़ रहा था, "...उस रंग से हमारी पहचान जुड़ी हुई है!...उस रंग का अपमान हम हरगिज नहीं सहेंगे!... हम अपनी भावनाओं से खिलवाड़ करने की किसी को भी छूट नहीं दे सकते!..."

उसके बाद कैमरे के सामने दूसरा आ गया, जो नीचे से ऊपर तक एक ही रंग के कपड़े-जूते पहने हुए था और जिसके माथे पर उसी रंग के तिलक की छापी थी। कैमरे के सामने उसके कहे पहले शब्द से लेकर आख़िरी शब्द तक पटाखे फूटने-जैसी कर्कशता थी। उसने कहा था, "...अपनी संस्कृति के लिये ऐसे शब्दों से हमारी भावनायें आहत हुई हैं! हम अपनी संस्कृति का ऐसा अपमान बिल्कुल सहन नहीं करेंगे!...हम चुप नहीं बैठेंगे!..."

उसके बाद उन-सबने कैमरे के सामने हाथ ऊपर को उठा-उठा कर 'जय...!' के नारे लगाये थे; और वहाँ से रवानगी डाली थी।

दोपहर ढल गयी थी; अर्थात अब अपराह्न-काल था। और उस अपराह्न-काल में शहर के बीचोंबीच स्थित एक हवेली के एक कक्ष में परमपुरुषार्थ देव की कुछ ख़ास लोगों के साथ मीटिंग चल रही थी...

उस मीटिंग के दौरान ही कक्ष के भीतर एक व्यक्ति ने बेहिचक प्रवेश किया। वह चलता हुआ सीधा परमपुरुषार्थ देव के पास पहुँचा; और उसने ऊँची-शानदार कुर्सी पर बैठे परमपुरुषार्थ देव के सामने थोड़ा झुक कर उसको अपने मोबाइल-फोन में से कुछ दिखाते हुए उससे कहा, "सर, यह वीडियो वायरल है सोशल मीडिया पर!...अपने ही शहर का आज का ही बताया जा रहा है!"

परमपुरुषार्थ देव ने उस व्यक्ति के हाथ से मोबाइल-फोन अपने हाथ में लेकर वीडियो को ग़ौर से देखा : चौदह-पन्द्रह साल की एक लड़की थी–बदहवास हाल में, सड़क पर चलती–कमर से नीचे ख़ून से रँगी, पूरी तरह नंगी!...

वीडियो को ग़ौर से देख लेने के बाद परमपुरुषार्थ देव ने मोबाइल-फोन उस व्यक्ति को लौटाते हुए उससे कहा, "इसे हैण्डिल कीजिये...ठीक से!...किसी पेपर में, किसी न्यूज़-चैनल पर...कहीं भी न जाये!...समझ गये न आप?"

"यस, सर!" उस व्यक्ति ने कहा और वह वहाँ से चला गया। वह एक पूर्व-पत्रकार तथा परमपुरुषार्थ देव का वर्तमान मीडिया-मैनेजर था।

उस वक़्त चल रही वह मीटिंग, उस रात्रिभोज की तैयारी की समीक्षा-बाबत थी जो उस दिन हवेली में 'आमन्त्रित अतिथि' के सम्मान में आयोजित था और जिस

पर परमपुरुषार्थ देव के राजनैतिक भविष्य का दारोमदार निर्भर था!...परमपुरुषार्थ देव दरअसल, बीते दो-ढाई बरसों से राजनैतिक रूप से 'बीमार' चल रहा था! परिणामस्वरूप उसे हमेशा लगता रहता था कि उसके भीतर एक खोखल बन गया है–वैसा ही खोखल जैसा गूदा निकाल लिये जाने पर कड़े आवरण वाले किसी फल के भीतर; और मिगी निकाल लिये जाने पर बादाम या मूँगफली के भीतर बन जाता है! साथ ही कोढ़ में खाज यह भी थी कि उसे हर वक़्त लगता रहता था कि उसके शरीर पर एक भी कपड़ा नहीं है यानी वह पूरी तरह नंगा है!...अपनी हृष्ट-पुष्ट-स्वस्थ और बेहतरीन लिबास से लैस काया के खोखले व नंगे होने के मुसलसल बने रहने वाले अहसास की उसकी 'बीमारी' की शुरुआत उस दिन हुई थी जिस दिन, पिछले इलैक्शन के रिजल्ट आये थे और उसको पराजित घोषित किया गया था!... अपनी उस अप्रत्याशित पराजय के फ़ौरन बाद उसे लगा था कि सब-कुछ ख़त्म हो गया! सब-कुछ!...उस अकल्पित पराजय ने एक ही झटके में परमपुरुषार्थ देव की तमाम कल्पनाओं को मटियामेट कर दिया था! कहाँ तो अपनी ख़ानदानी अपराजेयता के अतिविश्वास से भरे उसने सोच रखा था कि अपनी पारम्परिक कॉन्स्टिट्वेंसी को वह अपने बाद के लिए अपने पुत्र परमपुण्यार्थ देव को सौंप कर अपना उत्तराधिकारी बनायेगा; और कहाँ वह ख़ुद ही चुनाव हार गया!...उस हार के बाद उसे लगने लगा था कि उसकी स्फटिक की तरह चमकती हवेली अचानक कोयले की तरह काली हो गयी है, उसके हाथी-घोड़े महज़ लीद करने वाले जानवर हो गये हैं, उसकी सैकड़ों विंटेज कारें कबाड़ में बदल गयी हैं, उसकी बग्घियाँ टूटा-फूटा काठ-भर रह गयी हैं, उसकी हवेली के नौकर-चाकर उसकी हुक्मउदूली पर उतर आये हैं; और हवेली के ऊँचे कंगूरों पर बैठ कर उल्लू बोल रहे हैं!....उसके कुछ ही दिनों बाद, उसको लगने लगा था कि उसके शरीर के भीतर एक खोखल बन गया है और वह पूरी तरह नंगा है!

ग़ौरतलब है कि परमपुरुषार्थ देव को पराजित कर राजनैतिक रूप से 'बीमार' कर देने वाला उसका प्रतिद्वन्द्वी जिस सियासी पार्टी का था, वह एक विशिष्ट तरह के चोले वाली पार्टी थी–ऐसे चोले वाली, जिसको पहनने वाले की सूरत ही नहीं सीरत भी बदली हुई नज़र आने लगती थी; जिसको पहनने के बाद कोई हत्यारा भी साधु-महात्मा दिखायी देने लगता था, कोई बलात्कारी भी सदाचारी लगने लगता था, कोई डाकू भी संन्यासी नज़र आने लगता था, कोई 'साँप' भी 'गिलहरी' लगने लगता था, कोई 'भेड़िया' भी 'भेड़' नज़र आने लगता था और कोई 'नरभक्षी' भी 'मुक्तिदाता' लगने लगता था!...बहरहाल, उस सियासी पार्टी के प्रत्याशी का चोला

देख कर मतदाताओं ने उसे अपना प्रतिनिधि चुन लिया था और परमपुरुषार्थ देव को दरकिनार कर दिया था!..

उस हार के बाद परमपुरुषार्थ देव ने अपने खोखले व नंगे होने के अहसास के साथ महीने-दर-महीने गुज़ारे। अलबत्ता उन गुज़रे महीनों के दरमियान वह अपने उस अहसास को बदलने के उपाय सोचता रहा था। और अन्ततः उसे एक उपाय सूझ गया था। उसके बाद उसे बस अपनी उस सूझ को एक्ज़ीक्यूट करना था!...

और आख़िरकार उसने कुलाबे मिला लिये थे! नतीजन 'आमन्त्रित अतिथि' ने उसका आतिथ्य-प्रस्ताव स्वीकार कर लिया था!...

'आमन्त्रित अतिथि' की स्वीकृति के बाद से ही परमपुरुषार्थ देव तैयारियों में जुट गया था।...उसी दौरान एक दिन उसके ज़ेहन में अचानक कौंधा था कि 'आमन्त्रित अतिथि' के द्वारा दी गयी तारीख़, 'नवरात्रि' के दिनों में से एक दिन है, तो क्यों नहीं 'आमन्त्रित अतिथि' के सामने अपनी 'आस्था' साबित करने का उपक्रम किया जाय!...और उसने बिना देर किये अपने एक कार्यकर्ता को फोन कर कहा, "गोवर्धन! आओ...कुछ आवश्यक है!"

"अभी आया!" गोवर्धन ने कहा था।

उसके बाद कुछ ही देर में गोवर्धन परमपुरुषार्थ देव के सामने हाजिर हो गया; और उसके पैर छूकर सीधा हुआ, तो परमपुरुषार्थ देव ने अपना हाथ उसके कन्धे पर रख कर उससे कहा, "इस नवरात्रि के शुभ अवसर पर अपना पण्डाल सजेगा..."

गोवर्धन ने बात को बीच में ही लपक लिया और कहा, "मेरे लिए आदेश करें..."

"आदेश नहीं!...यह हम सभी का काम है, जिसकी जिम्मेदारी तुमको सौंप रहा हूँ!...मण्डप अपना है, तो भव्य होना है!...उसकी सारी व्यवस्था तुमको ही देखना है!"

"हो जायेगा!...आप निश्चिन्त रहें!" गोवर्धन ने उत्साह के साथ कहा।

"अपने लड़कों की पूरी टीम को लगाना...आयोजन के प्रबन्ध के लिए!...यह अपना पहला मण्डप होगा, तो सब-कुछ ए-वन रहना चाहिए!"

"आप बिल्कुल निश्चिन्त रहें!" गोवर्धन ने कहा।

"तो अब जाओ और प्रतिमा वगैरह को बुक करने के लिए एडवांस के लिए पीए से मिल लो!"

"जी, ठीक है!" कह कर गोवर्धन चला गया था।...

उसके बाद, एक-एक कर दिन गुज़र गये; और 'नवरात्रि' के दिन आ पहुँचे थे।

'नवरात्रि' के पहले दिन से गोवर्धन व उसकी टीम के लड़कों की देख-रेख में भव्य देवी-मण्डप सजा हुआ था!...

और 'आमन्त्रित अतिथि' के आगमन का तय दिन आ पहुँचा था!

तो उस दिन के अपराह्न-काल में, 'आमन्त्रित अतिथि' के सम्मान में आयोजित रात्रिभोज की तैयारियों की समीक्षा हेतु मीटिंग चल रही थी।...

अपराह्न-*काल बीत कर, अब रात्रिसन्धि का समय हो गया था! यानी वह समय, जिसका परमपुरुषार्थ देव को अरसे से इन्तज़ार था!...*

'आमन्त्रित अतिथि' के स्वागत के लिए परमपुरुषार्थ देव की हवेली सजी हुई थी; और शहर के वे रास्ते पलक-पाँवड़े बिछाये हुए थे जिनसे गुज़रते हुए 'आमन्त्रित अतिथि' की कार को हवेली तक पहुँचना था!...

'आमन्त्रित अतिथि' के आगमन से पहले के क्षणों में परमपुरुषार्थ देव के भीतर उत्तेजना-उत्सुकता-आशंका और अनिश्चितता की खलबली थी कि कहीं स्वागत में किसी प्रकार की कोई कोताही न हो जाय, जिसके कारण बना-बनाया खेल बिगड़ जाय!...तो उस खलबली को अपने भीतर दबाये परमपुरुषार्थ देव, हवेली के प्रवेश-द्वार पर बावर्दी तैनात खड़े दरबान को वहाँ से हटने का हुक्म देकर उसकी जगह पर ख़ुद खड़ा हो गया! दरअसल उसके ज़ेहन में अचानक यह ख़याल आया था कि 'आमन्त्रित अतिथि' के स्वागत में उसके ख़ुद खड़े होने का अतिथि के भीतर पैदा होने वाला इम्प्रेशन उसके लिए ज़्यादा अनुकूल व फायदेमन्द होगा!...

कुछ ही देर में 'आमन्त्रित अतिथि' की कार हवेली के प्रवेश-द्वार के सामने आ कर रुकी। कार से उतरते ही 'आमन्त्रित अतिथि' ने एक उचटती-सी नज़र उसके स्वागत में प्रवेश-द्वार खड़े परमपुरुषार्थ देव पर डाली; और उसी वक्फे में परमपुरुषार्थ देव, 'आमन्त्रित अतिथि' के सम्मान में कोर्निश करता हुआ आगे को झुक गया था! पर 'आमन्त्रित अतिथि' ने कोई ख़ास प्रतिक्रिया नहीं दी और उसका चेहरा निर्भाव बना रहा! यह देख कर परमपुरुषार्थ देव को किंचित निराशा हुई। पर उसने अपने उद्देश्य को हिलने नहीं दिया और वह आगे बढ़ कर, 'आमन्त्रित अतिथि' को अपने साथ हवेली के भीतर की ओर ले चला था।

हवेली के सजे-धजे गलियारे में शहनाई की मंगल-ध्वनि और दोनों ओर विशेष वेशभूषा में खड़े परिचारक-परिचारिकाओं के द्वारा की जा रही पुष्पवर्षा के बीच से गुज़रता हुआ 'आमन्त्रित अतिथि', परमपुरुषार्थ देव के साथ कुछ ही देर में हवेली के भोजन-कक्ष में था।

उसके बाद 'आमन्त्रित अतिथि' को भोजन-कक्ष की चाँदी से बनी डाइनिंग-टेबल से लगी स्वर्णमण्डित कुर्सी पर बिठाया गया। थोड़ी ही देर में उसके सामने हवेली के शेफ द्वारा तैयार किये गये विविध प्रकार के व्यंजनों से सजा स्वर्ण-थाल रखा गया।

उस वक़्त परमपुरुषार्थ देव, 'आमन्त्रित अतिथि' के सामने अपने दोनों हाथ बाँधे झुका हुआ खड़ा था। वह उस वक़्त 'आमन्त्रित अतिथि' की कृपादृष्टि का मुहताजोमुन्तज़िर था!

'आमन्त्रित अतिथि' कोई ऐरा-गैरा नहीं था; बल्कि वह, वह शय था जिसके तआर्रुफ़ में कुछ अद्‌भुत व अभूतपूर्व कारनामों का इन्दराज था : सबसे पहला कारनामा तो यही कि वह बीते समय में हुए एक जेनोसाइड का सफल सूत्रधार रहा था—उस जेनोसाइड का सूत्रधार, जिसको देखने के बाद पच्चीस-तीस बरस का वह युवक ख़ौफ़ की ज़िन्दा तस्वीर बन गया था जिसने अपनी आँखों के सामने एक जवान आदमी के शरीर को तलवार की धार से चिरते देखा था, एक बुज़ुर्ग आदमी के सिर को धड़ से अलग होते देखा था, एक गर्भवती स्त्री के पेट में भाला पिरो दिया गया देखा था, एक बच्चे को बरछे की नोंक में बिन्धा हुआ देखा था और यह-सब देखने के बाद जिसके मुँह से एक-भी शब्द बाहर नहीं आ पा रहा था और जिसकी आँखें उस वक़्त आँसुओं से भी ज़्यादा अपने भीतर की गिड़गिड़ाहट से लबरेज थीं और जिसका ख़ौफ़ज़दा चेहरा बाद के दिनों के अख़बारों-रिसालों में उस जेनोसाइड के ख़ौफ़ की प्रतीक-तस्वीर बन कर शाया होता रहा था!...दूसरा कारनामा यह कि...! तीसरा कारनामा यह कि...! चौथा कारनामा यह कि...! पाँचवाँ कारनामा यह कि...! और अद्यतन कारनामा यह कि वह उस सियासी पार्टी का सरगना था, जिसके प्रत्याशी ने परमपुरुषार्थ देव को पराजय का मुँह दिखाया था!...बहरहाल, ऐसे(!) 'आमन्त्रित अतिथि' की कृपा-दृष्टि का मुहताज-व-मुन्तज़िर परमपुरुषार्थ देव उसके सामने झुका हुआ खड़ा था! पर 'आमन्त्रित अतिथि' था कि उसकी ओर देख ही नहीं रहा था! उसने अब तक कायदे से एक भी बार उसकी ओर नहीं देखा था! यह परमपुरुषार्थ देव के लिए निहायत निराशाजनक व अनपेक्षित स्थिति थी!...

अपनी उस अनपेक्षित निराशा के बीच ही अचानक परमपुरुषार्थ देव के ज़ेहन में आशंका उभरी कि कहीं ऐसा तो नहीं कि 'आमन्त्रित अतिथि' को भी वह नंगा दीख रहा हो! नंगा! बिना कपड़ों का!...अपनी इस आशंका के साथ, वह कुछ देर तक झिझका हुआ-सा खड़ा रहा; परन्तु कुछ ही देर में 'आमन्त्रित अतिथि' के सामने फिर झुक गया था...

जब हवेली के भीतर यह-सब चल रहा था, तब हवेली की मुँडेर पर एक उल्लू मौके की ताक में बैठा हुआ था–उसे उस वक़्त शहर का अँधेरा अचानक गाढ़ा हो गया दिखा, तो उसने एक अचूक उड़ान भरी और बेआवाज़ झपट्टे के साथ अपने शिकार को दबोच लिया था!...

अफ़साने को उसके आख़िरी शब्द तक पढ़ कर ख़त्म करने के बाद, मुसव्विर कुछ पलों तक अपने हाथों में मौजूद उसके पन्नों की तरफ़ ही देखता रहा। उसके बाद उसने बुदबुदाते हुए कुछ कहा; और अपने अफ़सानानिगार-दोस्त की ओर देखा।

अफ़सानानिगार ने उसकी अस्पष्ट बुदबुदाहट के बाबत उससे पूछा, "तुमने अभी कुछ कहा?"

"हाँ!" मुसव्विर बोला, "वह मैंने अपने-आप से कहा था!"

"क्या?" अफ़सानानिगार ने पूछा।

"कहा था–'अफ़साना जस्ट अलाइव पेंटिंग!'"

सुन कर अफ़सानानिगार के चेहरे पर क्षण-भर को एक झीनी-सी ख़ुशी चमकी और तिरोहित हुई।

और फिर वे दोनों दोस्त कुछ देर तक चुपचाप एक-दूसरे की ओर सिर्फ़ देखते हुए बैठे रहे; क्योंकि उन्हें जो-कुछ कहना था, वह वे अपने-अपने तौर से कह ही चुके थे! ❑

युद्धकाल

अशोक वर्मा रोज़ाना सबसे पहला प्रश्न पूछते थे, "प्रबोध, आज तुमने क्या पढ़ा था?" और लड़का उसका सब्जेक्टवाइज़ फटाफट जवाब देता था। उसके बाद होते थे और तमाम प्रश्न–करंट अफेयर्स–राष्ट्रीय-अन्तरराष्ट्रीय, इतिहास, भूगोल, राजनीति, विज्ञान और सामान्य ज्ञान के। लड़का उनके भी जवाब देता था, देने की कोशिश करता था।

यह सिलसिला जिस पहले दिन से शुरू हुआ था, उस दिन जो प्रश्न लड़के से पूछे गये थे उनमें से कुछ; और उनके जवाब ये थे–

"अपने देश का नाम भारत कैसे पड़ा?"

"राजा भरत के नाम पर।"

"अपने देश का राष्ट्रीय चिह्न क्या है?"

"अशोक...चिह्न..."

"अपने देश का पशु कौन-सा है?"

"टाइगर...बाघ!"

"पक्षी?"

"मोर।"

"फूल?"

"कमल।"

"और आदमी?"

लड़का निरुत्तर हुआ था। उसने प्रश्न करने वाले अपने पापा के मुँह की ओर देखा था। अशोक वर्मा प्रसन्न नज़र आ रहे थे। उन्होंने प्रश्न को फिर पूछा, "अपने देश का राष्ट्रीय आदमी कौन है?"

लड़का फिर निरुत्तर था। उसने कहा, "पापा इस क्वैश्चन का आन्सर मैंने कहीं नहीं पढ़ा है।"

"हाँ बेटे, यह बहुत महत्त्वपूर्ण यानी इम्पोर्टेंट क्वैश्चन है; पर पता नहीं क्यों, किताबों में कभी यह क्वैश्चन नहीं दिया जाता, फिर इसके जवाब का तो सवाल ही कहाँ है। खैर, इस क्वैश्चन का उत्तर मैं बताता हूँ तुम्हें। वह हर आदमी अपने देश का राष्ट्रीय आदमी होता है जो यहाँ निवास करता है। समझे!"

"यस पापा!"

"कौन होता है राष्ट्रीय आदमी?"

"वह जो इस देश में रहता है।"

"ओ.के.! ...अब स्टॉप!"

"थैंक्यू पापा!"

इसके किसी अगले दिन के प्रश्नों-उत्तरों में से कुछ ये थे–

"प्रबोध, कैन यू टैल मी, हू इज़ द सेक्रेट्री जनरल ऑफ यूनाइटेड नेशन्स?"

लड़के ने तनिक देर कुछ याद किया, फिर बोला, "कोफ़ी अन्नन।"

"अच्छा, अमेरिका के राष्ट्रपति का क्या नाम है?"

"बिल क्लिंटन।" लड़के ने तपाक से नाम ले दिया।

इसके और आगे के किसी दिन के सवालों-जवाबों में से कुछ ये थे–

"संसार के सात आश्चर्य कौन से हैं?"

"पीसा की मीनार..." लड़के ने तुरन्त एक नाम लिया, फिर वह सोचने लगा; पर तत्काल और कोई नाम नहीं बता पाया।

"अच्छा, हमारे देश भारत का विभाजन किस सन् में हुआ था?"

"विभाजन?" लड़का शब्द का अर्थ नहीं समझ पा रहा था।

"हाँ, बँटवारा, पार्टीशन! यानी भारत और पाकिस्तान अलग-अलग देश कब बने?"

"सन् 1947 में।" लड़के ने जवाब दिया।

"सन् 1947 में और क्या हुआ था?"

"भारत आज़ाद हुआ था।"

"आज़ाद होने का क्या अर्थ होता है–जानते हो?...क्या होती है आज़ादी?"

"आज़ादी जीने की..." लड़का चहका।

"यह तो टी.वी. का ऐड है।" अशोक वर्मा बोले।

इसके बाद के किसी एक दिन के वार्तालाप का कुछ हिस्सा यह था–

"प्रबोध, तुम्हारा हीरो कौन है?"

"हीरो?" लड़का प्रश्न का मतलब नहीं समझा था।

"यस, योर फेवरिट पर्सन? जो व्यक्ति तुम्हें सबसे ज़्यादा पसन्द हो?"

"माइकल जैक्सन।" लड़के ने तुरन्त जवाब दिया।

और लड़के का जवाब सुनकर, पता नहीं क्यों, अशोक वर्मा एकबारगी भीतर-ही-भीतर थर्रा गये। वे कुछ क्षणों तक चुप रहे। पर जल्दी ही उन्होंने अपनी चुप्पी और थर्राहट को जी.के. में बदल दिया, "अच्छा, बताओ माइकल जैक्सन का सेक्स क्या है?"

"सेक्स?" लड़का अचकचा रहा था।

"हाँ,...खैर छोड़ो। अब बस।"

"थैंक्यू पापा।"

और उस रात अशोक वर्मा ठीक से सो नहीं सके थे। उनके भीतर एक अनपहचाना-सा भय पैवस्त हो गया था, जो उन्हें डरा रहा था। वे इस बात को ख़ुद भी समझ न पा रहे थे कि वे किस चीज़ से डरे हुए हैं। बस, उन्हें लग रहा था कि उनके भीतर-बाहर एक काला अँधेरा छाया हुआ है, जिसमें कहीं भी रोशनी का एक बिन्दु तक नज़र नहीं आता!

और फिर उनींदेपन और भीतर की बेचैनी से परेशान वे अपनी डायरी और कलम उठा लाये। उन्होंने डायरी के पन्ने पलटे और वे एक ख़ाली पन्ने पर–अपनी आदत और लिखावट के मुताबिक–निहायत ख़ूबसूरत और छोटे-छोटे अक्षरों में लिखने लगे–

कभी-कभी भय की कोई शक्ल नहीं होती। वह बिल्कुल बेचेहरा और निराकार होता है। ...साँप, शेर या झगड़ों, दंगों, फसादों के भय साफ़ दिखायी देते हैं। पर सबसे ख़तरनाक और भयानक वह होता है जो दिखायी नहीं देता, बस महसूस होता है।

अशोक वर्मा एक ख़ुश और सन्तुष्ट आदमी थे। घर में बीवी थी और एक बेटा था। बीवी घर का कामकाज सँभालती थी, प्रसन्न रहने वाली थी, ख़ूबसूरत-जैसी भी थी। और बेटा नौ वर्ष का था, जो शहर के अँग्रेज़ी माध्यम वाले एक स्कूल में चौथी कक्षा में पढ़ता था। वह भोले-भाले, मासूम चेहरेवाला, प्यारा-सा और ज़हीन था। बहुत जल्द पाठ याद कर लेता था, चीज़ों को समझ लेता था; इसलिए अपने माँ-बाप का बेहद लाड़ला था।

और ख़ुद अशोक वर्मा एक दफ़्तर में मुलाज़िम थे। समय पर दफ़्तर जाते और समय से लौटकर घर आते थे। वेतन पाते थे और उसे ख़र्च करते थे। अपने बीवी-

बच्चे के साथ एक ठीक-से घर में रहते थे, ठीक-ठाक-सा खाते-पहनते थे। यानी कुल मिलाकर यह कि वे सुखी गृहस्थ थे।

किसी ज़माने में वे 'कवि' हुआ करते थे। जो कुछ सोचते थे उसे 'कविता' की शक्ल देकर लिख देते थे। लेकिन बाद में उन्हें लगा कि वे जिसे 'कविता' समझकर लिखते हैं उसमें कविता-जैसी कोई बात होती नहीं है। वह तो प्राय: मामूली-सी बात होती है। तो उन्होंने अपने उस 'कवि' के बाने को त्याग दिया था। पर चूँकि दिलोदिमाग़ से संवेदनशील थे इसलिए अपने आस-पास की हर छोटी-बड़ी घटना से वे प्रभावित होते थे; और उस पर उनकी अपनी प्रतिक्रिया होती थी। लिहाज़ा अपनी उस प्रतिक्रिया को वे अपनी डायरी में लिख लेने लगे–जस-की-तस–जैसी भी दिमाग़ के भीतर गूँजती थी। और तब से वे 'कवि' की बजाय एक 'डायरी-लेखक' बन गये थे।

और 'डायरी-लेखक' अशोक वर्मा अपने भीतर पैदा हुए किसी भी विचार को डायरी में दर्ज कर लेने से बिल्कुल न चूकते थे। उसी क्रम में किसी दिन उन्होंने अपनी डायरी में लिखा हुआ था–

बच्चे इस कायनात की सबसे ख़ूबसूरत देन हैं।
क्योंकि वे ही संसार का भविष्य होते हैं।

यह लिखते हुए शायद उन्हें अपने बेटे का ध्यान रहा होगा, जिसके साथ, रोज़ाना दफ़्तर से लौटने के बाद वे अपना कुछ समय ज़रूर गुज़ारते थे। उस समय में वे अपने बेटे के साथ, उसे एक सुन्दर-सा खिलौना मानकर खेलते थे, तरह-तरह की बातें करते थे, दुनिया-भर की जानकारियाँ शेयर करते थे। और उस वक़्त उन्हें अपना भविष्य उजालों से भरा हुआ, चमकता-चमचमाता नज़र आता था।

उन्होंने अपने घर में सब-कुछ उपलब्ध कर रखा हुआ था–ख़ासकर अपने भविष्य–अपने बेटे की ख़ातिर। घर में अपने तमाम चैनलों के साथ टी.वी. था, हिन्दी और अँग्रेज़ी के एक-एक न्यूज़-पेपर थे, किताबें थीं, मेग्ज़ींस थीं। यानी घर सूचनाओं का संसार था।

...पर अब अशोक वर्मा एक अपरिचित-से भय से घिरे रहते थे। दफ़्तर से लौटने के बाद के–अपने बेटे से बातचीत करने के–समय की बातचीत में भी अब उनकी उतनी दिलचस्पी नहीं रह गयी थी। अब वे अपने बेटे से बातचीत करते हुए डर महसूस करते रहते थे। पर बेटे को यह कतई नहीं जताना चाहते थे। इसलिए वह रूटीन अब भी जारी था। दफ़्तर से लौटने के बाद वे सबसे पहले एक कप चाय लेते थे, फिर कुछ समय तक रिलैक्स होते थे, उसके बाद खाना खाते थे। खाने के

बाद, प्रबोध उनके सामने के सोफ़े पर आ जाता था। तब वे उससे बातें करने लगते थे। बातों के दरमियान वे पूरी एहतियात बरतते थे। भरसक निरापद सवाल करते थे। उस दिन प्रबोध आकर उनके सामने के सोफ़े पर बैठ गया, तो उन्होंने रोज़ाना की तरह सबसे पहला सवाल पूछा था, "प्रबोध, आज तुमने क्या पढ़ा था?"

लड़के ने तुरन्त सब बता दिया।

"अच्छा, अब ये बताओ कि इस साल हमारी आज़ादी का कौन-सा साल चल रहा है?"

"पचासवाँ साल।" लड़के ने तुरन्त कहा। वह इस जानकारी से अच्छी तरह वाकिफ़ था। उसने इसे कई जगह पढ़ा-देखा था।

"ओ.के. ...तो अब बताओ, इस आज़ादी के पचासवें साल की सबसे महत्त्वपूर्ण घटना कौन-सी है?"

"महत्त्वपूर्ण घटना...एँ ऽऽऽ..." लड़का जवाब नहीं दे पाया।

"ख़ैर छोड़ो!" अशोक वर्मा ने बातचीत का विषय थोड़ा-सा हल्का करने के लिहाज़ से पूछा, "तुम्हारी फेवरिट फ़िल्म कौन-सी है?"

"आंटी नम्बर वन।"

"एण्ड फ़िल्मी हीरो? फेवरिट फ़िल्मी हीरो?" उन्होंने उसी क्रम में पूछा।

"माइ फेवरिट इज़ गोविन्दा।"

"क्रिकेटर?"

"तेन्दुलकर।"

"राइटर?"

लड़के को तत्काल कोई नाम याद नहीं आया। वह पलकें झपकाता हुआ जैसे कुछ सोचता रहा।

"अच्छा, ये बताओ कि बड़े होकर तुम क्या बनना चाहते हो?"

"साइंटिस्ट।" लड़के ने तत्काल कहा।

"साइंटिस्ट क्यों बनना चाहते हो? एक्टर, क्रिकेटर, राइटर या और-कुछ क्यों नहीं?"

"नो, ऑनली साइंटिस्ट! न्यूक्लियर साइंटिस्ट!"

"बट व्हाइ! साइंटिस्ट बनकर तुम क्या करना चाहते हो?"

"मैं भी न्यूक्लियर बम बनाकर उसका विस्फोट करूँगा और..."

"ओ.के.! ...बस, नाउ स्टॉप!" अशोक वर्मा ने बीच में ही कहा। लड़के की बात अधूरी छूट गयी। वह बीच में ही रोक दिये जाने से कुछ सहम-सा गया और सोफ़े से उठ खड़ा हुआ।

उस दिन उसने 'थैंक्यू पापा' नहीं कहा; और अपने-आप में खोया हुआ-सा चला गया था।

और उस रात अशोक वर्मा फिर नहीं सो सके थे। इस बार भी वे भयभीत थे। पर इस बार उनके भीतर का भय निराकार नहीं था। वह न सिर्फ़ साकार था बल्कि उनके रू-ब-रू था।...और अब उनके भीतर-बाहर एक काला अँधेरा ही न था; बल्कि एक दृश्यमान खौफ़ तारी था। उन्होंने बेचैन करवटों के साथ खुली आँखों में रात गुज़ार दी।

सवेरे टूटते शरीर के साथ वे बिस्तर से उठकर खड़े हुए और बग़ल के कमरे में गये। प्रबोध अपने बिस्तर पर अभी सो रहा था। वे फिर लौटकर अपने कमरे में आ गये। थोड़ी देर तक वहाँ किंकर्तव्यविमूढ़-से खड़े रहे; फिर कुर्सी पर बैठ गये। थोड़ी देर में कुर्सी से उठ खड़े हुए और चलकर मेज़ की दराज़ से अपनी डायरी निकाल लाये। डायरी में कोई ख़ास पन्ना ढूँढ़ने लगे। वह मिल गया तो कुर्सी पर बैठ गये और अपने ही लिखे हुए को इस तरह पढ़ने लगे जैसे कि वह किसी और का लिखा हुआ हो–

कभी-कभी भय की कोई शक्ल नहीं होती। वह बिल्कुल बेचेहरा और निराकार होता है।...साँप, शेर या झगड़ों, दंगों, फसादों के भय साफ़ दिखायी देते हैं। पर सबसे ख़तरनाक और भयानक वह होता है, जो दिखायी नहीं देता, बस महसूस होता है।

पढ़ लेने के बाद वे फिर कुर्सी से उठ खड़े हुए; और चलकर कलम उठा लाये। उसके बाद, डायरी में अभी-अभी पढ़े हुए अपने लिखे के आगे उन्होंने एक पंक्ति और जोड़ दी। अब पूरी बात वहाँ इस प्रकार थी–

कभी-कभी भय की कोई शक्ल नहीं होती। वह बिल्कुल बेचेहरा और निराकार होता है।...साँप, शेर या झगड़ों, दंगों, फसादों के भय साफ़ दिखायी देते हैं। पर सबसे ख़तरनाक और भयानक वह होता है, जो दिखायी नहीं देता, बस महसूस होता है। पर कभी-कभी भय की शक्ल भी होती है; और वह भी किसी कमसिन और भोले बच्चे की तरह निहायत मासूम। ❑

काँधे पर झूला

आख़िरकार झूला ही उसको अपने लिए एकमात्र सहारा दिखा; और रास्ता भी!... अन्यथा उस घटना के बाद तो उसको कुछ-भी सूझ ही नहीं रहा था!...घर में कोई न था! ख़ाली था घर! मगर उसका दिमाग़ ख़ाली न था! दिमाग़ में सन्नी था–उसका बेटा सन्नी!...अब उसे लगा कि सन्नी उसको शहर में मिलेगा–शहर के गली-मोहल्लों में झूला झूलने को उत्सुक तमाम बच्चों के रूप में!...उसने घर की दीवाल से टिके रखे झूले की ओर देखा; और फिर उसे उठा लिया।

उसके बाद वह घर के दरवाज़े पर ताला लगा रहा था–पहली बार!...कुछ दिन पहले तक इस घर में उसका परिवार था–घरवाली, एक बेटे और दो बेटियों का परिवार! पर अब परिवार नहीं था! अब कोई भी नहीं था! अब वह अकेला था; और उसके साथ थे कुछ खौफ़नाक दृश्य, जो उसकी आँखों में समा कर रह गये थे!... दरवाज़े पर ताला डालते वक़्त वह अच्छी तरह जान रहा था कि उसके घर में ऐसा कुछ भी नहीं था, जिसके लिए ताले की ज़रूरत हो! स्टील के चन्द थाली-लोटे-कटोरे-गिलास, कुछ कपड़ों, दो खाटों और एक कनस्तर के अलावा घर में कुछ भी नहीं था। वह तो रोज़ कुआँ खोद कर रोज़ पानी पीने वाला आदमी था। उसे तो यह भी याद नहीं आता कि उसकी जेब में कभी एक सौ का नोट भी रहा था। रोज़ की कमाई से इकट्ठे होने वाले चालीस-पचास-साठ रूपयों से ज़्यादा उसकी गाँठ में कभी नहीं रहे! पर सूने घर को ताला देने का जो दस्तूर है उसी को निभा रहा था वह। अलबत्ता दरवाज़े पर ताला डालते हुए उसका कलेजा मुँह को आया जा रहा था। पर दस्तूर निभा रहा था वह।

वह, यानी रूपलाल!

रूपलाल के बाप के हिस्से में क़रीब चार बीघा ज़मीन आयी थी जब उसके और भाइयों के बीच बँटवारा हुआ था। उस समय रूपलाल पैदा नहीं हुआ था।

उसकी बड़ी पाँच बहनें थीं उस समय। और आगे चल कर उन पाँचों के ब्याहों में स्वाहा हो गयी थी उसके बाप के हिस्से की सारी ज़मीन। फिर कुछ-कुछ शाहमिज़ाज भी था उसका बाप; और बिना भाई की पाँच-पाँच लड़कियों का पिता होने के चलते थोड़ा हताश व निराश भी! बहरहाल, जब रूपलाल पैदा हुआ तब उसके बाप के खाते में बिस्वा-भर भी ज़मीन नहीं बची थी। परन्तु अपनी अगली सन्तान को लड़के के रूप में पा कर उसकी ख़ुशी का ठिकाना नहीं रहा था। लड़के का बाप होने की ख़ुशी उससे सँभाले न सँभलती थी।...कुछ दिन बाद उसने अपने बेटे को हाथों में लेकर उसे ग़ौर से देखते हुए उसका नाम रख दिया था-रूपलाल!

रूपलाल जब 17-18 साल का हुआ था, तो बिरादरी ने उसके ब्याह के लिए दरवाज़े खोल दिये थे। वह देखने-भालने में अपने नाम के अनुरूप रूप-स्वरूप वाला तो था ही; संग ही शील-स्वभाव से सभ्य व मिठबोला भी था। अपने घर से पाँच-पाँच बेटियों को विदा कर चुके उसके माँ-बाप भी चाहते थे कि घर में जल्दी से उनके बेटे की बहू आये। इस सूरत में बिरादरी ने उसके माँ-बाप की इच्छा को हाथोंहाथ लिया; और रूपलाल का ब्याह हो गया था। उसे घरवाली भी जोड़ की मिली। ज़्यादा हूर-परी तो नहीं; पर गेहुँआ रंग की सुगढ़ और सलोनी लड़की थी वह। शहर से आई थी; और आठवीं कक्षा पास थी वह। सलीके से रहना जानती थी। ससुराल में आ कर मैचिंग साड़ी-ब्लाउज पहनती थी। सज-सँवर कर रहती थी। रोज़ शैम्पू से बाल धोती थी। चेहरे पर क्रीम-पावडर लगाती थी। होठों को लिपस्टिक से रँगती थी। और ब्याह में मायके से ले कर आई 14 इंच वाले ब्लैक एण्ड व्हाइट टीवी पर फिल्में देखती थी। हालाँकि उसका पिता एक मजदूर था; पर उसके घर में टीवी मौजूद था, जिस पर ऐसी ख़ूबसूरत और दिलकश दुनिया पाई जाती थी जिसमें एक लुभावना बाज़ार मौजूद था-एक ऐसा बाज़ार, जिसमें 'सस्ते दामों में' ऐसी-ऐसी चीज़ें बिकती थीं जो बदसूरत जिस्म को ख़ूबसूरत, मैले कपड़े को साफ़-शफ़्फ़ाफ़ और काली चमड़ी को गोरी-सलोनी त्वचा में बदल देती थीं! इसके साथ ही, उस बाज़ार में मौजूद तमाम चीजें ऐसी थीं जो वहाँ एक बार दिखायी दे जाने पर रात के सपने में भी दिखायी देती थीं!

रूपलाल की घरवाली ने वे सब चीजें टीवी के बाज़ार में भी देखी थीं; और अपने सपनों में भी! कुछ चीजें उसने हासिल भी की थीं। और इसीलिए वह ब्याह के बाद ससुराल में आई थी तो अपने साथ स्टील के दो थाली-लोटे, दो गिलास, चार कटोरियाँ, जार्जेट की एक साड़ी, नाक की एक लौंग के साथ ही सस्ते फाइबर की अटैची में छह लिरिल साबुन, बीस लक्स शैम्पू के पाउच, तीन ब्रा, तीन पैंटी,

एक पोंड्स पावडर का डिब्बा, एक 'फेयर एण्ड लवली' क्रीम की ट्यूब और दो व्हिस्पर के पैकेट भी लाई थी! और संग ही लाई थी वह 'पोर्टेबल बाज़ार'; और उसमें बिकती चीजों के वे सपने भी जिन्हें वह अपनी नींद में देखती थी।

ब्याह के बाद, रूपलाल के सामने, कुछ समय तक एक जादुई इन्द्रधनुष अपने सातों रंगों के साथ छाया रहा था।

इस दरमियान रूपलाल, हर साल की दर से, एक के बाद एक, तीन बच्चों का बाप बन गया। बच्चों के नाम रखे गये थे-रेखा, काजल और सन्नी-सबसे पहले पैदा हुई थी लड़की, जिसका नाम रखा गया था रेखा; दूसरे नम्बर पर भी लड़की ही पैदा हुई, जिसका नाम रखा गया था काजल; और दोनों लड़कियों के बाद पैदा हुए लड़के का नाम रखा गया था सन्नी। तीनों बच्चों के नामकरण की जिम्मेदारी निभाई थी रूपलाल की घरवाली ने, जिसकी फिल्मी नामों की जानकारी काफी वसीहथी।

...इस दरमियान समय दौड़ता हुआ गुज़रा था। समय का मिज़ाज अनवरत और अनथक चलते रहने का होता है, सो वह चलता रहा और पता ही नहीं चला कि साल के बाद साल गुज़र गये और रूपलाल के बच्चों ने घर को भरा-भरा-सा कर दिया था। और समय की इसी दौड़-चाल के बीच रूपलाल के माँ-बाप दुनिया से चले गये थे।

पर उसके बाद कुछ और वक्फा गुज़रा, तो वही दौड़ता हुआ समय घिसट-घिसट कर आगे बढ़ने लगा। वजह यह कि अब घर की आमदनी की निस्बत ज़रूरतें ज़्यादा थीं।

रूपलाल गाँव में मजूरी करता। चैत-कार्तिक में काम मिल जाता; पर बाक़ी महीने काम के न रहते उसे बैठे रहना पड़ता। तब समय कीचड़ में फँसे हाथी की तरह खिंचता।...तब घर में कभी-कभी बच्चों तक के फाकों की नौबत आ जाती!...

और तब एक दिन इस मसले पर पति-पत्नी ने मशविरा किया था; और उसके बाद रूपलाल बीवी-बच्चों सहित शहर में आ गया था।...

शहर ने रूपलाल के काँधे पर झूला रख दिया! वह झूला, जो छोटे-छोटे बच्चों के झूलने और मनोरंजन का साधन था; और जिसको एक गोल-चिकनी लकड़ी के लट्ठे की धुरी पर इस तरह बनाया गया था कि उससे जुड़ी चार छोटी-छोटी पालकियों को, खेल के वक़्त छाते की तरह खोल कर गोल दायरे में घुमाया जा सकता था और खेल समाप्त होने पर छाते की तरह बन्द करके काँधे पर रख कर आगे बढ़ा जा सकता था। वह एक चलता-फिरता झूला था!

झूले से धन्धा करने का आइडिया रूपलाल को शहर के उस मेले में मिला था जिसमें घूमने वह शहर आने के बाद एक दिन अपनी घरवाली के साथ गया था। वहाँ उसने एक आदमी को ऐसे ही झूले से धन्धा करते देखा था; और उसने उसी दिन यह झूले वाला धन्धा अपनाने का मन बना लिया था।...

तो अब रूपलाल रोज़ सवेरे कुछ खा-पीकर, झूला काँधे पर रख घर से शहर के उन निम्नवित्तीय मोहल्लों और कॉलोनियों की तरफ़ निकलता था, जिनमें उसके झूले पर झूलने को लालायित बच्चों की कमी नहीं होती थी।

अपने झूले की चारों पालकियों पर छोटे-छोटे बच्चों को बैठा कर उन्हें वह गोल दायरे में घुमाता था। बच्चे ख़ुश होते थे। उसका धन्धा चलता था।

उसके झूले पर झूलने का प्रति बच्चा रेट था-एक बार का एक रुपया।

वह जब किसी मोहल्ले या कॉलोनी में पहुँच कर अपनी विशिष्ट शैली में आवाज़ लगाता, तो छोटे-छोटे बच्चे उसके इर्द-गिर्द आ झिमटते थे। उनमें से जिनके पास पैसे होते थे वे बच्चे उसके झूले पर झूलने को उतावले होते; और जिन बच्चों के पास पैसे नहीं होते थे वे दूसरे बच्चों का झूलना देख-देख कर ही अपना मन बहला लेते थे।

कभीकभार झूले की तीन पालकियाँ भर जातीं; और चौथी पालकी में झूलने के लिए एक रुपया ख़र्च कर पाने की कुव्वत वाला कोई बच्चा न मिलता, तो रूपलाल उन तमाम बच्चों में से ही किसी एक को उठा कर चौथी पालकी में बिठा कर झुला देता जिनके पास पैसे नहीं होते थे। उस समय बिना पैसे लिये उस बच्चे को झुलाते हुए रूपलाल को ऐसा लगता था कि जैसे वह अपने बेटे सन्नी को ही झुला रहा है! उस समय उसकी ख़ुशी का ओर-छोर न होता था।

इस तरह से वह रोज़ाना ख़ुशियाँ बेचने और बटोरने का धन्धा करता; और अपने हथझूले की बदौलत दिन-भर में कभी पचास, कभी चालीस, कभी साठ के आसपास रुपये कमा लेता था, जिससे उसके परिवार की अनिवार्य ज़रूरतें पूरी होती थीं।

पर रूपलाल की यह चालीस-पचास-साठ के आसपास रूपयों की कमाई उसकी घरवाली को 'आमदनी' लगती थी! उसके भीतर बैठी इच्छाओं की भीड़ रोज़ मुँह उठा कर खड़ी हो जाती थी।...

एक दिन शाम को रूपलाल के घर लौटने के बाद उसने उससे कहा, "कल तो मैं बाज़ार जाऊँगी..."

सुन कर रूपलाल ने निगाह उठा कर उसकी ओर देखा था।

"डेढ़ सौ रुपइया चहियें!" घरवाली ने आगे कहा।

"डेढ़ सौ रुपइया...!" रूपलाल के मुँह से निकला; और उसने एक बार फिर घरवाली के चेहरे को देखा-ग़ौर से। वह समझ नहीं पा रहा था कि वह बाज़ार जाकर डेढ़ सौ रुपये का क्या खरीदेगी!

घरवाली ने ख़ुद ही अपनी बात साफ़ की, "कछू सामान लेना है।"

"सामान?...कौन-सौ सामान?" रूपलाल ने पूछा।

"मेरा अपना सामान!" घरवाली ने तुरन्त जवाब दिया।

"पर इतने रुपइया कहाँ हैं!" रूपलाल ने कहा।

"काए? रुपइया काए नहीं हैं?" घरवाली ने उसकी तरफ़ आँखें फाड़ कर देखा।

"बचें तब तौ रुपइया होंइ!" रूपलाल ने कहा, "दिन की पूर ही मुस्किल ते पड़तै!..."

सुन कर घरवाली के चेहरे पर यकायक एक और चेहरा आ चिपका था।

उसके बाद कुछ दिनों तक वह रूपलाल के प्रति उसी चेहरे के साथ बनी रही।

अलबत्ता रूपलाल कुछ नहीं कर सकता था; क्योंकि वह इस सच्चाई से भलीभाँति परिचित था कि उसकी कमाई रोज़ कुआँ खोद कर रोज़ पानी पीने-जैसी है!...तो इसी सूरत के साथ कुछ और दिन बीते। उसके बाद एक दिन फिर घरवाली ने उसके सामने अपनी फरमाइश रखी, "चलो, कल तो फिलम देखि आवें!"

उस दिन रूपलाल बहुत थका हुआ था। वह दिन-भर झूला लिये गली-मोहल्लों में घूमता रहा था; पर उस दिन की कमाई थी कुल मिला कर छब्बीस रुपये! और इन्हीं रुपयों में से वह एक किलो आटा व आधा किलो आलू खरीद लाया था। उसके बाद अब उसकी जेब में एक रुपये के दो सिक्के पड़े रह गये थे। इसलिए घरवाली की फिल्म देखने चलने की पेशकश पर उसका माथा भन्ना उठा। तो उसने जवाब इस तरह दिया, "फिलम देखि आवें!...और फिलम के टिकट का फ्री में मिलेंगे?... यहाँ तौ दिन-भर जन्तर लादें-लादें कन्धा दूखन लगत ऐं, तब कहूँ दाल-रोटी लाइक पइसा है पाउतैं! और बाइ फिलम देखिबे की तलब लगी है!"

यह सुन कर घरवाली के चेहरे पर गुस्से की परत चढ़ गयी। पिछले कई दिनों से उसकी फिल्म देखने की भारी इच्छा थी। मायके में वह महीने में कम-से-कम एक बार अवश्य अपनी माँ के साथ टॉकीज़ में फिल्म देख कर आती थी। यों घर के टीवी पर हर हफ़्ते में दो-तीन फिल्में आती ही थीं; पर टीवी पर देखने में वह बात कहाँ, जो टॉकीज़ में देखने में होती है! दरअसल फिल्म देखने-जैसे शौक उसे

घुट्टी की तरह मिले हुए थे। यह शहर की उस हवा की तासीर थी जो उस समय गाँव-देहात तक नहीं पहुँची थी!...यही कारण था कि निपट देहात में जन्मे रूपलाल की मनोरचना दिखने-दिखाने और देखने से ज़्यादा खान-पान के शौक से जुड़ी हुई थी। इसलिए जिस दिन उसकी दिन-भर की कमाई पचास रुपये से ऊपर पहुँच जाती थी, उस दिन वह घर के लिए कोई मिठाई या मौसमी फल ज़रूर खरीद लाता था। उसके बेटे को अंगूर पसन्द थे; इसलिए वह उसके लिए अक्सर अंगूर खरीद लाता था। अपनी सामर्थ्य के हिसाब से वह अपने बच्चों और बीवी को ख़ुश रखने का जतन करता रहता था।

पर एक के बाद एक, तीन बच्चे जन चुकी उसकी घरवाली की इच्छाओं की फेहरिस्त लम्बी थी। वह दिन-भर टीवी पर मेकअप से दमकते सजे-धजे चेहरे देखती; और फुर्सत पाते ही, उन चेहरों से मिलान करती हुई, शीशे में अपना चेहरा निरखती थी। तब उसके सामने बाज़ार झलमलाता था; और फिर जागते-सोते हर वक़्त उसकी आँखों में उस बाज़ार के सपने होते थे। सपने में वह कभी नीली आँखों वाली ब्रह्माण्डसुन्दरी-जैसी बन जाती थी, कभी अपने बालों को छहराती-फहराती रिटायर्ड हिरोइन-जैसी! पर जब उन सपनों से बाहर आती, तब वह इस सच्चाई से रूबरू हो उठती कि वह न नीली आँखों वाली ब्रह्माण्डसुन्दरी-जैसी है; और न ही उसके बाल रिटायर्ड हीरोइन-जैसे चमकदार हैं!...उसके बाद उसे दरकार होती थीं वे चीजें जो नीली आँखों वाली ब्रह्माण्डसुन्दरी और रिटायर्ड हीरोइन ने बताई थीं और जो बाज़ार में मिलती थीं!...उस समय उसे यह कतई याद नहीं रह जाता था कि वह रूपलाल नाम के उस आदमी की घरवाली है जो अपने काँधे पर झूला लादे फिरता दिन-भर में महज़ क़रीब चालीस-पचास-साठ रुपये कमाने वाला एक मनोरंजन-मजदूर है!...

उस दिन शाम को रूपलाल जब घर लौटा, तो रोज़ की तरह बाहर से ही उसने अपने बेटे को पुकारा था, "सन्नी...!"

नाम सुनते ही सन्नी दौड़ता हुआ भीतर से बाहर निकल कर अपने बाप के सामने आ गया। बाप को देख कर उसकी बाँछें खिल गयीं और उसने कहा, "पापा, मेरे लिए अंगूर ल्याये?"

सुन कर रूपलाल को लगा, उससे ग़लती हो गयी। अंगूर लाना वह भूल गया था। पर उसने बेटे से कहा, "आज रस्ते में अंगूर का ठेला नहीं मिलौ..." और वह बेटे के साथ भीतर अपनी कुठरिया में पहुँचा। वहाँ उसने कन्धे से झूला उतारा

और उसको दीवाल के सहारे टिका दिया। उसके बाद फिर बेटे की तरफ़ देखते हुए उससे कहा, "मैं आउतौं...आज सब्जी ऊ नहीं लै पाइ... और तेरे लें अंगूर ऊ ल्याउतौं !" कह कर उसने बाहर का रुख किया कि तभी वहाँ मौजूद घरवाली ने उससे कहा, "सुनौ नेंक!"

उसने घरवाली की तरफ़ देखा। उसके पास ही दोनों लड़कियाँ थीं।

"मेरे लिए दो चोली ले आना...एक फेयर लवली किरीम और पोंड पावडर का डिब्बा...केयरफिरी ऊ ख़तम हो गयी है...और एक साबुन ले आना लिरिल..." घरवाली ने उससे कहा।

सुन कर रूपलाल के चेहरे पर आजिजी झलक आई और खीज भी। उसके मुँह से निकला, "का मेरे पास रूपइयन की खदान खुली है, सो फेयर लवली किरीम, पावडर कौ डिब्बा; और जि, बु पूरौ बजार खरीद ल्याऊँ!...नहीं हैं मेरे पास इतने पइसा!..."

"काये नहीं हैं पइसा?" घरवाली ने एकदम चीखते हुए कहा, "मेरे लिए कबऊँ पइसा नहीं रहते!...नंगी फिरूँ का मैं?"

"नंगी ना फिर रही तैं!" रूपलाल ने उसको नज़रअन्दाज़ करते हुए चलते-चलते कहा, "बच्चनि की तौ कोऊ चिन्ता नानें...और अपने लें जि ल्याऊ, बु ल्याऊ!...हद है गयी..." कहता हुआ वह बाहर निकल गया।

वहाँ खड़े उसके तीनों बच्चे-सन्नी, रेखा और काजल-उसे जाता हुआ देखते रहे। उनकी आँखों में उस समय उसको लौटता देखने की लालसा थी।

पर उसकी घरवाली उस समय कुछ-और ही देख रही थी!...

थोड़ी देर में एक किलो आलू और सौ ग्राम अंगूर लिये लौटे रूपलाल ने आदतन दरवाज़े पर पहुँचने से पहले ही आवाज़ लगाई, "सन्नी...!"

आवाज़ सुन कर उसका बेटा दौड़ता हुआ भीतर से आया; और उसके हाथ से अंगूर की थैली लेने से पहले ही लड़खड़ाते हुए ज़मीन पर गिर पड़ा।

रूपलाल ने बेटे को इस तरह से गिरता देख फुर्ती से आगे बढ़ कर उठाया; और जल रहे बल्ब की पीली रौशनी में उसका चेहरा देखा तो उसके होश फाख्ता हो उठे। उसका बेटा बेहोश हो गया था! वह ज़ोर से चीखा, "अरे, देखौ तौ, सन्नी ऐ का है गऔ!..." पर भीतर से कोई नहीं आया। तो उसने गला फाड़ कर फिर आवाज़ लगाई, "अरे काजल! देखौ तौ सन्नी ऐ का है गऔ!" वह अपने चार साल के बेटे को छाती से चिपकाये चीखे जा रहा था...आलू और अंगूर एक ओर पड़े थे...

पर उसकी इतनी चीख-पुकार के बाद भी कुठरिया के भीतर से न उसकी घरवाली निकली, न ही उसकी बेटियाँ!...हाँ, आवाज़ें सुन कर जिज्ञासा में पड़ोस में रहने वाले कुछ लोग अवश्य दौड़े आये कि देखें तो कि आखिर क्या हुआ! उनमें से एक ने रूपलाल के हाथों से बच्चे को लेकर देखा तो उसके मुँह से निकला, "इसकी तो देह ठण्डी है गयी!" सुन कर दूसरे ने बच्चे के शरीर को छूकर देखा; फिर उसकी नाक के पास हाथ ले जा कर महसूस किया-बच्चे की साँस नहीं चल रही थी!... वे कुछ देर तक हक्के-बक्के-से हुए बने रहे। फिर बदहवास रूपलाल को सँभालने लगे, जिसके हाथों में उसका प्राण त्याग चुका बेटा था। रूपलाल बेटे की ओर देखता हुआ अब भी कह रहा था, "देखौ तौ, का है गऔ जाइ..."

लोगों में से एक ने आगे बढ़ कर रूपलाल को अपनी बाँहों में भर लिया; और उससे कहा, "भैया, सन्नी अब नहीं रहा..."

सुन कर रूपलाल के भीतर से रुलाई का बुक्का फूट पड़ा।

लोग अब रूपलाल को सँभालने में लगे थे। तभी उन लोगों में से किसी का ध्यान गया कि उस समय रूपलाल की घरवाली और बेटियाँ वहाँ नहीं हैं! तो उसने उसकी कुठरिया के भीतर झाँका; और वहाँ का नज़ारा देख कर हैरान रह गया-वहाँ रूपलाल की घरवाली और दोनों बेटियाँ ज़मीन पर अस्त-व्यस्त गिरी हुई पड़ी थीं! उसने यह-सब और लोगों को बताया, तो सबने भीतर जाकर देखा-रूपलाल की घरवाली और दोनों बेटियाँ अपने मुँहों से झाग बहाती ठण्डी हो चुकी थीं!...

यह-सब देख कर रूपलाल अवाक हो कर रह गया था। उस समय वह इस बात को बिल्कुल नहीं समझ पा रहा था कि उसकी घरवाली ने अपनी और अपने बच्चों की हत्या नहीं की है; बल्कि उन-सबकी हत्या की है तेज लपलपाती जीभोंवाली उन अनगिनत इच्छाओं ने, जो कभी पूरी नहीं हो पातीं और जो उसकी कुठरिया में मौजूद चौदह इंच के बक्से में बसे बाज़ार ने पैदा की थीं!...

•

उसके बाद के दिनों में रूपलाल अपनी भोली-भाली दुनिया के राख-भरे खण्डहरों के अन्तर्लोक में भटकता रहा था...वे दिन रूपलाल के लिए ऐसे अँधेरे व अनिश्चितता से भरे रहे, जैसे वह भयानक काली रात में अनवरत आँधी-बाढ़-तूफान से घहराती-उफनती नदी में हिचकोले खाती जर्जर डोंगी पर सवार इधर-उधर मारा-मारा फिरता हो और उसे किनारे का कहीं अता-पता तक नज़र न आता हो!...

पर हर अनिश्चितता और अँधेरे का एक दिन अन्त हो ही जाता है!...वही हुआ!...रूपलाल को एक दिन लगा कि उसको झूला लेकर निकलना चाहिए और शहर के गलियों-मोहल्लों के उन बच्चों के बीच पहुँचना चाहिए, जो-सब सन्नी-जैसे ही हैं; और जो कई दिनों से उसकी राह देख रहे होंगे...

सोचते हुए उसने घर की दीवाल से टिके रखे झूले की ओर देखा था। और कुछ ही पलों बाद उसे उसने उठा कर अपने काँधे पर रख लिया था।

थोड़ी ही देर बाद वह काँधे पर झूला रखे सड़क पर चलता हुआ शहर के एक मोहल्ले की ओर बढ़ा जा रहा था। ❑

अप्रासंगिक

वह एक कलाकार था। दुनिया को सजी हुई देखने का सपना देखने वाला। चित्रकार। वह चित्रों में अपनी दुनिया उकेरता था। दुनिया को देखने की उसकी अपनी आँख थी। उसी से वह उसे देखता और रंगों, रेखाओं, आकृतियों के जरिये कैनवस पर उतार देता था। रंग, रेखायें और आकृतियाँ, उसके अपने-आपको व्यक्त करने के माध्यम थे। कम-से-कम उसके लिए तो सिर्फ़ माध्यम। और कुछ भी नहीं। क्योंकि मूलत: वह चित्रकार नहीं; बल्कि एक सरकारी दफ्तर में हेडक्लर्क की नौकरी से लगा एक मामूली आदमी था।

बेशक इस मामूली तरह के आदमी का बायोडाटा देखा जाये तो वह खासा दिलचस्प जैसा है। गौर करें–

नाम–मनीष वर्मा। **उम्र**–करीब 45 साल। **कद**–5 फीट 5 इंच। **चेहरा**–साधारण। **रंग**–साँवले और गोरे के बीच का। सिर के बाल रँगे हुए, काले, करीने से कटे। तराशी हुई खिचड़ी दाढ़ी। आँखों पर पतली कमानी और गोल लेन्सों वाला चश्मा। पहनावा– प्राय: कुरता-पाजामा, कभी-कभी पेंट-टी शर्ट भी। **शिक्षा**–एम.ए., एल.एल.बी.। नियमित अख़बार पढ़ने की आदत। 'इण्डिया टुडे' और 'आउटलुक' समाचार-पत्रिकाएँ देख लेना पसन्द। **व्यवसाय**–एक सरकारी विभाग में अपरडिवीजन क्लर्क की नौकरी। ऑफिस के मामले में अत्यन्त पंक्चुअल। समय पर पहुँचना, समय से लौटना। **शौक**–चित्र बनाने का। अब तक 18 चित्र बनाये हैं; पर कहीं प्रदर्शित नहीं किये। उनमें से कुछ अपने ड्रॉइंग-रूम में एक ख़ास व्यवस्था से लगा रखे हैं। **परिवार में**–पत्नी के साथ ही नीतू और नम्रता नाम की दो बेटियाँ, सौरभ नाम का एक बेटा। नीतू की उम्र 17 साल, नम्रता की 14 और सौरभ की 11 साल। **पसन्द**– हमेशा सच बोलना, काम समय पर निबटाना, अपने काम से काम रखना, किसी के फटे में पैर न अड़ाना, अपनी राह जाना, अपनी राह आना, घर से स्कूटर पर

बैठकर सीधे ऑफिस पहुँचना और ऑफिस से सीधे घर आना; इसके अलावा घर से बाहर तभी निकलना जब निकलना जरूरी ही नहीं अनिवार्य भी हो जाये। स्वभाव–संकोची; इसीलिए मित्रों की संख्या एक-दो से ज्यादा नहीं, पड़ोसियों से भी बहुत घनिष्ठता नहीं–बस जरूरी होने पर ही मुलाकात और बातचीत; बाकी दुनिया-जहान से उतना ही सम्पर्क जितने से काम चल जाता है।

तो बहरहाल, अभी-अभी आपने मनीष वर्मा नाम के जिस व्यक्ति के बायोडाटा पर सरसरी-सी नजर डाली है, उसके साथ एक दिन एक ऐसी घटना घटित हुई कि वह अपने अवचेतन में चला गया। कहा यों भी जा सकता है कि मनीष वर्मा एक दिन एक अनाम और अजीब अवस्था में चला गया। बेशक वह अपने रोजमर्रा के सारे काम-काज बदस्तूर करता। मसलन, सुबह समय से बिस्तर छोड़ देना, तैयार होकर ऑफिस जाना, फिर शाम को घर लौटकर आना, टीवी आदि से मनोरंजन लेना, खाना खाना और फिर सो जाना। पर अब उसका दिमाग वही नहीं रहा था, जो पहले हुआ करता था। दिमाग के भीतर जहाँ पहले सब कुछ साफ-शफ़्फ़ाफ़ और क्लीयर हुआ करता था, वहाँ अब एक प्रकार की धुन्ध सी छायी रहती, जिसमें तरह-तरह के विचार तरह-तरह की आकृतियों में बदलते रहते। मसलन, उसका एक विचार प्राय: भुनगे की आकृति में बदल जाता...

और मनीष वर्मा के इस तरह की स्थिति में आ पहुँचने की दास्तान कुछ यों है कि कुछ हफ्ते पहले तक मनीष वर्मा संसार का सबसे सुखी और सम्मानित आदमी था–सुखी इस तरह से कि उसे किसी से कुछ लेना-देना नहीं था; और सम्मानित यों कि उससे किसी को कुछ लेना-देना नहीं था। इस तरह की स्थिति में वह सन्तुष्ट था; और उसकी यह सन्तुष्टि ही उसे सुखी और सम्मानित होने का अहसास कराती थी। तो इस तरह से वह सुख और सम्मान भोग रहा था कि उस दिन उसके इस आत्मजनित सुख और सम्मान का महल अचानक ढह गया, जिस दिन वह सवेरे ठीक 9 बजकर 45 मिनट पर अपना स्कूटर स्टार्ट कर दफ्तर के लिए निकला था। स्कूटर उसका ठीक-ठाक था। वह उसको रोज शाम को कपड़े से चमकाता था; इसलिए लगभग दस साल पुराना होने के बावजूद नया-जैसा लगता था। फिर उसे चलाने में मनीष वर्मा कभी असावधान नहीं रहा था–हमेशा एक नपी-तुली गति पर उसे चलाता था–गड्ढों-दच्चों का ध्यान रखता था; इसलिए स्कूटर उसकी शान बनाये हुए था। पर पिछले कुछ महीनों से, नगर से महानगर होते शहर की सड़कों पर जगह-जगह सुधार कार्य चल रहा था, कहीं-कहीं चौड़ीकरण का काम हो रहा था; इसलिए उन जगहों पर वाहनों की भीड़भाड़ कुछ ज़्यादा हो जाती थी–और यही

ख़याल कर वह 9:45 के आस-पास घर से निकल लेता था। यद्यपि उसके घर से दफ्तर की दूरी स्कूटर के लिए पन्द्रह मिनट से ज्यादा की नहीं थी; फिर भी वह उसके लिए पूरे 45 मिनट रखता था ताकि ठीक 10:30 बजे तक आराम से दफ्तर पहुँच सके। तो उस दिन वह सवेरे ठीक 9:45 बजे स्कूटर स्टार्ट कर उस पर सवार हुआ और घर के सामने की सड़क से बढ़ता हुआ कुछ ही मिनटों में उस सड़क पर पहुँच गया था जो शहर की मेन सड़क होने के साथ ही उसे उसके दफ्तर तक पहुँचाने वाली भी है।

कुछ दूर चलने के बाद, उस जगह जहाँ सड़क चौड़ीकरण का काम चल रहा था, रोज़ के अभ्यास के हिसाब से उसने स्कूटर फर्स्ट गियर में ले लिया। उस समय उसके स्कूटर के आगे तीन-चार टेम्पो और एक मेटाडोर, पहले से बनी सँकरी और ऊबड़-खाबड़ सड़क पर आगे बढ़ रहे थे। उनके पीछे वह स्कूटर को धीरे-धीरे आगे बढ़ाता हुआ इन्तजार कर रहा था कि उसके आगे के वाहन कुछ जगह दें और सड़क का कुछ भाग जैसे ही खुले, स्कूटर को सेकण्ड गियर में डाले और बगल से पास कर ले। और कुछ ही देर में जैसे ही उसे जगह खाली होती दिखी, उसने अपने आगे के टेम्पो को पास कर उसकी बगल में स्कूटर ले लिया कि ठीक उसी पल सामने से भयानक स्पीड में दौड़ती आती एक मोटरसाइकिल उसे दिखायी दी। उस समय उसे लगा कि मोटरसाइकिल बन्दूक की गोली की तरह ठीक उसके स्कूटर की ओर आ रही है और कुछ ही सेकण्डों में उससे आ टकरायेगी, तो उसने उससे बचने की कोशिश में स्कूटर एक ओर को मोड़ा। तब तक मोटरसाइकिल एक जोरदार धड़ाके के साथ उसके स्कूटर से टकराकर उसे गिरा चुकी थी। वह स्कूटर के साथ गिर पड़ा था; और खड़ा होते-होते गनीमत मान रहा था कि उसे कोई चोट नहीं आयी थी। उसने अपना स्कूटर उठाया और खड़ा करते हुए, सामने मोटरसाइकिल-सवार तीन लड़कों में से उसे चलाने वाले लड़के से बेहद तसल्ली के साथ समझाइशी लहजे में कहा, "भई स्पीड जरा कम रखा करो।"

"अच्छाऽऽ!" मोटरसाइकिल चलाने वाले लड़के ने मोटरसाइकिल जहाँ-की-तहाँ खड़ी रखते हुए, उसकी तरफ़ ऐसे देखा जैसे उसे आँखों से ही जलाकर राख कर देगा; और कहा, "स्साला उल्टे हमीं से कह रहा है और ख़ुद रोंग साइड था!"

और देखते-देखते तीनों लड़के मोटरसाइकिल से उतरकर उसके सामने आ खड़े हुए।

"मैं तो रोंग साइड नहीं था!" उसने कहा, "तुम्हारी गाड़ी इतनी स्पीड में थी कि..." वह लड़कों की आँखों को पढ़ रहा था; और उस समय उनसे कहना यह

चाह रहा था कि 'देखो, तुम्हारी उम्र मेरे बच्चों के बराबर है; इसलिए मैं तो तुम लोगों को अपने बच्चों की तरह यही समझाऊँगा कि धीमी रफ्तार से ही चलाना चाहिए।' पर इससे पहले कि वह इस तरह का कुछ कह पाता, उसे अचानक लगा कि उसकी आँखों की रोशनी खींच ली गयी है! मोटरसाइकिल चलाने वाले लड़के ने एक झपाटे के साथ उसकी कनपटी पर झापड़ मारा था जिससे उसका चश्मा सड़क पर जा गिरा था और उसके सामने धुँधलका-सा फैल गया था। यह सब पलक झपकते में हो गया था जैसे! और लड़का उस पर हावी था, "अबे साले चश्मुद्दीन, गांधी की औलाद! सड़क पर कहाँ चलना है इसका पता नहीं तुझे?" और ठीक उसी वक्त उसे लगा कि उसके सिर और कनपटी के बीच में किसी ने मुक्का या तमाचा मारा है!

उसके बाद उसे लगा था कि उसके साथ उस समय वह हुआ है जो अब तक कभी नहीं हुआ था! ऐसा अपमान! और वह भी बिना उसकी किसी गलती के!... ख़ुद गलती करने वाले उसे गलत बता रहे थे जो लेशमात्र भी गलत न था! कारण कि वे संख्या में तीन थे, युवा थे, ताकतवर थे और किसी-न-किसी प्रकार के 'पावर' से 'चार्जित' थे। इसी स्थिति को तो कहा जाता है, उल्टा चोर कोतवाल को डाँटे! उस समय अचानक उसके भेजे में जैसे आग भभक उठी थी–अपने प्रति अकारण हुए अन्याय के प्रतिकार की आग, जो उसके सम्मान को आयी आँच की तपन और तड़पन से पैदा हुई थी! और उसने जिन्दगी-भर के नैतिक आचरण की पूरी ताकत अपने हाथ में समेटकर और आँखों के सामने की धुन्ध के बावजूद अचूक प्रतिकार की इच्छा के साथ एक भरपूर थप्पड़ उस लड़के की कनपटी पर दे मारा जिसने उसे तमाचा मारकर 'गांधी की औलाद' कहा था।

और एक अकेले व्यक्ति के हाथ का थप्पड़ खाकर वह लड़का जो अपने साथ तीन चेहरे लिए हुए था, अपने तीनों चेहरों के साथ उस पर पिल पड़ा था। धक्के! मुक्के! लातें! घूँसे! अब तीनों लड़के एक आदमी को पीट रहे थे। बेशक वह अकेला आदमी भी सामर्थ्य-भर पलटवार कर रहा था।

अब तक वहाँ भीड़ जमा हो चुकी थी जो पहले तो तमाशबीन बनी रही; फिर बीच-बचाव और हस्तक्षेप पर आयी थी। उसके बाद, तकरीबन पन्द्रह-बीस मिनटों में सड़क का वह स्थान उस 'घटना' से खाली हुआ था...

पर मनीष वर्मा का दिमाग उस 'घटना' से खाली नहीं हुआ था। उसके भीतर विचारों की आँधी उठ रही थी। बवण्डर! झंझावात!...यह कहाँ आ पहुँचा है वह? जिनको वह अपने बच्चों की जगह खड़ा देख रहा था, उन्होंने...उन्होंने उसकी उम्र, उसकी वेशभूषा, उसके समझाइशी व्यवहार का जरा भी ख्याल नहीं किया! अपने

बाप की उम्र के आदमी के साथ ऐसा व्यवहार, ऐसा अपमान! सो भी छापामार तरीके से! न बात न चीत, सीधा हमला! जैसे दुश्मनों पर किया जाता है! तो क्या आज इन्सान, इन्सान का इस कदर दुश्मन हो चुका है!

और देखने में बहुत मामूली और कहने को 'सड़क छाप' उस 'घटना' के 'उत्तरकाण्ड' ने मनीष वर्मा के साथ क्या किया वह देखने की चीज है...

वह 'घटना' मनीष वर्मा के लिए उसके नैतिक प्रश्नों को खलबलाने वाली तो थी ही; साथ ही उसे यह भी साफ़ नज़र आ रहा था कि वह रंगदारी का मामला था–सीधे-सीधे दादागिरी का प्रदर्शन!...इसलिए, उन लड़कों को सबक सिखाना उसे जरूरी लगा था; और वह घटनास्थल से चलकर सीधा थाने पहुँचा था। स्कूटर, जिसका सामने का मडगार्ड पिचक गया था और दायाँ इण्डीकेटर फूट गया था, उसने थाने के गलियारे में खड़ा किया और वह सीधे टी आई के सामने जा खड़ा हुआ। वहाँ उसने बताया कि वह 9:45 बजे अपने घर से स्कूटर पर दफ्तर के लिए चला था, 10:00 के आस-पास वह उस जगह पर था, जहाँ सड़क-चौड़ीकरण चल रहा है। वहाँ...नम्बर की मोटरसाइकिल पर सवार तीन लड़कों ने भयंकर स्पीड में गाड़ी चलाते हुए उसके स्कूटर में टक्कर मारी, जिससे स्कूटर का सामने का मडगार्ड पिचक गया एवं इण्डीकेटर फूट गया और वह गिर पड़ा था। टक्कर मारने वाले लड़के ने, इसके बावजूद उसके साथ बदसलूकी की, मारपीट की, जिससे उसका नज़र का चश्मा टूट गया; इसलिए वह थाने पर रिपोर्ट लिखवाने आया है कि उन तीनों लड़कों के विरुद्ध कार्रवाई कर उसे न्याय दिलाया जाये।

उसके बयान के आधार पर, थाने में उसकी तरफ से अज्ञात लोगों के ख़िलाफ एफ.आई.आर. दर्ज कर ली गयी। साथ ही उसका स्कूटर भी थाने पर ही रखवा लिया गया; क्योंकि वह मामला मोटर-व्हीकल-ऐक्ट के अन्तर्गत भी आता था।

उसने बाखुशी स्कूटर थाने पर छोड़ दिया; और उस 'घटना' की सूचना अपने दफ्तर में देकर उस दिन का अवकाश ले लिया था।

घर पर उसने उस 'घटना' के बारे में कुछ नहीं बताया था। वहाँ उसने स्कूटर को मैकेनिक के यहाँ सर्विस के लिए डाल आने की बात कह दी।

उसके बाद वह रोजाना टेम्पो से दफ्तर जाता रहा। वह 'घटना' उसे भीतर-ही-भीतर कुतरती रही–हर दिन, हर वक्त! थाने की कार्रवाई का भरोसा और इन्तजार उसे राहत देता। धीरे-धीरे पूरे पन्द्रह दिन गुजर गये।

उसे लगा कि अब थाने जाकर उस विषय में जानकारी लेनी चाहिए कि क्या हुआ है? और वह थाने पहुँचा था। वहाँ सबसे पहले उसकी निगाह अपने स्कूटर पर

गयी। वह वहाँ-का-वहाँ और वैसे-का-वैसा खड़ा था जैसा वह खड़ा कर गया था। फिर उसने अन्दर जाकर अपने प्रकरण में जानकारी चाही, तो उसे बताया गया कि टी आई साहब अभी हैं नहीं; और उस प्रकरण में वही बता सकते हैं।

यह जानकर वह लौट आया था और दो दिन बाद फिर थाने पहुँचा था। उस दिन टी आई साहब थाने में मौजूद थे। वे अपने कमरे में, टेबल पर कुछ लिखने में व्यस्त थे। उसने नमस्कार करने के बाद उनसे अपने प्रकरण में जानकारी चाही, तो उन्होंने कागज से निगाह उठाकर उसकी ओर देखा और कहा, "हाँ आप उस दिन आये थे। क्या नाम बताया आपने?"

"जी, मनीष वर्मा!"

"हाँ, मनीष वर्मा!" टी आई ने उसकी आँखों में आँखें डालकर देखते हुए उसका नाम दोहराया। फिर सामने की कुर्सी की तरफ इशारा करते हुए कहा, "बैठो वर्मा जी, कुर्सी पर बैठो।"

मनीष वर्मा टेबल के इधर पड़ी दो कुर्सियों में से एक पर बैठ गया। टी आई ने हाथ में लिया हुआ पेन टेबल के ऊपर रखे कागज पर छोड़ दिया और चुभती निगाहों से अपने सामने बैठे मनीष वर्मा के चेहरे पर देखते हुए कहा, "देखो वर्मा जी, एक सही राय मैं दे रहा हूँ आपको...वैसे किसी को राय देना हमारा काम नहीं है; पर आप बाल-बच्चों वाले आदमी हैं, सरकारी कर्मचारी भी हैं; इसलिए अपनी औंध-नीच समझ लें इसीलिए मैं आपसे कह रहा हूँ..."

"आप कहिये न!" मनीष वर्मा ने बीच में ही कहा, "क्या बात है?"

"देखो..." टी आई ने मनीष वर्मा से कहा, "मेरा कहना ये है कि अब आप इस मामले में चुप रहो और अपना काम करो, इसी में आपकी भलाई है!" कहते हुए टी आई ने बात को रहस्य का जामा पहना दिया, "उन लड़कों का पता लग गया है जिन्होंने आपके साथ मारपीट की थी।"

सुनकर मनीष वर्मा ने तनाव और उत्सुकता से टी आई की ओर देखा।

टी आई आगे बोला, "उनमें से वह लड़का जो उस समय गाड़ी चला रहा था विधायक जी का है! दूसरा लड़का शहर के एक बहुत बड़े इण्डस्ट्रियलिस्ट का बेटा है...करोड़ों का कारोबार वाला आदमी है। और तीसरा लड़का जो था वह तो ऐडिशनल साहब का ही है..."

"ऐडिशनल साहब?" मनीष वर्मा सवालिया हुआ।

"ऐडिशनल एस पी साहब!" टी आई ने क्लियर किया, "जे. पी. सिंह साहब का लड़का है वह! अब तुम काहे को लफड़ा मोल लेते हो। अपना काम करो!"

"लेकिन साहब उन्होंने मेरे साथ..." मनीष वर्मा की आवाज़ खुरखुरी-सी हो रही थी।

टी आई ने हथेली साँप के फन की तरह सामने खड़ी कर उसे रोक दिया; और उससे कहा, "गाड़ी विधायक जी के लड़के के नाम है, वही उसे उस समय चला रहा था...अब समझ लो तुम!"

"मैंने समझ लिया सर..." मनीष वर्मा की आवाज़ अचानक साफ़ हो गयी–वह उस समय उस 'घटना' से रूबरू हो रहा था–उसने कहा, "आप कार्रवाई करें प्लीज, इस मामले में! मैं इस मामले में चुप नहीं बैठना चाहता! मामला सिर्फ़ आर्थिक क्षति का और किसी नुकसान का होता तो मैं चुप भी रह जाता, पर यह सम्मान को हुई क्षति का..."

"देखो, क्षति और ये वो!" टी आई ने अपने अब तक के व्यवहार और बातचीत के लहजे को अचानक एक अलग रंग देते हुए कहा, "अभी तुमसे सिर्फ़ मोटरसाइकिल का ही एक्सीडेण्ट हुआ है; और उसमें तुमको कोई चोट या खरोंच-वरोंच भी नहीं आयी है...अब यदि तुमसे जीप का एक्सीडेण्ट हो जाये तो क्या होगा–इस बारे में कभी सोचा है?...तब कोर्ट में गवाही देने लायक भी नहीं रहोगे...या फिर सीधे...!"

मनीष वर्मा ने टी आई के मुँह से यह-सब सुना, तो उसके भीतर एक बारीक-सी सिहरन तेजी से लपलपाती हुई ऊपर से नीचे तक गुजर गयी। वह टी आई के 'या फिर सीधे...' के आगे के शब्दों को सुने बिना ही समझ पा रहा था। वह उस समय टी आई के चेहरे की तरफ हतवाक् देखता रह गया था।...

और उस दिन थाने से घर तक पहुँचने के बीच के समय में मनीष वर्मा को अचानक 'तत्वबोध' हुआ कि ईमानदारी संसार की सबसे बड़ी बेवकूफी है!

...थाने के बाहर निकलते ही उस दिन जैसे उसकी दुनिया ही बदल गयी थी। बाहर खुली सड़क पर आने के बाद उसे लगा था कि जैसे चारों ओर सूनापन व्यापा हुआ है! और वह किसी ऐसी जगह आ पहुँचा है, जहाँ सब-कुछ नदारद है! सब-कुछ! पत्थर से लेकर इन्सान तक-सब-कुछ!

अलबत्ता उस समय शहर के सारे कारोबार यथावत् चल रहे थे–लोग इधर-उधर आ-जा रहे थे, आसमान पर सूरज अपनी पूरी चमक के साथ मौजूद था, धरती पूर्ववत् धूल-भरी और मटमैली थी। पर वह कुछ नहीं देख पा रहा था। दरअसल वह अपने भीतर गुम हो गया था कि उसे और-कुछ के बारे में ख़बर रखने की फुरसत ही नहीं रह गयी थी।

उस समय उसका शरीर घर की ओर चल रहा था; पर वह अपने भीतर एक जगह स्थिर होकर रह गया था। उसके भीतर एक तलाश थी–तलाश कि अब वह क्या करे? क्या कहीं कोई ऐसा हो सकता है जो इस मामले में उसे न्याय दिला सके? और उसकी वह तलाश निष्फल हो रही थी। उसे कहीं कोई नजर नहीं आ रहा था; क्योंकि किसी ऐसे आदमी से उसकी जान-पहचान नहीं थी जो असर-रसूख वाला हो! कोई 'नेता' उसे नहीं पहचानता था, किसी आला अफसर से उसका परिचय नहीं था, अण्डरवर्ल्ड के माफिया और डॉन उसने फिल्मों और सीरियलों के अलावा ज़िन्दगी में कभी नहीं देखे थे!...उसने तो आज तक अपने काम से काम रखने को ही जीवन की सफलता का रहस्य माना था! उसने कभी किसी से अनावश्यक सम्बन्ध रखने की जरूरत ही नहीं समझी थी; बल्कि ऐसे सम्बन्ध रखने से तो उसे लगभग नफरत थी...

और अब उसे लग रहा था कि वह एक ऐसा आदमी है, जो हर प्रकार से अकिंचन और असहाय है, जिसके पास कैसी भी 'शक्ति' नहीं है–न सम्बन्धों की शक्ति, न अफसरियत की शक्ति, न नेतापने की शक्ति, न पैसे की शक्ति...

और तभी उसे लगा था कि वह जिस कुर्सी पर आजकल बैठता है, वहाँ से, चाहता तो बहुत कुछ कर सकता था! उसके साथ वालों में से अधिकांश आजकल चौपहिया में चलते हैं!

बड़ी लड़की नीतू ने कुछ समय पहले उसे बताया था कि, "पापा, हेमन्त अंकल के यहाँ 'मटीज' आ गयी है, मेले से!..."

उसे लग रहा था कि उस दिन यदि वह 'मारुति' या 'मटीज' या 'सेन्ट्रो' या 'इण्डिका' में बैठा होता, तो आज हालात और होते! और तब वे लड़के उसकी तरफ़ हाथ उठाने तो क्या, आँख उठाने की भी हिम्मत नहीं कर पाते!

और उस दिन घर पहुँचते-पहुँचते मनीष वर्मा की जिन्दगी-भर में जुटायी सारी आस्थाएँ, अनास्थाओं में तब्दील हो चुकी थीं। वह घर पहुँचा और सीधे अपने कमरे में चला गया।

घर में वह किसी को भी कुछ-भी नहीं बताना चाहता था; क्योंकि उसे मालूम था कि वह अपने बच्चों की नजर में उनका आदर्श था, रोलमॉडल था। वह हमेशा अपने बेटे और बेटियों से यही कहता आया था कि सच्चाई, ईमानदारी और कर्तव्यपरायणता ही मनुष्य की सबसे बड़ी ताकत है! सच्चा, ईमानदार और कर्तव्यनिष्ठ आदमी कभी नहीं हारता–उसे कभी कोई नहीं हरा सकता–उसकी हमेशा जीत ही होती है! इसलिए वे भी हमेशा उसके ही जैसे सच्चे, ईमानदार और कर्तव्य के प्रति जागरूक बने रहने

की कोशिश में लगे रहते हैं। पत्नी तो हमेशा से ही उसका लोहा मानती आयी है। अब वह उन्हें कैसे बताये और उनसे कैसे कहे कि वह अब तक उनसे जो कहता था वह सच नहीं था, सच तो और ही कुछ है!

अपने कमरे में पहुँचकर उसने चीजों को ऐसे देखा जैसे वह वहाँ पहली बार आया हो।

घर के सब लोग अपने-अपने कामों में व्यस्त थे। यही रिवाज है घर का। बिना किसी कारण के कोई किसी के काम में दखल नहीं देता। और इसी कारण घर बड़ा शान्त और व्यवस्थित बना रहता है।

पर उस दिन उसे लगा कि घर कोलाहल से भरा हुआ है! उसने उसी 'कोलाहल' के बीच, कमरे में मौजूद अपनी पेंटिंग की सामग्री को देखा। वह उस समय अपनी दुनिया रंगों, रेखाओं और आकृतियों में देखना चाहता था।

और फिर वह कैनवस़, रंग, रेखाओं और आकृतियों के साथ हो गया। शाम को उसने बच्चों और पत्नी के साथ खाना खाने का समय अवश्य निकाला; और उनके साथ रोजमर्रा की-सी सामान्यता के साथ बातें कीं; उसके बाद अपने कमरे में चला गया।

रात-भर वह ब्रश और रंगों के साथ चित्र बनाता रहा। सवेरे कैनवस पर एक कम्पलीट पेंटिंग थी...

सवेरे जब देर तक मनीष वर्मा कमरे से बाहर नहीं आया तो उसकी पत्नी ने कुछ ऊँची आवाज में बड़ी लड़की को पुकारा, "अरे नीतू, देख तो, आज पापा नहीं उठे अभी..." और वह ख़ुद ही उसके कमरे की ओर चल दी। उसके पीछे-पीछे उसका बेटा और दोनों बेटियाँ भी उसके कमरे में जा पहुँचे। उन-सबने देखा–वह वहाँ नहीं था। बेशक कमरे में उसके ड्रॉइंग-बोर्ड पर नयी पेंटिंग लगी थी। जिसकी पृष्ठभूमि नीमअँधेरे और धुँधलके की थी, जिसके बायें हिस्से में एक सड़क चित्रित थी जिसकी बाजू में बिल्डिंगों के जंगल के बीच एक मल्टीस्टोरी बिल्डिंग का स्केच था जिसके उच्चभ्रू के आस-पास कटे-फटे से अक्षरों में 'शेयर' और 'मार्केट' जैसा कुछ लिखा नजर आता था; और जिसके नीचे की सड़क पर बिना चश्मे के एक ऐसे आदमी का स्केच था जो सड़क पर पड़े अपने तार की कमानी वाले चश्मे को उठा रहा था और कुछ-कुछ महात्मा गांधी का-सा आभास देता था...उस पेंटिंग के दायें हिस्से में चित्रित किया गया था एक ऐसा आदमी, जो भुनगे से मिलता-जुलता लगता था और एक विशालाकार आदमी के मुँह में–उसके जबड़े के नीचे दबा था...

इसके साथ ही उस पेंटिंग के दायें ऊपरी कोने पर एक भयानक विराट् चेहरा चित्रित किया गया था जो अपनी भयावह आँखों से यह सारा दृश्य देखता हुआ लापरवाही के साथ मुस्कराये जा रहा था...पर वहाँ मनीष वर्मा नहीं था–यह देखकर उसके बीवी-बच्चे हैरत की गिरफ़्त में आ गये; और उसके बाद वे सब काम छोड़कर उसे तलाश रहे थे...

पर मनीष वर्मा उन्हें कहीं नहीं मिल रहा था! कैसे मिलता? वह तो अपनी पेंटिंग में चला गया था! ❑

बलि

कथागायक ने कहा, "साहिबान! कहानी सुनने से पहले, यदि आप बुरा न मानें तो, चन्द सवाल आपसे पूछना चाहता हूँ।"

श्रोता भौंचक–सवाल?...कैसे सवाल?...

"क्या आप में से कोई बता सकता है कि इज़्ज़त-आबरू क्या होती है?" जब तक कोई कुछ कहता, कथागायक ने अपना पहला सवाल दागा।

सवाल श्रोताओं को लगभग अटपटा लगा। वे झुँझला उठे! यह भी कोई बात है–इज़्ज़त-आबरू क्या होती है?...एक-दो ने अपने हिसाब से जवाब देना चाहा, तब तक कई आवाज़ें उठीं, "अरे, काहे को फालतू बातें करके टैम खराब करते हो...सीधे कहानी कहो!..."

"कैसी बातें करते हैं साहिबान! जरूरी बातें हैं ये", कथागायक ने विनम्रता की चासनी में डुबोकर बात को आगे बढ़ाते हुए अगला सवाल भी पूछ डाला, "क्या आप में से कोई बता सकता है कि इज़्ज़त-आबरू कितनी तरह की होती है?"

श्रोताओं के बीच फिर भुनुर-भुनुर हुई और उनमें से किसी ने कहा, "पर तुम ये सवाल क्यों पूछ रहे हो हमसे? बात क्या है?..."

"इसलिए कि मेरी आज की कहानी का इन्हीं सवालों से वास्ता है..."

"तो सुनाओ ना कहानी–सीधे-सीधे!" कथागायक की बात को बीच में काटते हुए श्रोताओं में से एक आवाज़ आयी।

"ठीक है साहिबान! जैसी आपकी इच्छा, सुन लीजिये कहानी। पर मेरा एक सवाल रह गया है–उसे मैं कहानी के बाद आपसे पूछूँगा।"

"ठीक है...पूछ लेना...बाद में पूछ लेना..." श्रोता खिल उठे।

कथागायक ने गला खँखार कर आवाज़ साफ की और कहा, "साहिबान! यह एक लड़की का किस्सा है; और जिस लड़की का किस्सा है, आप यक़ीन मानिये, तमाम दुनिया की लड़कियों की तरह उसकी पैदाइश भी ठीक उसी तरीके और तरह

से हुई थी जिससे सभी लड़कों की होती है! मगर बात यह थी कि लड़की का मतलब और चाहे कुछ भी हो; पर लड़का नहीं होता! बस, इसीलिए उसे पैदा करने वाली माँ प्रसव के तत्काल बाद हो गयी थी उदास; और भीतर की ख़बर सुनकर बाप का मेहनत-मजूरी वाला चेहरा पड़ गया था और-काला। लेकिन अब लड़की को किसी भी तरह से बदला नहीं जा सकता था लड़के में; इसलिए मजबूर हो गये माँ-बाप। और कुछ दिनों में उनकी गृहस्थी का एक हिस्सा बन गयी और पलने-बढ़ने लगी थी लड़की।

लड़की के बाप का रंग काला था बेशक, पर माँ का था गोरा; इसलिए गोरी थी लड़की। चेहरा गोल था उसका; और आँखें मछली की तरह चंचल-सुन्दर। यह-सब देखकर कभी-कभी उसे हाथों में लेकर उछालता-दुलारता बाप; और खुश होती थी माँ। लड़की के बाप का नाम था महादेव और माँ का ग्यासोबाई। और काला आखर भैंस बराबर था दोनों के लिए। इसलिए लड़की का नाम रीमा-सीमा, बीना-लीना, कल्पना-अल्पना वगैरह रखे जाने का तो सवाल ही नहीं उठा। हाँ, सीता-सरोसती, चम्पा-चमेली, गुड्डी-मुन्नी, रामबेटी-रामबाई, गोमतिया-सरबतिया, चन्दा-बिन्दा वगैरह में जो उन्हें सबसे अच्छा लगा, वही रखा गया लड़की का नाम—चन्दा।

मगर साहिबान! लड़की का कैसा नाम? क्या पहचान? उसकी तो होती है बस चाम। और चन्दा की चाम उजली थी। ऐसी उजली कि देखकर लोगों की आँखें चौंधियाती थीं। और सबके देखते-देखते एक दिन वह चाम और उजली हो उठी, उसके रोम-रोम में चमक भर गयी। चन्दा अब जवान हो गयी थी। उसके होंठ अब किन्दूरी के पके फल की तरह हो गये, जिनसे मुस्कान का एक फव्वारा-सा छूटता रहता था हमेशा। उसकी आँखों में अब नमूदार हो गयी थी एक अकबकाई हुई चंचलता। उसके छोटे-छोटे खूबसूरत दाँतों से अब फूटने लगा था उजास। और कुछ समय पहले उसके सीने पर जो नन्हीं-नन्हीं छातियाँ निकली थीं, वे अब तक बड़ी होकर लोगों की आँखों में छेद किये दे रही थीं; और जिन्हें छिपाये रखने के लिए उसने कई दिनों पहले से ही पहनने शुरू कर दिये थे औरतों वाले कपड़े।

और साहिबान, उन दिनों जब उसकी सहेलियों में से कुछ अपनी-अपनी ससुरालों में रह रही थीं, कुछ ससुराल में रहकर लौट आयी हुई थीं; और कुछ गोद में अपने बच्चे लिए फिरती थीं; तब चन्दा की दिनचर्या में एक ताजे किस्म का ठहराव जमा हुआ था—रोज सवेरे चारपाई से उठते ही भोंकरी उठाकर घर-भर को बुहारती थी वह—यह ध्यान रखते हुए कि बेऐहतियात में कहीं धूल की पर्त या कूड़ा-कर्कट न जमा रह जाये। बाद इसके जाती थी निबटने नित्यकर्म से। लौटकर करती थी

कुल्ला-दातुन। और फिर डालती थी गोबर पथवारे में। पाथती थी कण्डे पाँत-दर-पाँत। उसके बाद पिछले दिनों के सूखे कण्डों को, पहले से लगाये जा रहे बिटौरा पर, एक-एक कर करीने से सजाती थी; और फिर लौटते हुए किसी हमउम्र लड़की या औरत से बतियाती और हँसती थी। बिखर जाती थी एक खुशगवार उदासी उसके चेहरे के आस-पास हँसते वक़्त!...घर आकर धोती थी वह गोबर से लिसड़े हाथों को; और निकल पड़ती थी घड़ा सिर पर रखकर पानी भरने। पानी से निबटकर किसी सस्ते साबुन की टिकिया से धोती थी बाल और नहाती थी। फिर सेंकती थी रोटियाँ–मजूरी को गये बाप के लिए, माँ के लिए और अपने छोटे भाई-बहिन और अपने लिए। तब कहीं जाकर मिलती थी फ़ुरसत उसे साँस लेने की। और फ़ुरसत के उन कीमती क्षणों का कर लेती थी भरपूर सदुपयोग वह करके अपने चुटिया-बिन्दिया और बैठ-उठकर पास-पड़ोस में।...तब तक हो जाता था शाम के वक़्त के कामों का टैम, तो उन्हें करने में जुट जाती थी वह।

लेकिन रोज़मर्रा के इतने सारे कामों के बावजूद कुछ और भी काम करने की इच्छा होती थी उसकी। जैसे कि दूसरी लड़कियों की तरह के अच्छे कपड़े पहनने की इच्छा होती थी, दूसरी लड़कियों की ही तरह बालों में महकौवा तेज़ डालने की इच्छा होती थी, देह पर खुशबूदार साबुन लगाने की इच्छा होती थी, लिपस्टिक से होंठ और नाखूनी से नोंह रचने और अपने खूबसूरत चेहरे पर क्रीम-पाउडर लगाने की इच्छा होती थी; और सबसे ख़ास एक इच्छा होती थी कि...

तो साहिबान! यह था उस लड़की का दुनिया-जहान। कभी स्कूल तक नहीं गयी थी वह; और न ही देखा था उसने कभी शहर! बस, गाहे-ब-गाहे देखे थे उसने टीवी पर नाच, पुलिस के सिपाही और झकाझक खादी वाले नेता। मगर वह अनपढ़ी लड़की जिसे सालों पहले स्कूल जाने की इच्छा प्रकट करने पर मिली थी एक झिड़की, कतई नहीं जानती थी टीवी, पुलिस और नेता का अर्थ। अलबत्ता वह जानती थी गाँव की गली में, उसे देखकर 'आ मेरी रानी ले जा छल्ला निशानी' कहने वाले खड़े-बैठे इकट्ठे लड़कों का मतलब। इसलिए एक दिन जवाब दे दिया था उसने कहने वाले को, "अपनी बहन को दे दे जा के छल्ला निशानी!" और बता दिया सब कुछ जाकर अपनी माँ को।

सुनकर छक्के छूट गये थे माँ के अचानक! घुटते गले से चिल्ला उठी वह, "यह क्या किया तूने बदजात!...जानती है तू चौधरी के केशव का मतलब?" और रुआँसी हो आयी, "कोख़जली, तू मर क्यों न गयी जन्म लेते ही।" और फिर गुस्से में भरकर पकड़ लिया उसने चन्दा का झोंटा, "हरामजादी, जवानी तुझे ही आयी है

अनोखी! हम नहीं हुए थे क्या जवान? हमने तो कभी जबान नहीं लड़ाई ऐसे किसी से!...और फिर चौधरी के केशव का कोई क्या कर लेगा? पुलिस उसके घर की दाल खाती है! उसके बाप के अगल-बगल चलते हैं बड़े-बड़े नेता!..."

सुना यह सब जब बाप ने, तो डूब गया पसीने के समन्दर में; और खड़ा-खड़ा थर-थर काँपता रहा देर तक वह।

माँ फिर झुँझलाई, "हरामजादी, तेरी..."

लड़की बोली सिर उठाकर बीच में ही, "मैं तो अपनी राह जाती थी..."

"मत जाया कर उस राह!" चीखी माँ।

"हाँ मत जाया कर कभी उधर।" कहा बाप ने।

और साहिबान! वही हुआ जिसकी थी शंका...

लड़की अपनी बदनामी नहीं चाहती थी इसलिए चिल्लायी नहीं, चीखी नहीं; बल्कि किया सामना डटकर उसने–मारे बहुत अपने हृष्ट-पुष्ट हाथ-पाँव। मगर अन्त में औरत और मर्द का फ़र्क आड़े आया; और बाज के पंजों में माँसल चिड़िया की तरह छटपटाती हुई, कर दी गयी क्षतयोनि वह–एक दिन! और हवा में फड़फड़ाता-सा इतराया था एक जुमला, 'स्साली बहुत जीभ चलाती थी!'

और बस, बदनाम हो गयी लड़की। बदनामी गाँव में कोहरे की तरह छा गयी–भीतर-बाहर, गली-गलियारे। बदनामी हवा के साथ उड़ती दुर्गन्ध की तरह फैल गयी...

उसके बाद उदास बनी रही लड़की–कुछ दिनों–अपने माँ-बाप के स्याह चेहरे देख-देखकर। कुछ समय बाद प्रकृतिस्थ हो गयी वह; क्योंकि बर्फ़ पर बहती नदी के पानी की तरह निष्कलुष मन था उसका। मुस्कान लौट आयी उसके होठों पर जस-की-तस। कन्घी-बिन्दी भी करने लगी वह; और सम्हाल उठी घर का सारा काम-काज।

मगर लड़की के माँ-बाप के कान पक जाते थे और कलेजा मुँह को आ-आ जाता था–सुन-सुनकर लोगों की बातें।

माँ झुँझलाती थी बार-बार जरा-सी आँख ओट होते ही, "कहाँ मर गयी बेसरम?"..."कहाँ टिमक कर रही है बेड़िनी की तरहा!"..."कौन खसम के यहाँ चली गयी थी तब से?"

मगर सब कुछ चुपचाप सुन लेती थी लड़की; और करती रहती थी अपना काम; क्योंकि अभ्यस्त हो चुकी थी वह ऐसी 'फालतू' बातों को इस कान को उस कान निकाल देने की।

लेकिन माँ-बाप को फूटी आँख न सुहाती थी वह। गोया कि लड़की और बलात्कृत होना–दोनों ही दुनिया के सबसे बड़े अपराध हो! माँ मुँह फुलाये रहती थी बरहमेश; और बाप चबाये रहा था मोंठ-सी हमेशा।

और फिर एक दिन बकुचिया लेकर निकल गया बाप न जाने कहाँ को; और नहीं लौटा था हफ्ते-पखवारे तक।

साहिबान! उस दिन लड़की लीप रही थी आँगन। काढ़ रही थी अपनी गोबर सनी पतली-गोरी उँगलियों से आँगन के खूँट। कच्ची मड़इया की बल्ली के छोर पर बैठा कागा बोल रहा था बार-बार–काँय! काँय!...जेठमासी महीने की अमावस का दिन था वह। धूप ओढ़नी की तरह फैली थी पेड़, घर और धरती के ऊपर...

तभी एक हट्टे-कट्टे बूढ़े को साथ लिये आया बाप–आँगन को खूँदता हुआ मड़इया में। बिछाकर खाट बड़े आदर के साथ बिठाया उसने मुच्छड़ बूढ़े को; और फिर दिया पानी भरकर अपने हाथ से।

लड़की लीपती रही आँगन; और सम्हाल लेती रही अपनी धोती का पल्लू बार-बार कन्धे पर। देखता रहा बूढ़ा उसकी तरफ आँखें फाड़-फाड़कर। फिर माँ आयी मुच्छड़ बूढ़े के पास–जैसे सास आती है जमाई के पास–मुस्काती हुई; और देखती रही उसे चुपचाप।

और साहिबान! उस दिन की रात, ब्यारू के बाद कहा लड़की से माँ-बाप ने, "चन्दा, अपने हैं ये, तुझे लेने आये हैं कुछ दिनों के लिए। चली जाना भोरारे इनके साथ।"

सुनकर काठ हो गयी लड़की। हतवाक्। छोड़ने को कह रहे थे माँ-बाप वह घर हमेशा-हमेशा के लिए, जिसके आँगन को लीपा था उसने आज ही लाल माटी मिले गोबर से रच-रचकर। जाने को कह रहे थे माँ-बाप एक अपरिचित मुच्छड़ बूढ़े के साथ। अनजान नहीं थी वह। समझ रही थी सब! लेकिन उसके सारे सवाल ख़ुद-ब-ख़ुद तब्दील हो गये जवाबों में। और उस वक़्त उसके सामने एक रात थी स्याह, सख्त और सपाट चट्टान-सी काली अँधेरी रात!

और उस काली अँधेरी रात ने अपना मुँह फाड़कर जिन्दा निगल लिया लड़की को!

उसके बाद साहिबान, लड़की के माँ-बाप से पूछते थे, गाँव के लोग-लुगाई, "कहाँ गयी लड़की...?"

जवाब मुँह-ही-मुँह में घुमड़ता रहता देर तक, फिर गोल-गोल शक्ल अख़्तियार कर बाहर आता, "लड़की कोई मोती-मनियाँ तो है नहीं कि जिनगी-भर गले में लटकाये रहते!"

"तो फिर...", सवाल और पैना हो आता, "कहाँ गयी?"

"अपने घर चली गयी!...और कहाँ गयी?..." बाप जवाब देता, "का करते...?...मान-सम्मान तो सबके होता है!...इज़्ज़त-आबरू पर बन आयी थी... तो..."

"मर गयी वो!" माँ कहते-कहते फफक उठती।

उसके बाद सवालों की झड़ी लग जाती।

"कैसे...?"

"कब...?"

"कहाँ...?"

"क्यों...?"

अचम्भे में डूबे, कुछ रोचक, गोपन और उत्तेजक जान लेने को उत्सुक अनन्त सवाल। एक के बाद एक। लगातार! बार-बार!

माँ-बाप के पास लोगों के सभी सवालों का जवाब–एक सच–मौजूद था। हार कर माँ कह ही डालती–साफ़-साफ़, "पेट से थी वो...इसीलिए...और का करते...?"

और साहिबान! उसके बाद उनसे कोई भी सवाल नहीं पूछा जाता था!...

कहानी खत्म करके कथागायक ने सामने बैठे श्रोताओं पर निगाह डाली; और कहा, "साहिबान, क्या आप में से कोई बता सकता है कि उसके बाद कोई सवाल क्यों नहीं पूछा जाता था?...और, क्या उसके बाद, कोई और सवाल नहीं पूछा जाना चाहिए था?...."

सुनकर श्रोता अपनी-अपनी जगह स्तम्भित-से बैठे थे। बेशक वे जानते थे कि कहानी खत्म हो चुकी है!... ❑

रूप-विरूप

उस समय सुधाकर 'वानी' अपनी चित्र-प्रदर्शनी की सफलता की खुशी में मगन था। मगन अर्थात अपने घर के बाहर की तरफ खुलने वाले उस कमरे में, जिसे वह अपना 'ड्रॉइंग-रूम' कहता था, अपने तीन निकटतम मित्रों के साथ खाने-पीने का जश्न मना रहा था। ड्रॉइंग-रूम में प्लास्टिक की चार कुर्सियाँ थीं और उन कुर्सियों के बीच प्लास्टिक की ही एक सेंटर-टेबल थी। टेबल के ऊपर थ्री एक्स रम की एक खुली हुई बोतल रखी थी। स्टील की एक प्लेट में मूँगफली, दालमोठ आदि का नमकीन पसरा हुआ था। कुर्सियों पर बैठे सुधाकर 'वानी' सहित उसके तीनों मित्रों के हाथों में होंठों तक जाते-आते काँच के गिलास थे। ड्रॉइंग-रूम की दीवार से चिपका टीवी उस समय समाचार-समय होने के कारण ऑन था।

सुधाकर 'वानी' एक ट्राइबल-चित्रकार था; और वहाँ मौजूद उसके तीनों मित्रों में से एक चन्दनलाल ड्रामा-आर्टिस्ट था, दूसरा मिट्ठूसिंह छाऊ लोकनृत्य का कोरियोग्राफर था और तीसरा मदन कोरकू अँग्रेजी साहित्य में एम. ए., पीएच. डी. होकर एक कॉलेज में पढ़ाता था तथा लोक-संस्कृति और कलाओं में गहरी दिलचस्पी रखता था।

उस दिन सुधाकर 'वानी' ने अपने शहर की इकलौती कला-दीर्घा में अपने चित्रों की प्रदर्शनी की थी। उस प्रदर्शनी को भारी संख्या में शहर के कलाप्रेमी नसीब हुए और उन्होंने खुले मन से सुधाकर 'वानी' के काम को सराहा था और अधिकांश ने 'कमेंट-बुक' में अपने कमेंट भी लिखे थे, जिन्हें पढ़ने के बाद सुधाकर 'वानी' का उत्साहवर्धन तो हुआ ही था, साथ ही अपने काम के प्रति विश्वास और गहरा हुआ था।

अपने काम के प्रति बढ़े उत्साह और विश्वास को सेलीब्रेट करने के लिए उसने अपने तीनों मित्रों को घर बुला लिया था और अपनी हैसियत के दायरे में रहकर रम की एक बोतल खोल दी थी...

अभी दूसरे ही पेग की चुस्कियाँ चल रही थीं कि टीवी पर सुनाई दिए एक समाचार ने सबका ध्यान खींचा–ख़ास तौर पर सुधाकर 'वानी' का, 'आज देश की कुछ जानी-मानी हस्तियों को राष्ट्रीय सम्मान से अलंकृत किया गया...' कहे जाने के बाद टीवी-स्क्रीन पर सम्मान समारोह के फुटेज दिखायी देने लगे...उन फुटेज को सुधाकर 'वानी' ध्यान से देख रहा था...तभी उसे जैसे शॉक लगा, "अरे, यह तो वही है!" सम्मानित होने वालों में से एक को देखने के बाद उसके मुँह से बेसाख्ता निकला; और उसने उसकी ओर उँगली से इशारा करते हुए अपने तीनों मित्रों से कहा, "इसे जानते हो? कौन है यह?"

जवाब में मदन कोरकू ने फौरन कहा, "...!"

पर मदन कोरकू का कहा हुआ सुधाकर 'वानी' के कानों ने जैसे सुना ही नहीं; क्योंकि उस वक्त वह अपने ड्रॉइंग-रूम में न रहकर वहाँ से कई सौ किलोमीटर दूर जा पहुँचा था...

•

तकरीबन सवा-डेढ़ साल पहले की ही तो बात है!

उस दिन सुधाकर 'वानी' के भीतर एक अजीब तरह की बेचैनी थी! वह कई सौ किलोमीटर लम्बी यात्रा करके पहुँचा था उस शहर में–'प्रकाश-कुम्भ' में शिरकत के लिए–उजाले से मुलाकात की तलब के साथ, उत्साहित, उत्कण्ठित।

फोन पर हुई पिछली लम्बी बातचीत के दौरान अंजनदेव ने उसे बताया था, "इस बार पूरे चौदह वर्षों के बाद आयोजित हो रहा है यह मेला! इस बार नया नाम है मेले का–'प्रकाश-कुम्भ'! पहले के नाम में आयोजकों को परायेपन की बू आती थी, तो इस बार नाम संस्कृतनिष्ठ कर दिया है!...अच्छा है–'प्रकाश-कुम्भ'!... बहरहाल, अपन को नाम से क्या लेना-देना!...आप पहले के किसी मेले में आए हैं कभी?"

"नहीं!" सुधाकर 'वानी' ने कहा था, "नाम तो सुनता रहा था; पर पहुँचने का अवसर नहीं आया।"

"तो आ जाइए इस बार!"

"ठीक है! इस बहाने आपसे भी भेंट हो जायेगी।" सुधाकर 'वानी' ने जवाब में कहा था।

"बिलकुल! डेट फाइनल कर के बताइए। यहाँ की सारी व्यवस्था मुझपर छोड़ दीजिए।" अंजनदेव ने कहा था।

उसके बाद सुधाकर 'वानी' ने फैसला कर लिया था कि वह चला जाएगा।

सुधाकर 'वानी' लोक-चितेरा था; तो उसके व्यक्तित्व में भी लोक समाहित था-पहनावे से लेकर व्यवहार तक में। हालाँकि उसने स्नातकोत्तर तक की शिक्षा पाई थी; पर उसका पहनावा देह पर कुर्ता-पाजामा और पैरों में चप्पलों का ही रहा आया था। और उसका व्यवहार इतना पारदर्शी कि किसी के द्वारा उसके 'वानी' सरनेम के बाबत जिज्ञासा प्रकट करने पर वह सब-कुछ खुलकर बता देता था, "देखो, यह जो मेरा नाम है, यह मेरे असली नाम का इम्प्रोवाइजेशन है। मेरा असली नाम तो सूधाराम है; और 'वानी' इसलिए कि मेरा सम्बन्ध वन से है...तो सूधाराम से हुआ सुधाकर; और वन से 'वानी'!...तो इस तरह हुआ सुधाकर 'वानी'!...अब एक आर्टिस्ट होने के नाते मैं अपने नाम में इतना इम्प्रोवाइजेशन करने का हक तो रखता ही हूँ।...वैसे मेरी जाति कोरकू है–आदिवासी।"

अंजनदेव को भी उसने यह-सब बता दिया था। दरअसल, फोन पर बातचीत के दौरान अंजनदेव ने उसके नाम के साथ जुड़े 'वानी' के बारे में जानना चाहा था, "सुधाकर जी, ये आपके नाम में...आप प्लीज इसे अन्यथा मत लीजिए...मेरे भीतर बस इस शब्द को लेकर उत्सुकता है इसलिए पूछ रहा हूँ कि आपके नाम में यह 'वानी' क्या है?" तो उसने अपने नाम और उपनाम के विषय में सब साफगोई के साथ बता दिया था; साथ ही अपनी जाति कोरकू आदिवासी के बारे में भी!...

अंजनदेव से उसका परिचय सोशल मीडिया के मार्फत हुआ था। अंजनदेव की फ्रेण्ड-रिक्वेस्ट मिली थी एक दिन उसको। तो उसने उसके प्रोफाइल को देखा था: वहाँ दर्ज़ था–कवि, लेखक, संस्कृतिकर्मी। यह देखकर सुधाकर 'वानी' ने उसकी फ्रेण्ड-रिक्वेस्ट को एक्सेप्ट कर लिया था। उसके कुछ समय बाद फोन-नम्बर का आदान-प्रदान हुआ था और तब आवाजों के माध्यम से सम्पर्क कुछ जीवन्त हुआ था। इस सम्पर्क की उम्र लगभग तीन वर्ष थी।

इसके बाद अंजनदेव से रूबरू होने का अवसर आया था 'प्रकाश-कुम्भ' में शिरकत के बहाने।

सुधाकर 'वानी' ने अपनी यात्रा और पहुँचने की तारीख बता दी थी अंजनदेव को–मय ट्रेन का नाम और कोच नम्बर के।

सुधाकर 'वानी' ट्रेन में बैठा हुआ उस गन्तव्य शहर की ओर जा रहा था, जिसमें 'प्रकाश-कुम्भ' आयोजित था और जहाँ अंजनदेव रहता था। उस शहर में वह एकमात्र अंजनदेव से परिचित था। उसका वह परिचय भी महज आवाज और आभास का ही था; इसलिए उस यात्रा के दौरान वह अपने-आपको लगातार एक अजनबियत की ओर जाता महसूस करता रहा था...

पर उसका वह अजनबियत का एहसास उस समय पूरी तरह मिट गया, जब उसने गन्तव्य स्टेशन के प्लेटफॉर्म पर अंजनदेव को गर्मजोशी सहित उपस्थित पाया था।

अंजनदेव का पहनावा-व्यक्तित्व-रखरखाव उसकी सोशल मीडिया पर मौजूद तस्वीरों से भी ज्यादा भव्य दिखायी दिया। गोरों-जैसा उजला चेहरा; करीने से काढ़े गर्दन तक को ढँके श्वेत-सलेटी लम्बे बाल; क्लीन-शेव्ड चेहरे पर ऐसे मुस्कराते-से लगते होंठ, मानो उनको 'प्लास्टिक सर्जरी' के द्वारा ऐसी शेप दी गयी हो कि हमेशा हर हालत में मुस्कराते-से लगें, साथ ही उनके बीच से दाँतों की थोड़ी-सी झलक भी दिखायी देती रहे; और देह पर डिजाइनर लम्बा कुरता चूड़ीदार पाजामा और पैरों में कोल्हापुरी चप्पलें...

अंजनदेव एवं सुधाकर 'वानी' दोनों ने सोशल मीडिया पर मौजूद तस्वीरों के परिचय से एक-दूसरे को पहचान लिया था।

कोंच से उतरते ही रूबरू सामान्य परिचय के आदान-प्रदान के तुरन्त बाद सुधाकर 'वानी' से अंजनदेव ने कहा, "आइए!..."

स्टेशन से बाहर निकलते ही अंजनदेव की लम्बी कार थी–मय ड्राइवर के! सुधाकर 'वानी' के पास एक छोटा–सा सूटकेस और एक कैनवस–बैग था। सुधाकर 'वानी' जब कार के पास पहुँचा तो ड्राइवर ने उससे सूटकेस और बैग ले लिए और कार की डिक्की खोल कर उसके भीतर रख दिए। उसके बाद उसने अंजनदेव व सुधाकर 'वानी' को कार के भीतर जाने के लिए कार का पिछला पल्ला खोल कर पकड़े रखा। वे दोनों कार के भीतर बैठ गए तो उसने आहिस्ता से पल्ला बन्द किया और अपनी सीट पर जाकर कार स्टार्ट की।

उसके बाद कार शहर की चिकनी सड़कों पर दौड़ने लगी थी। सुधाकर 'वानी' ने देखा कि जहाँ रेड लाइट होती, वहाँ रुकी हुई कारों की लम्बी लाइनें लग जातीं; और ग्रीन सिग्नल होने पर वे आगे दौड़ने लगतीं।

कार की पिछली सीट पर बैठे अंजनदेव और सुधाकर 'वानी' साथ-साथ होने के बाद भी गोया साथ न थे। अंजनदेव अपने सेलफोन में व्यस्त था; और सुधाकर 'वानी' जिज्ञासु भाव से कार की खिड़की से शहर को देख रहा था।

मार्च का महीना था और चढ़ती दोपहर का समय।

ड्राइवर ने रेड सिग्नल पर कार रोकी तो सुधाकर 'वानी' ने सिग्नल पर देखा, वहाँ 180 सेकण्ड से अंक घट रहे थे। तभी कार की अंजनदेव की तरफ वाली खिड़की के शीशे पर 'ठक-ठक' ध्वनि ने सुधाकर 'वानी' का ध्यान खींचा : शीशे

के बाहर एक काली-साँवली लगभग पच्चीस-तीस साल की युवती का चेहरा था; और उसने अपनी गोद में दो-तीन महीने का बच्चा एक हाथ से गोद में सँभाला हुआ था। वह अपने दूसरे हाथ में सस्ते किस्म के डॉट-पेन लिए अंजनदेव को दिखाती हुई इसरार कर रही थी, "सर, पेन ले लो ना!"

अंजनदेव ने एक बार युवती को देखा और उसके 'पेन ले लो ना' इसरार को भी सुना। उसके बाद वह फिर अपने सेलफोन पर उँगलियाँ चलाने लगा। युवती बन्द शीशे पर बार-बार उँगलियों से 'ठक-ठक' करती हुई उससे चिरौरी कर रही थी, "ले लो न सर!" पर अंजनदेव उसकी तरफ देख भी नहीं रहा था। युवती ने आख़िरी बार उससे कहा था, "सर, ले लो ना!...पैसों से बच्चे को दूध पिला दूँगी।" पर अंजनदेव ने तब भी उसकी तरफ नहीं देखा।

हार कर वह सड़क से एक तरफ चली गयी, जहाँ एक छोटा पेड़ था। उसने बच्चे को पेड़ की छाँह में बिछी चादर पर लिटा दिया था...सुधाकर 'वानी' ने यह-सब देखा-सुना; और सिग्नल की तरफ देखा : वहाँ 40 सेकण्ड नीचे उतर रहे थे। उसने हिसाब लगाया कि उस युवती ने लगभग दो मिनट तक अंजनदेव से पेन बेचने के बहाने कुछ रुपये पाने के लिए इसरार किया था। पर अफसोस कि किसी भी तरह की सहानुभूति और संवेदना की आशा न रहने पर वहाँ से लौट गयी। लौटती हुई उस युवती को सुधाकर 'वानी' ने ग़ौर से देखा था। उसने अपनी देह पर मैले-से; पर सलीके के साथ सलवार-कुरता-दुपट्टा पहने हुए थे; और उसके काले-साँवले चेहरे पर एक अपराजित उदासी थी। सुधाकर 'वानी' को उस युवती के भीतर एक खुद्दारी दिखी; क्योंकि वह भीख नहीं माँग रही थी; बल्कि सस्ते पेन बेचकर कुछ पैसे जुटाना चाह रही थी!...

उस घटना के बाद सुधाकर 'वानी' उस युवती के प्रति अपने भीतर के किसी कोने में एक प्रकार का लगाव महसूस कर रहा था; साथ ही अंजनदेव के प्रति एक तरह का अलगाव!...

कुछ देर में कार अंजनदेव के घर के पोर्टिको में जाकर रुकी। कार से बाहर निकलने पर सुधाकर 'वानी' ने हैरानी के साथ अंजनदेव के घर को देखा था। वह किसी सरकारी बँगले की तरह विशाल और आलीशान था। यह देखकर सुधाकर 'वानी' के जेहन में हठात एक सवाल उठ खड़ा हुआ था–'कौन है यह अंजनदेव?'...

उसके थोड़ी देर बाद सुधाकर 'वानी' एक सुरंग के भीतर था–उस सुरंग के भीतर, जिसका मुहाना तो उसे उजालों का उत्स नजर आया था; किन्तु उस मुहाने के

भीतर एक ऐसी अँधेरी-बन्द-खोहनुमा लम्बी जगह थी, जिसमें सिर्फ़ धुँधलका ही धुँधलका था!

सुधाकर 'वानी' मुहाने के उजालों को देखकर भीतर पहुँचा था; और कुछ ही दूर आगे बढ़ा तो उसे एहसास हो गया कि वह किसी सुरंग में है!...अलबत्ता उस सुरंग में दूर एक उजास-सा भी नजर आ रहा था। वह उसी दूर-दिखते उजास की तरफ बढ़ता रहा। आगे बढ़ने के दौरान उसके आसपास-दाँये-बाँये-ऊपर-नीचे भाँय-भाँय करते सन्नाटे से भरी वीरानी थी!...उसके बीच चलते हुए उसके भीतर एक दमघोंटू और डरावना एहसास तारी था! पर वह तो उस शहर में पहुँचा ही उजाले की तलब के साथ था–'प्रकाश-कुम्भ' में शिरकत की तमन्ना लिए! इसलिए आगे बढ़ता रहा!...

उस सुरंग के मुहाने पर उसे अंजनदेव के ड्राइवर ने छोड़ा था–कार से। ड्राइवर ने उँगली से सुरंग के उस मुहाने की ओर इशारा कर कहा था, "मेले के लिए यहाँ से जाना है!..."

...हुआ कुछ यों था कि घर के पोर्टिकों में कार के रुकते ही अंजनदेव उतर कर अपने विशालाकार घर के भीतर चला गया था–कहना चाहिए, घर के भीतर विला गया था! और सुधाकर 'वानी' को ड्राइवर ने घर के बरामदे से लगे एक कमरे में बिठा कर चाय–नाश्ता कराया था...उसके बाद कहा था, "सर किसी अर्जेंट काम में बिजी हो गए हैं...तो उन्होंने कहा है कि मैं आपको मेला तक पहुँचा दूँ...चलिए मैं आपको मेला छोड़ के आता हूँ।"

ड्राइवर की बात सुनकर सुधाकर 'वानी' के पास न उससे कुछ पूछने का औचित्य बचा था न ही कुछ कहने का। वह उठा और कार में बैठ गया था। उसके सूटकेस और बैग पहले से ही कार की डिक्की में रखे हुए थे।...

कुछ देर बाद ड्राइवर ने सुरंग के मुहाने के पास कार रोकी थी और हाथ से इशारा करते हुए कहा था, "मेले के लिए यहाँ से जाना है!..." उसके बाद उसने सुधाकर 'वानी' के सूटकेस और बैग को डिक्की से निकाल कर सड़क पर रख दिया था।

सुधाकर 'वानी' ने अपने बैग को कन्धे से टाँग व सूटकेस को हाथ में लेकर बताए गए रास्ते का रुख किया था।

उसके बाद वह सुरंग के भीतर था–'प्रकाश-कुम्भ' मेले में पहुँचने के लिए आगे कदम बढ़ाता हुआ। वह जैसे-जैसे आगे बढ़ रहा था, वैसे-वैसे सुरंग के भीतर का धुँधलका, अँधेरे की शक्ल अख़्तियार करता जा रहा था। वह जिस सुरंग के भीतर

चलता हुआ आगे बढ़ रहा था उसमें उसके आसपास एक डरावना सन्नाटा और वीरान-दमघोंटू अनिश्चितता का आलम था। उस स्थिति में एकाधिक बार उसकी इच्छा हुई कि वापस लौट पड़े! पर उसने अँधेरे के आगे घुटने नहीं टेके; और वह उजाले की उम्मीद लिए उस सुरंग में कदम-दर-कदम आगे बढ़ता रहा...

देर तक चलते रहने के बाद, उसे कुछ आवाजें सुनाई दी थीं। उन आवाजों को सुन कर उसे लगा कि आगे कुछ है–कुछ-ऐसा, जिसमें बहुतेरे लोग इकट्ठा हैं!...

उसके कदम और तेजी-से आगे बढ़ने लगे थे। कुछ देर चलते रहने के बाद उसके सामने एक ऐसा उजास था, जिसे नीमउजाला कहा जाता है।

उस नीमउजाले में एक एंटरी-गेट था, जिसके माथे पर हिंदी और अँग्रेज़ी भाषा के बड़े-बड़े अक्षरों में लिखा हुआ था : प्रकाश-कुम्भ...FAIR OF LIGHTS...

यह देख कर सुधाकर 'वानी' को तसल्ली हुई कि अन्ततः वह वहाँ पहुँच ही गया, जहाँ पहुँचने के लिए उसने सैकड़ों किलोमीटर लम्बी यात्रा की थी।

उसने 'प्रकाश-कुम्भ...' लिखे गेट के भीतर खुश-खुश प्रवेश किया।

पर कुछ ही देर में वह यह देखकर हैरानी से भर उठा कि वहाँ मौजूद सारे लोग बौने थे! और वहाँ के धुँधलके में उठ रहा शोरगुल उन बौनों के बोलने से ही हो रहा था! वहाँ मौजूद बौने तरह-तरह के करतब करते हुए शोर मचाए हुए थे!...

सुधाकर 'वानी' हैरत से भरा हुआ, उनके करतब देखने और उनके द्वारा मचाए शोर में शब्दों को तलाशने लगा।

उसने देखा कि एक बौना इधर से उधर कुछ इस तरह से चल रहा था जैसे वह ख़ुद को अपने कन्धों पर ढो रहा हो!...

उसके बाद उसका ध्यान वहाँ मौजूद एक और बौने की तरफ़ गया, जिसकी शक्ल भून कर छील दिए गए बैंगन-जैसी थी और जो कभी किसी के साथ खड़ा होकर सेल्फी खींचता था, कभी किसी की बगल में खड़ा होकर अपना मोबाइल-फोन किसी अन्य के हाथ में थमा कर उससे फोटो खींच देने का आग्रह करता था! वह बौना अपने भुने-छिले बैंगन-जैसे चेहरे को लगातार किसी-न-किसी के चेहरे से जोड़ कर फोटो खींचने-खिंचवाने की भूख से बेचैन दिखायी दे रहा था! फोटो खिंचते ही वह उसे अपने सोशल-मीडिया-अकाउंट पर पोस्ट करता; उसके बाद, फिर किसी-और के साथ खड़ा होकर फोटो खींचने या खिंचवाने लगता था!...

सुधाकर 'वानी' ने आगे देखा : वहाँ एक और बौना प्रेमचन्द का भेष बनाए एक चौकी पर बैठा था और अपने आसपास फ़ैली किताबों को बेचने के लिए चीख-चीख कर ग्राहकों को इस तरह बुला रहा था जैसे सब्जी-मण्डी में बैठा कोई कुँजड़ा अपनी सब्जी को खरीदने हेतु ग्राहकों को बुलाता है!...

थोड़ा-और आगे एक बौना एक तख़्त पर बैठा कानों को चुभने वाली बेसुरी आवाज़ में गाना गा रहा था और अपने बेसुरे गायन से भी ज़्यादा ध्यान इस बात से खींच रहा था कि वह अपने सिर और हाथों की मुद्राओं के द्वारा पण्डित कुमार गन्धर्व की कॉपी कर रहा था!...

थोड़ी दूर पर एक—और बौना हर किसी से हाथ मिलाता हुआ ख़ुद को हरिशंकर परसाई का उत्तराधिकारी बताता फिर रहा था!...

वहाँ एक बौना ऊपर से नीचे तक भगवा चोला पहने, पेट तक झूलती लम्बी दाढ़ी रखे और लम्बा तिलक लगाए अपने पहलू में एक युवती को समेटे चल रहा था!...उसके बारे में अन्य बौने आपस में कह रहे थे कि वह मशहूर 'लाइफ मैनेजमेंट गुरु' था और उसने उस विषय पर अँग्रेज़ी भाषा में कई किताबें लिखी थीं।...

यह-सब देखता हुआ हैरान सुधाकर 'वानी' मेले में वहाँ जा पहुँचा, जहाँ एक मंच पर भाषणनुमा कुछ हो रहा था...मंच के ऊपर एक बौना अपने मुँह को माइक से सटाये, तैश से भरा, मुँह से थूक के छींटे उड़ाता, गला फाड़ता हुआ कह रहा था, "मैं महापण्डित राहुल सांकृत्यायन का अवतार हूँ!...अब, अवतार होने का क्या अर्थ है, अवतार क्यों होता है, मैं आपको बताता हूँ...दरअसल अवतार वह काम करता है जो वह व्यक्ति कर पाने में असमर्थ रहता है जिसका वह अवतार है!...तो मैं राहुल सांकृत्यायन का अवतार अवश्य हूँ; पर राहुल सांकृत्यायन के काम को आगे नहीं बढ़ा रहा हूँ; बल्कि मैं वह काम कर रहा हूँ जिसको महापण्डित राहुल सांकृत्यायन कर पाने में असमर्थ रहे थे!...इस बात के महत्व को समझिए आप!... मेरा काम राहुल सांकृत्यायन के काम से आगे का है!...तो मेरा काम हण्ड्रेड परसेन्ट ऑरिजिनल है, मौलिक है!...इसीलिए..."

बोलते हुए मुँह से थूक के छींटे उड़ाते बौने की बात अभी 'इसीलिए...' तक ही पहुँची थी कि मंच पर मौजूद दूसरे बौने ने खड़े होकर उसके सामने का माइक अपने सामने खींच कर उससे अपना मुँह सटा दिया और कहा, "यहाँ अवतार आदि की बात करने की क्या तुक है? अरे, आप सीधे-सीधे अपना काम बताइए! यदि हों तो अपनी उपलब्धियाँ बताइए!...वैसे अवतार की बात चली है, तो मैं आप सबको बताता चलूँ कि इस समय देश में यदि अवतार है, तो वह सिर्फ़ एक ही है! वह भी किसी ऐरे-ग़ैरे का नहीं, स्वयं ईश्वर का अवतार है! उसका नाम बताने की जरूरत नहीं है—उसका नाम सब जानते हैं!..."

माइक सामने से खींच लिए जाने के बाद, खड़े रह गए बौने ने बिना माइक के ही अपनी खरखरी आवाज में कहा, "अवतार से मेरा मतलब था..."

माइक के सामने खड़े बौने ने तुरन्त टोका, "आपका जो भी मतलब हो...अब आप चुप रहिए और मुझे अपनी उपलब्धियाँ बताने दीजिए!"

यह सुनने के बाद, बिना माइक का बौना किंचित क्षोभ दिखाता एक ओर जाकर बैठ गया।

अब माइक के सामने खड़ा बौना कह रहा था "देखिए, मैंने साहित्य से लेकर कला और संस्कृति के विभिन्न रूपों पर काम किया है! न सिर्फ़ काम किया है; बल्कि उन लोगों के साथ मिला-बैठा हूँ जो आज साहित्य-संस्कृति-कला-जगत के स्वर्णिम इतिहास का हिस्सा हैं!...मुक्तिबोध से मिला हूँ मैं; मकबूल फिदा हुसेन का संग-साथ पाया है मैंने; मल्लिकार्जुन मन्सूर का सान्निध्य प्राप्त हुआ है मुझको! और इन दिनों मैं 'एकात्म राष्ट्रवाद' पर काम कर रहा हूँ–साहित्य, कला और संस्कृति के लिए 'एकात्म राष्ट्रवाद' क्या नया जोड़ सकता है, इस पर काम कर रहा हूँ!..."

यह सुनने के बाद सुधाकर 'वानी' ने वहाँ के नीमउजाले में ग़ौर से उस बौने को देखा, जो उस समय माइक से मुँह सटाए अपनी उपलब्धियों और आगामी योजनाओं का बखान कर रहा था; और उसके बाद सुधाकर 'वानी' एकबारगी सकते में पड़ गया; क्योंकि उसने उस बौने को पहचान लिया था–वह बौना कोई-और नहीं; अंजनदेव था! सुधाकर 'वानी' सकते में यह देख कर था कि अंजनदेव एक बौना था! उसे हैरानी इस बात की भी थी कि कुछ ही घण्टे पहले वह अंजनदेव के साथ रेलवे-स्टेशन से लेकर उसके घर तक साथ रहा था; पर तब उसका ध्यान इस बात पर क्यों नहीं गया कि वह एक बौना है!...

यह-सब देखने-सुनने के बाद, सुधाकर 'वानी' को लगा था कि वह एक ऐसी अँधेरी-अमानुषीय-अजनबी-असहज दुनिया में आ पहुँचा है, जहाँ उसके लिए साँस ले पाना भी दूभर हो रहा है!...

और फिर, वह अपने हाथ में लिये सूटकेस और कन्धे पर टँगे बैग के साथ, लौट कर सुरंग के उसी मुहाने की तरफ चलने लगा, जहाँ से उसने सुरंग में प्रवेश किया था...

•

सुधाकर 'वानी' ने कुछ ही पलों में वह-सब देख लिया; और वह फिर अपने ड्रॉइंग-रूम में अपने तीनों मित्रों के बीच था...उसके कानों में अभी-अभी मदन कोरकू के कहे शब्द धुँधलाए हुए-से मौजूद थे! तो उसने उन शब्दों को एक बार फिर सुनने की गरज से मदन की ओर देखते हुए कहा, "क्या कहा तुमने मदन?...मैं ठीक से

सुन नहीं पाया!...क्या तुम इसे पहचानते हो, जो अभी राष्ट्रीय सम्मान से सम्मानित होता हुआ दिखाया गया था?"

मदन कोरकू बोला, "इसको, कला-संस्कृति से थोड़ा-बहुत वास्ता रखने वाले प्राय: पहचानते हैं..."

"कौन है यह?" सुधाकर 'वानी' ने बीच में ही पूछ लिया।

"अ कल्चरल इम्पोस्टर!" मदन कोरकू ने फौरन कहा, "इसका मतलब समझ रहे हो न?...मतलब, एक सांस्कृतिक ठग!"

सुधाकर 'वानी' ने मदन कोरकू के मुँह से जो शब्द सुने, वे उसके लिए नए अवश्य थे; किन्तु उन शब्दों के अर्थ बिलकुल वही थे जो उसके एहसास में शामिल थे; क्योंकि जो व्यक्ति थोड़ी देर पहले टीवी पर राष्ट्रीय सम्मान से विभूषित होता दिखा था, उससे लगभग सवा-डेढ़ साल पहले ख़ुद उसका भी वास्ता पड़ चुका था! दरअसल राष्ट्रीय सम्मान से सम्मानित होता दिखा व्यक्ति अंजनदेव था! ❑

प्रतिगमन

वे चार थे! चारों हमउम्र! अपनी जवानी को पार करती हुई उम्र के!...चारों पढ़े-लिखे थे; खाते-पीते थे; अपने-अपने दफ़्तरों में नौकरीशुदा थे और अपने वर्तमान से सन्तुष्ट थे! चारों एक-दूसरे को अच्छी तरह जानते थे; चारों का एक-दूसरे के यहाँ आना-जाना था; चारों का एक-दूसरे के साथ बैठना-उठना था; चारों का एक-दूसरे के साथ खाना-पीना होता था; चारों को एक-दूसरे से कोई गिला-शिकवा नहीं था; लुब्बोलुवाब यह कि चारों एक-दूसरे के लगभग मित्र थे!

तो एक छुट्टी के दिन चारों ने घूमने का मन बनाया–मेला घूमने का! और चारों जा पहुँचे मेला!...

मेला बहुत बड़ा था! मेले में सब-कुछ था : मेले में फनफेयर था; मेले में ट्रेडफेयर था; मेले में क्राफ़्ट-बाज़ार था; मेले में ज़िन्दगी की ऊँचाइयाँ थीं; मेले में मौत की गहराइयाँ थीं; मेले में सुन्दर-सुन्दर औरतें थीं; मेले में मासूम-मासूम बच्चे थे; मेले में सजे-धजे आदमी थे; मेले में सरकारी उपलब्धियों की प्रदर्शनियाँ थीं; मेले में वैराइटी-शो था; मेले में कम्प्यूटर का विज्ञापन था; मेले में आइसक्रीम थी; मेले में नचनियाँ का ठुमका था; मेले में ऊँच-नीच का नामोनिशान न था; मेले में साम्प्रदायिकता का अता-पता न था; मेले में लोकतन्त्र था; यानी यह कि मेले में समूचा हिन्दुस्तान था!...

वे चारों मेले में घूमे-देर तक घूमते रहे...मेले में घूमते हुए चारों ने ट्रेडफेयर देखा; फनफेयर देखा; ज़िन्दगी की ऊँचाइयाँ देखीं यानी झूला झूला; मौत की गहराइयाँ देखीं यानी मौत के कुएँ का नज़ारा लिया; आइसक्रीम खाई; शरीरों की चलती-फिरती ऐक्ज़िबिशन्स देखीं; क्राफ़्ट-बाज़ार घूमा; वैराइटी-शो का आनन्द उठाया; नचनियाँ के ठुमके का मज़ा लिया; कम्प्यूटर का विज्ञापन सुना...

चारों ने मेले में अपनी-अपनी आँखों से,अपने-अपने नज़रिये से, अपने-अपने दृष्टिकोण से वह-सब देखा, जो उन्हें दिखायी दिया; और चारों ने अपने-अपने

हिसाब से चीज़ों को पसन्द-नापसन्द किया! चारों ने कुछ चीज़ों को इस हद तक पसन्द किया कि किसी भी क़ीमत पर खरीद कर अपने घर ले जाना चाहा!...

पर चारों के सामने मुश्किल यह दरपेश आई कि चारों में से कोई भी अपनी पसन्दीदा चीज़ के बारे में एक-दूसरे को कुछ भी नहीं बताना चाहता था—बताना तो दूर की बात, हवा तक नहीं लगने देना चाहता था!

इसलिए चारों में से हरएक ने एक-दूसरे से अपनी-अपनी तरह से कोई-न-कोई बहाना बनाया; और कहा कि वह अभी कुछ-और देर तक मेला घूमना चाहता है इसलिए चाहें तो तीनों घर जा सकते हैं; और वह बाद में आ जायेगा! इस तरकीब से चारों ने एक-दूसरे से विदा ली। उसके बाद वे चारों मेले में अलग-अलग अकेले थे! और तब चारों में से हरएक अपनी-अपनी पसन्दीदा चीज़ के बारे में सोच रहा था :

पहला सोच रहा था कि वह चीज़ उसके पुरखों की धरोहर है; और वास्तव में, समाज के भीतर उसको जो इज़्ज़त-आबरू मिलती है वह उसी के कारण है!...

दूसरा सोच रहा था कि वह चीज़ उसके पूर्वजों की महानता व प्रभुता की निशानी है; और आज की प्रतिष्ठा भी उसी के कारण है!...

तीसरा सोच रहा था कि वह चीज़ उसके पुरखों का एक ऐसा हथियार रही थी कि जिसके बल पर उन्हें धन-बल-सम्मान मिला था; और वर्तमान की सामाजिक स्थिति भी उसी के कारण है!...

और चौथा सोच रहा था कि उसके पुरखों के पास कोई ऐसी चीज़ नहीं थी कि जिसके कारण समाज में मान-प्रतिष्ठा पाते!...उसके पुरखे तो हमेशा दूसरों की सेवा-टहल करते रहे; दूसरों के लात-घूँसे खाते रहे; दूसरों के द्वारा नाप-जोख कर दी हुई ज़िन्दगी जीते रहे! वे नहीं जानते थे कि वे कौन-सी चीज़ें हैं जिनके बल पर दूसरों से सेवा कराई जाती है, दूसरों को लात-घूँसों से बेइज़्ज़त किया जाता है, दूसरों को नपी-तुली ज़िन्दगी जीने पर मजबूर किया जाता है!...वे नहीं जानते थे, तो क्या! वह तो जानता है उन चीज़ों और उनके इस्तेमाल के बारे में!...

तो बहरहाल, चारों जो सोच रहे थे उसके अनुसार अपनी-अपनी पसन्दीदा चीज़ें खरीद कर अपनी-अपनी सुविधा के अनुसार मेले से अपने-अपने घर लौटे थे।

•

उसके अगले दिन की सुबह :

पहले के ड्राइंग-रूम में एक मन्दिर का मॉडल रखा हुआ था—भूरे पत्थर पर तराशा हुआ, शिखर पर फहराते ध्वज के साथ, लगभग छह इंच लम्बा, छह इंच

चौड़ा और फुटभर ऊँचा मन्दिर का ऐसा मॉडल, गोया उसके भीतर पण्डे-पुजारी अगरबत्तियों की महक और घण्टे-शंख-झालर की ध्वनियों के बीच पूजा-अर्चना करते हों!...

दूसरे के भव्य कक्ष में एक किले का प्रतिरूप रखा हुआ था–काले पत्थर पर तराशा हुआ लगभग डेढ़ फीट लम्बा, आधा फुट चौड़ा और फुटभर ऊँचा किले का ऐसा प्रतिरूप, जैसे उसमें से अभी कनटोप-व-कवचधारी सिपाही तलवारें लहराते निकल कर जंग-ए-मैदान में दुश्मनों के बीच तबाही मचाने वाले हों!...

तीसरे के विशाल कमरे में कत्थई रंग की एक छोटी-सी मानव-मूर्ति रखी हुई थी–एक हाथ में तराजू लिये और दोनों आँखों पर पट्टी चढ़ाये ऐसी मानव-मूर्ति, जैसे वह आँखों पर पट्टी होने के बावजूद तराजू से सही नाप-जोख करने वाली हो!...

चौथे के अतिथि-कक्ष में हैरान करने वाला नज़ारा था; क्योंकि वहाँ कोई नई चीज़ न हो कर, वे ही तीनों चीज़ें मौजूद थीं जो बाक़ी तीनों ने अलग-अलग पसन्द कर खरीदी थीं!...वहाँ एक तरफ़ एक लघुकाय मन्दिर का प्रतिरूप रखा हुआ था; दूसरी तरफ़ हाथ में तराजू लिये, आँखों पर पट्टी बाँधे एक मनुष्य-मूर्ति रखी हुई थी; और बीच में एक लघुकाय किले का मॉडल रखा हुआ था!...

और ख़ास बात यह थी कि उस दिन चारों अपने चेहरों पर अतिरिक्त ख़ुशी पहने हुए थे! ❑

परदा

मुकुल दत्त मुझे जब भी मिला था, ख़ासी इज़्ज़त देता हुआ मिला था! यों मुझसे उसकी मुलाकातें बहुत अधिक बार नहीं हुई थीं! यही कोई चार या पाँच बार! वह भी कभी किसी साहित्य-गोष्ठी में या किसी आर्ट-ऐक्ज़िबिशन में। पर वह जब भी मिला था, तब उसकी गोरी-लचीली-भव्य देह में एक अतिरिक्त नम्रता पाई जाती थी; साथ ही उसके चेहरे पर दाँतों का कुछ हिस्सा दिखाती शालीन मुस्कान व उसके कोमल-ख़ूबसूरत हाथों में जुड़ाव की मुद्रा!...और इन-सब चीज़ों के फलस्वरूप उसके प्रति मेरे मन में एक सात्विक किस्म का भाव पैदा हुआ था।...इसके साथ ही उसकी एक-दो कविताएँ भी मैं एक गोष्ठी में सुन चुका था, जिन्होंने मेरे भीतर उसके लिए किंचित सम्मान भी पैदा किया था; और जिनके आधार पर मेरा मत बना था कि वह ऐसी गतिशील कविताएँ लिखता था जो गाँव के उस आदमी के दुःख-दर्द से वाबस्तगी रखती थीं जो ज़मीन पर घिसटता हुआ जैसे-तैसे अपनी ज़िन्दगी की गाड़ी खींच रहा होता है! (मेरा यह मत, सुनी गयी उसकी एक-दो कविताओं की बिनाह पर ही बना था।)...कुल मिलाकर यह कि उससे जब भी आमना-सामना हुआ था, तब वह मुझे एक अच्छा और सुसंस्कृत व्यक्तिही लगा था।...

लेकिन तब तक मुझे यह बात बिलकुल नहीं मालूम थी कि वह एक कवि और संस्कारवान व्यक्ति होने के साथ-साथ शहर का एक जाना-माना 'डॉक्टर' भी था! शहर में उसकी प्रतिष्ठा की जानकारी होने पर मैं लगभग हैरतज़दा था कि शहर का इतना प्रतिष्ठित व्यक्ति मुझ-जैसे एक चित्रकार को इस कदर झुक-झुक कर सलाम बजाता हुआ क्यों मिलता है! मैं कोई ऐसा 'बड़ा आदमी' तो था नहीं कि जिसके साथ ऐसा सलामी वाला व्यवहार अनिवार्य हो! मेरी तो कोई पेंटिंग भी तब तक बहुत बड़ी कीमत में नहीं बिकी थी; अलबत्ता देश भर के सुपरिचित पत्र-पत्रिकाओं में अवश्य वे प्रकाशित होती रहती थीं; और शहर व शहर से बाहर उँगलियों पर गिनने लायक उनकी कुछ प्रदर्शनियाँ आयोजित हुई थीं। पर इतने-भर से तो मैं कोई

ऐसा वी आई पी नहीं हो गया था कि जिसे शहर का एक नामीगिरामी-प्रतिष्ठावान 'डॉक्टर' सलाम बजाता फिरे!

यों मैंने पहले भी ग़ौर किया था कि वह परिचय के वक़्त अपने नाम के साथ 'डॉक्टर' शब्द ज़रूर लगाता था–'डॉक्टर' मुकुल दत्त!...तब मैंने यह समझा था कि सम्भवत: वह पीएच.डी. ('डॉक्टर') है! उसके कवि होने के साथ इस बात का तालमेल भी मुझे दिखायी देता था। उसकी वेषभूषा भी यही साबित करती थी–उसकी रहन-सहन ख़ासी सादा थी : मामूली-से पैंट पर खुले गले की शर्ट; पैरों में चप्पलें; आँखों पर चौड़ी कमानी का चश्मा; सिर पर मँझोले बेतरतीब-से खिचड़ी बाल!... कुल मिलाकर एक मामूली आदमी का नक्शा!...

एक बार उसके विचारों से भी किंचित परिचय हुआ था... बातचीत के दौरान उसने एक चित्रकार का ऐसा दिलचस्प क़िस्सा सुनाया था जिसके द्वारा उसकी आमजन के प्रति इज़्ज़त का मुज़ाहिरा होता था!...क़िस्से में था यह कि चित्रकार ने महीनों की मेहनत के बाद एक पेंटिंग तैयार की, जिसका टाइटल दिया–'दि ऑक्स'। वह अपनी वह पेंटिंग बना कर अत्यन्त प्रसन्न हुआ। वजह यह कि पेंटिंग उसके मन-मुताबिक बन गयी थी–निहायत उच्चस्तरीय और एक्सप्रेसिव! कुछ समय बाद उस चित्रकार के चित्रों की प्रदर्शनी आयोजित हुई, जिसमें उसने अपनी तमाम चुनिन्दा पेंटिंग्स के साथ नयी पेंटिंग 'दि ऑक्स' को भी प्रदर्शित किया था। चित्रकार के लिए ख़ुशगवार बात यह हुई कि उसकी नई पेंटिंग दर्शकों के आकर्षण का केन्द्र बन गयी थी। जो भी उसे देखता, देखता ही रह जाता! उसकी अभिव्यक्ति, कंटेंट व कलात्मकता की तारीफ़ें हो रही थीं। लोग उसके एक-एक हिस्से को बारीकबीनी के साथ देखते और वाह-वाह करते जाते। दरअसल उस पेंटिंग में एक किसान की बदहाली और ग़रीबी को चित्रित किया गया था। पेंटिंग में किसानी परिवेश के सांकेतिक बिम्बों के साथ ख़ुद किसान व उसके दो बैल थे...दोनों बैलों के सिर-पशु-शरीरों के बावजूद मनुष्यों-जैसे थे! पशु-देहों पर मनुष्य-सिर! और किसान की मानव-देह पर बैल का सिर था, जिसकी दोनों आँखों से दो बड़े-बड़े आँसू ढुलक कर उसकी रोंयेदार कनपटियों पर टिके हुए थे!...

मुकुल दत्त कह रहा था, "जाहिर है, ऐसी अभिव्यक्ति की प्रशंसा होनी ही थी! वह भारतीय किसान का प्रतीकात्मक व मार्मिक चित्रण था!...पर उस प्रदर्शनी के दौरान एक घटना घट गयी...हुआ यह कि कहीं से ख़बर पा कर या यों ही तमाशा देखने एक किसान वहाँ आ पहुँचा–वास्तविक किसान! नंगे पैर! सिर पर मैली साफी! हाथ में चीकट-सा झोला!...यह देख कर प्रदर्शनी-आयोजकों ने 'उस

आदमी' को प्रदर्शनी के भीतर जाने से रोक दिया! यह उस चित्रकार की आँखों के सामने हुआ! और इस बात से वह चित्रकार ऐसा विचलित हो गया कि उसने दीर्घा में दर्शकों के आकर्षण का केन्द्र बनी अपनी उस पेंटिंग के पास जाकर उस पर ब्रुश से काली रोशनाई पोत डाली!" कह कर मुकुल दत्त लगभग रोमांचित था!

यह सुन-देख कर मुझे मुकुल दत्त न सिर्फ़ रहन-सहन से; बल्कि विचारों से भी जनपक्षधर लगा था।...

उसके बाद कुछ सालों का अन्तराल गुज़र गया था; और मुकुल दत्त से मेरी मुलाकात नहीं हो सकी थी। अलबत्ता मुकुल दत्त मेरे भीतर किसी अविस्मरणीय प्रभाव की तरह मौजूद बना रहा था।

इस दरमियान मैं अपनी गति से चित्र बनाता रहा; और मेरे काम पर मुझे एकाधिक पुरस्कार भी मिल गये थे। परन्तु मुकुल दत्त से मुलाकात न हो पाने का अहसास मुझे बराबर बना रहा।

अन्ततोगत्वा एक दिन मैंने उससे उसके घर जाकर मिलने की ठान ली।...

पूछते-तलाशते जब मैं उसके घर के सामने पहुँचा, तो लगभग आतंकित हो उठा था! उसका घर एक विशालकाय भवन था! भवन क्या, कहना चाहिए, कोठी था! ऐसी कोठी, जिसकी बाउण्ड्रीवाल के मध्य-भाग में लोहे का एक भीमकाय फाटक लगा हुआ था। फाटक की बग़ल में दीवार पर एक बड़े आकार का बोर्ड लगा था, जिस पर दर्ज इबारत थी : डॉ. मुकुल दत्त, एम. डी. और बहुतेरी डिग्रियों के नाम; तथा मरीज़ों से मिलने का समय!...

मैंने यह-सब देखा; और हिम्मत करके लोहे के फाटक को हाथ से भीतर की ओर धकेला, तो न जाने कहाँ अदृश्य कुत्ता डरावनी आवाज़ के साथ भौंका; और आनन-फानन में मेरे सामने आकर लगातार भौंकता हुआ मुझे वहाँ से भगाने की कोशिश करने लगा। मैं उससे भयभीत, मगर अपने उद्देश्य पर दृढ़ यह देखता रहा कि कहीं से मुकुल दत्त निकले और मैं उसके सामने होऊँ!

कुत्ता देर तक भौंकता रहा तो मकान के बहुतेरे द्वारों में से एक द्वार पर लटका हुआ भारी परदा तनिक हिला, तो मेरी निगाहें उधर जा पहुँचीं। परदे के भीतर से मुकुल दत्त तो नहीं, एक बुज़ुर्ग महिला नमूदार हुईं, जो क़रीब सत्तर पार होने के बावजूद स्लीवलेस ब्लाउज़ और श्वेत-धवल-खुले-कटे-कन्धों तक छितरे केशों से सज्जित थीं। उनके चेहरे की शक्ल में मुझे कहीं मुकुल दत्त छिपा हुआ नज़र आया। उन्होंने गेट के पास खड़े मुझको किसी अजूबे की तरह देखा–लम्बी दाढ़ी, कुर्ता-पायजामा!...देखने के फ़ौरन बाद बोल उठीं, "क्या है?"

"मुझे 'डॉक्टर' मुकुल दत्त से मिलना है।" मैंने उनसे कहा।

उन्होंने एक बार फिर मुझे खँगालती निगाहों से देखा; उसके बाद कहा, "डॉक्टर मुकुल दत्त इस समय नहीं मिलते!...छह बजे के बाद आइये!"

"देखिये, मैं कोई पेशेंट नहीं हूँ...मैं उनको पर्सनली जानता हूँ...इसीलिए मिलना है।" मैंने स्थिति स्पष्ट की।

"क्यों मिलना है? क्या काम है?" उन्होंने तुरन्त पूछा।

"बस, यों ही!...मिलना है उनसे मुझे!" मैंने कहा। वहाँ की स्थिति में, अपना परिचय बताना मुझे बेमतलब लग रहा था; और ख़ुद को मुकुल दत्त का मित्र कहना तो हास्यास्पद भी! "पर हैं कहाँ 'डॉक्टर' मुकुल दत्त?" मैंने पूछा।

सुन कर बुजुर्ग महिला ने एक बार फिर हिकारत से मेरी ओर देखते हुए, इस बार अँग्रेज़ी में कहा, "'डॉक्टर' मुकुल दत्त इज़ नॉट हियर!" कह कर वे, पीछे लगातार किसी डरावने पार्श्वसंगीत की तरह बज रहे कुत्ते को सँभालने लगीं, "नो टॉम!...नो!" उन्होंने कुत्ते से कहा। उसके बाद टॉम पूँछ हिलाता हुआ चुप हो गया।

"क्या कहीं गये हैं?...घर से बाहर गये हैं...?" पूछते हुए मेरी आवाज़ लगभग खोखली हो उठी थी।

"येस!" उन्होंने लौटते हुए, बग़ल को मुँह करके झिड़की की तरह कहा, "ही इज़ नॉट हियर!" और वे भीतर की ओर बढ़ चली थीं।

उसके बाद मुझे लौटना ही था! इसलिए लौट चला था।

लौटते हुए मैंने एक बार फिर पलट कर 'डॉक्टर' मुकुल दत्त के आलीशान मकान पर नज़र डाली। ठीक उसी समय मुझे अचानक ही मकान के एक द्वार का परदा हिलता दिखा; और उस क्षण-भर में मैंने साफ़ देख लिया कि मुकुल दत्त परदे के पीछे से, मुझे वापस जाते हुए देख रहा था! ❑

धर्मपाश

डोरीलाल सिलाई-मशीन पर झुके हुए एक अजीब तरह की पोशाक सिल रहे थे –पीले रंग पर काले झब्बोंवाली मखमल के कपड़े की पोशाक! काटे गये कपड़े के टुकड़ों को यथास्थान जोड़ रहे थे, उन पर ज़री के गोटे टाँक रहे थे–कुछ पीले, कुछ लाल, कुछ सफ़ेद रंग के चौड़े-सँकरे गोटे! एक बहुरंगा झालरदार गोटा था, जिसे पोशाक के नीचे वाले किनारे पर लगा रहे थे! अस्तर भी संग ही लगाते चल रहे थे! पूरा ध्यान लगाये हुए थे वे उस काम में! वह पोशाक, कोई मामूली कुरता-कमीज-बुशर्ट-बण्डी तो थी नहीं कि कपड़े का काट करो और सिल दो! वह भगवान परशुराम की पोशाक थी–रामलीला के लिए! सैकड़ों आदमी देखेंगे! कहीं ज़रा-सी झोल या कोई कोताही रह गयी, तो नाम धरेंगे लोग डोरीलाल को! इसलिए तमाम दिमाग़ लगाकर सिल रहे थे वे उसको! पर दिमाग़ था कि बार-बार घर के भीतर चला जाता था, जहाँ सुरेशा बुख़ार में तप रहा था तीन दिन से! सुरेशा; यानी डोरीलाल का इकलौता लड़का! तीन दिनों से एक कौरा तक नहीं दाँता था उसने! बस, बेसुध-सा पड़ा था ओढ़नी के नीचे। कभी-कभी आँय-बाँय बकने लगता था! माथे पर हाथ रखो, तो जैसे अंगारे पर रख दिया हो! दो दिन पहले गाँव के 'डॉक्टर' के पास गये थे डोरीलाल; और बताया था उसको, "मोंड़ा ऐ बुखार आइ गऔ ऐ..." सुन कर दो गोलियाँ पकड़ा दी थीं 'डॉक्टर' ने, "खिलाइ दो, उतर जायेगा।" पर उन गोलियों से कोई फ़र्क़ न पड़ा था, तो बीते दिन फिर गये थे डोरीलाल 'डॉक्टर' के पास; और उसको बुखार न उतरने की बात बताई थी। सुन कर कहा था 'डॉक्टर' ने, "वाइरल फीवर चल रहा है इन दिनों। पूरी दवाई के दो-ढाई सौ रुपइया लग जायेंगे।" सुनकर चुपचाप लौट आये थे डोरीलाल। बात यह थी कि उस वक़्त दो-ढाई सौ रुपये तो क्या, गाँठ में दस रुपये भी नहीं थे! गाँव में सिलाई का धन्धा कुछ ऐसा था कि कभी गाँव से बाहर का कोई ग्राहक आ जाता था कुछ सिलवाने, तो सिलाई के पैसे नकद ज़रूर मिलते थे और हाथ में कुछ रुपये हो जाते थे! अन्यथा गाँव में तो सिलाई चैत

के उधार चलती थी! फ़सल आने पर ही उधारी मिलती थी! अगर बीच में ज़रूरत पड़ जाय, तो पड़ती रहे! कोई नहीं देता! रिवाज ही ऐसा बना हुआ था कि साल-भर सीते रहेंगे डोरीलाल सबके कपड़े; और खलिहान उठने के बाद द्वार-द्वार फिरेंगे अपनी मेहनत उगाहने के लिए–कॉपी हाथ में लिये हुए! तब भी किसी-किसी के यहाँ से हिसाब चुकता नहीं हो पाता था–अगली साल को चला जाता था! फिर एक साल बाद, अगले चैत-बैसाख का इन्तजार करो!...इससे तो शहर का काम अच्छा लगता था डोरीलाल को कि उस हाथ कपड़ा, इस हाथ पैसा! नौ नगद न तेरह उधार! यह सोचकर तीन साल पहले शहर में काम करने चले गये थे डोरीलाल। एक बजाज की दुकान पर मशीन रख ली थी। सोचते थे, शहर में नगद मजूरी मिलेगी और कुछ नफा भी रहेगा! पर वहाँ अव्वल तो ग्राहक ही न आते थे–उस दुकान पर। शहरी ग्राहक तो चमक-दमक वाली, सजी-सजाई और जमी-जमाई दुकान देखने वाले ठहरे! भले ही वहाँ उन्हें दस की जगह पन्द्रह देने पड़ें और ऊँची दुकान में फीके पकवान ही क्यों न मिलें! डोरीलाल शहरी कारीगरों से कोई उन्नीस कारीगर नहीं थे; बल्कि इक्कीस ही थे! लगा देखे बखिया कोई उनकी जैसी सफ़ाई का, सिल देखे कपड़ा कोई उनके जैसा साफ़-सुथरा! लेकिन बैठे तो बजाज की दुकान पर थे!... कभी भूला-भटका कोई गँवई-देहाती ग्राहक आता भी कपड़ा सिलवाने, तो सिलाई में से बजाज का हिस्सा चला जाता–दुकान पर बैठने का। किराये से कमरा लेकर रहते थे, सो उसका भी किराया देना था। और फिर शहर की महँगाई! सो तीन महीने में तीन रुपये भी न बचा पाये डोरीलाल; और जस-के-तस लौट आये थे अपने गाँव!...और गाँव में यह हाल कि काम से फुरसत नहीं; और दाम के नाम पर गाँठ में फूटी कौड़ी भी नहीं!...अब खुदाई करने, बोझा ढोने, माटी डालने, कटाई करने-जैसे दिहाड़ी-मजूरी के तो काम के नहीं रहे थे डोरीलाल!... क़रीबन दस बरस के थे वे, तभी से सुई-डोरा, काज-बटन से साबका पड़ गया था! आगे चलकर कैंची हाथ में पकड़ी और स्टूल पर बैठकर मशीन चलाने लगे, तो अभी तक चला रहे थे!...गाँव में सबसे पहली मशीन रहमान चाचा के यहाँ आयी थी। तब न-जाने कैसे रहमान चाचा के शागिर्द हो गये थे डोरीलाल के एक काका; और सीख गये कपड़ों की कटाई-सिलाई। बाद में अपने घर पर मशीन रख ली थी उन्होंने–'सिंगर' सिलाई-मशीन। डोरीलाल मशीन की 'घिटि-घिटि-घिटि-घिटि...' सुनते, तो उसकी तरफ़ आकृष्ट होते। काका को कपड़े काटते-सीते देखते और ध्यान लगाते कि किस तरह देखते-देखते कपड़ों के टुकड़े कुरता, पाजामा, कमीज, जाँघिया और बण्डी आदि की शक्ल अख़्तियार कर लेते थे! काका पहले काज-बटन करवाने लगे थे

डोरीलाल से; फिर छोटा-मोटा कपड़ा भी दे देते सीने के लिए!... अब डोरीलाल ऐसे कारीगर थे कि उनके मुक़ाबले का कारीगर गाँव में तो कहाँ, दो-चार गाँवों में भी नहीं! परन्तु उनकी कारीगरी ने उन्हें और-कुछ दिया हो या न दिया हो; अलबत्ता दो नज़राने ज़रूर दिये थे–(1) चालीस की उमर में ही धनुष की तरह हो गयी कमर; और (2) आँखों पर मोटे-मोटे लेन्सोंवाला चश्मा, जिसके पुराने हो गये फ्रेम पर अब तक मैल की चीकट जम चुकी थी!

घर चलाने के लिए डोरीलाल की घरवाली मजूरी करने जाती थी। चैत-कार्तिक में खेत-खलिहान का काम; और बाकी समय जो भी काम मिल जाये गाँव में। कभी-कभी माँ के संग सुरेशा भी चला जाता था काम करने। घर पर रहता था, तो स्कूल में पढ़ने भी चला जाता था। सातवें क्लास में नाम चल रहा था उसका। स्कूल से लौटकर काज-बटन करके बाप के काम में भी हाथ बँटाता था वह। कभी-कभार मशीन पर भी बिठा देते थे डोरीलाल उसे। छोटे-छोटे कपड़े–जैसे अण्डरवियर, बनियान आदि का सिलना सिखा दिया था उन्होंने उसे। सिल लेता था उन्हें वह। पर उसका ज़्यादा मन मजूरी करने में ही लगता था–अपनी माँ के साथ।

अभी चार-छह दिनों से जोंड़री(ज्वार) और मूँग की छुटपुट कटाई चल पड़ी थी। कुछ दिनों से माँ-बेटा दोनों कटाई पर जा रहे थे कि उस शाम को घर लौटते वक़्त सुरेशा का चेहरा उदास था–तपा हुआ-सा ललछोंहा! माँ ने माथे पर हाथ रखा तो जल रहा था। समझ लिया उसने, बुख़ार आ गया।...पर यह कैसा बुख़ार था कि रात-दिन ज़रा भी मद्दा नहीं पड़ता था; सो बेटे को छोड़कर कटाई पर नहीं जा पा रही थी माँ। इसलिए अब नौबत यह थी कि डोरीलाल की सिलाई का कोई नकद देने वाला ग्राहक न आया तो चूल्हा ठण्डा ही बना रहेगा!...

...डोरीलाल सिलने में लगे हुए भगवान परशुराम की पोशाक को। कुछ ज़रूरत थी, कुछ श्रद्धा-भक्ति थी; इसलिए कल से ही लगे थे सिलने में–टुकड़ा-टुकड़ा कपड़ा जोड़ने, गोटा टाँकने में! डिजाइन भी कैसा अजीब बताया था ठाकुर बहादुरसिंह ने। कमर के नीचे घुटनों तक मृगछाला-जैसा कलियों का घेरवाला घाघरा! कमर से ऊपर के लिए राजाओं के कवच-जैसी आधी बाँहों की सदरी-सी! गोटा जहाँ-जहाँ भी लगाना हो, वह डोरीलाल के ऊपर छोड़ा था उन्होंने।

दरअसल पड़ोस के गाँव में उन दिनों रामलीला हो रही थी। इलाके-भर में उस गाँव की रामलीला इस बात के लिए मशहूर रही आई थी कि कलाकार महीनों पहले से अपने-अपने पार्टों की तैयारी करते थे और मंच पर पहुँचकर देखने वालों पर अपनी छाप छोड़ देते थे!...रामलीला में अधिकांश पार्ट वही लोग देते थे, जो शुरू

से देते चले आ रहे थे। हाँ, कभी-कभी विशेष कारणों से कुछ कलाकार बदलने भी पड़ते थे; जैसे राम और सीता बनने वाले लड़कों की उम्र ज़्यादा हो जाती थी तो कम उम्र के लड़के तैयार करने पड़ते थे; और कोई बूढ़े-बुजुर्ग कलाकार मर-गुज़र जाते थे तो उनकी जगह दूसरों को देनी पड़ती थी।

उस गाँव में रामलीला के प्रसंग 'लक्ष्मण परशुराम संवाद' में पिछले कई वर्षों से परशुराम का पार्ट देते आ रहे थे गोवर्धन दाऊ। लेकिन गत जेठमास में उन्हें अचानक लू लग गयी और वे घण्टे-दो घण्टे में ही गड़बड़ाकर चल बसे। तो इस साल परशुराम का 'पार्ट' करने को दिया गया था ठाकुर बहादुरसिंह को। ठाकुर साहब कई वर्षों से रामलीला देखते आ रहे थे। उन्होंने उसमें देखा था कि भगवान परशुराम का 'पार्ट' अदा करने वाला साधारण-से पीले कपड़े की अलपी पहने, हाथ में फरसा लिये, लक्ष्मण से 'संवाद' करता था! पर जब उन्हें ख़ुद भगवान परशुराम बनने का मौक़ा मिला, तो उनकी ठकुराइस अचानक जाग पड़ी और उन्होंने सोचा कि भगवान परशुराम बन कर वे बढ़िया-सी पोशाक पहनेंगे! अरे भगवान परशुराम कोई निरे साधू तो थे नहीं कि वे भिखमंगों की-सी पोशाक पहनेंगे! वे भगवान परशुराम जिनने इक्कीस बार पृथ्वी निःक्षत्र कर दी थी!...वे अपने ख़र्चे से बनवायेंगे भगवान परशुराम की पोशाक–अपने नाप की! और 'शुभ काम में देरी क्यों' सोचकर उन्होंने भेज दिया था लड़के को शहर; और मँगा लिये थे बढ़िया मखमल का कपड़ा और तीन-चार तरह का गोटे। वह-सब सामान लेकर वे पहुँचे थे डोरीलाल के पास, "डोरीलाल मास्टर, हमारे झाँ रामलीला है रई ऐ चार-पाँच दिन ते...तौ सिब हमते बोले कि परसराम तुम बनौ, तौ हम तैयार है गए। पर हम बैसी पोसाख में परसराम नहीं बनेंगे जैसी में हर साल बनत ए! सो हमनें जि कपड़ा मँगाऔ ऐ पोसाख के काजें!" कहकर उन्होंने कपड़ा और गोटे डोरीलाल के सामने रख दिये, "अरे परसराम कौन ते कम ए!...वे ऊ राजन के राजा ए! और फिरि भगवान के औतार ए!...तुम परसराम की पोसाख बनाइ देउ हमारे काजें!...ऐसी कि..."

'भगवान के औतार!' सुनकर डोरीलाल रोमांचित हो उठे। बोले, "बनाइ देंगे।"

"पर कालि ई परसराम संवाद ऐ! कालि संझा तक मिल जानों चहिए पोसाख!... हम ऐसी-बैसी पोसाख नहीं पहनेंगे...पहनेंगे तो मखमल की ई पोसाख!...तई सों हमनें पइसा ख़र्च करे ऐं!" बहादुरसिंह ने कहा, "डोरीलाल, ठौर का ठाकुर मंगितन-जैसी अलपी पहरैगौ का रामलीला में!...तई सौं जि पोसाख बनबाइ रहे ऐं हम!"

"मिल जाइगी काल संझा तक।" डोरीलाल ने कह दिया, "बिलकुल मिल जाइगी!"

सुनकर आश्वस्त हुए; और पोशाक के बारे में जो भी बताना था, वह बताकर लौट गये ठाकुर बहादुरसिंह अपने गाँव।

बहादुरसिंह ने अपने बारे में, रामलीला के बारे में, भगवान परशुराम के बारे में, पोशाक के बारे में, डोरीलाल को ख़ूब तफ़सील से बताया; लेकिन इस बात की ज़रूरत ही न समझी कि डोरीलाल से पूछें कि पोशाक की सिलाई कितने रुपये होगी? अथवा कुछ रुपये डोरीलाल के हाथ पर रखकर कहें कि बाक़ी कल मिल जायेंगे। अथवा डोरीलाल को आगाह कर दें कि पूरी सिलाई उन्हें कल ही मिल जायेगी। इस बारे में उन्होंने ज़बान ही न खोली। वजह यह कि पूरा इलाका जानता था डोरीलाल के बारे में कि वे 'भक्त'–आदमी हैं! यानी यही कि डोरीलाल 'निचली जाति' में जन्म लेने के बावजूद पूजा-पाठ करते थे! पाप-कर्म से डरते थे! गला अच्छा था, सो कीर्तन-भजन गाते थे! बुद्धि से ऐसे थे कि कभी-कभी भगवान के चरण-कमलों में ध्यान लगाने या राम नाम सुमिरन के लिए चेताने वाले कविता-सवैया बना लेते थे! मौक़ा पड़ने पर लोगों को सुनाते भी थे गाकर! गाँव की रामलीला में भी कुछ 'पार्ट' करते थे!

डोरीलाल दरअसल कई कामों के जानकार व कारीगर थे! जिन्हें और लोग फालतू का काम कहते थे, वे उनके लिए कारीगरी के काम थे! गाँव में किसी की लालटेन ख़राब हो गयी हो, लुप-लुप करती हो, तो ठीक कर देते थे डोरीलाल! किसी का स्टोव ख़राब हो गया हो, तो बना देते थे डोरीलाल! किसी के हरमुनियाँ (हारमोनियम) में कोई गड़बड़ी आ गयी हो, तो खोलकर ठीक कर देते थे डोरीलाल! किसी की टॉर्च अच्छी तरह नहीं जलती हो, तो सुधार देते थे डोरीलाल! किसी का छाता ठीक-से नहीं तनता हो या उसकी तानों के धागे टूट गये हों या उसका तार टूट गया हो, तो सही कर देते थे डोरीलाल! किसी के यहाँ, 'भागवत' हो रहा हो, तो मण्डप सजाते थे डोरीलाल– तस्वीरें टाँग-टाँग कर, साड़ियाँ लपेट-लपेटकर, केला के पत्ते बाँध-बाँधकर, आम के पत्ते लटका-लटकाकर! किसी के यहाँ ब्याह-कारज हो, तो द्वार पर रंगीन काग़ज़ की पताकाएँ सुतली में चिपका कर लटकाते थे डोरीलाल! गाँव के मन्दिर के हनुमानजी को 'चोला' चढ़ाना हो किसी को, तो चमकती पन्नी कैंची से काट-काटकर 'चोला' बना देते थे डोरीलाल! गाँव में कोई नेता या अधिकारी आते थे, तो सरपंच या पटेल या मेम्बर द्वारा उनके गले में डालने के लिए फूलों की माला बना देते थे डोरीलाल! और ख़ास बात यह कि ऐसे-सब कामों के एवज में डोरीलाल को क्या मिलता था? इतने के सिवाय कुछ भी नहीं कि कभी क्षण-दो क्षण को किसी के ध्यान में आ जाये कि किसने किया है? किसने

बनाया है?...डोरीलाल ने! बस और कुछ नहीं! डोरीलाल भी और कुछ नहीं चाहते थे इतने के सिवाय! उन्हें तो शौक़ था यह-सब करने का!

तो उस शौकिया कारीगरी के चलते आये दिन बुलावे आते रहते थे डोरीलाल के पास-कभी गुफावाले बाबा के यहाँ से, कभी चौपाल वाले मन्दिर के पुजारी के यहाँ से, कभी काली माता के मन्दिर के पण्डा के यहाँ से। कभी 'ठाकुर जी' की नयी पोशाक बनाने के लिए, कभी 'माता' की घघरिया-फरिया बनाने के लिए, कभी बाबा की रेशमी बारहबन्दी बनाने के लिए, कभी पुजारी की चौबन्दी बनाने के लिए, कभी पण्डा की पोशाक बनाने के लिए! डोरीलाल बुलावे के साथ ही चले जाते थे और कपड़ा ले आते थे। उसके बाद काट करते थे, सिलते थे और पहुँचा आते थे। उन कपड़ों की सिलाई का मेहनताना मिलने या लेने का तो कोई प्रश्न ही नहीं था! सोचते थे डोरीलाल कि भगवान और उनके भक्त की सेवा का अवसर बड़े भाग्य से मिलता है; और भगवान और भक्त की सेवा के बदले कुछ लिया जाता है भला? नहीं! कदापि नहीं! इसीलिए साधुओं-वैरागियों में दूर-दूर तक ख्याति थी डोरीलाल की! क्यों न हो? ऐसे आदमी बिरले ही होते हैं, जो बिना मजूरी लिये काम करते हों!...सो जब-तब डोरीलाल के द्वार पर कोई 'महात्मा' आ टपकता था! अपने दरवाज़े पर आये साधू को देखकर डोरीलाल मशीन से उठकर दण्डवत् प्रणाम करते थे और सेवा पूछते थे। तब आशीर्वाद और जवाब में एक पीला या सफ़ेद कपड़ा मिलता था सिलने के लिए डोरीलाल को, "एक बारहबन्दी सी दो रामजी।" डोरीलाल साधू को यथा-उपलब्ध आसन देते थे और बैठने का निवेदन करते थे; तथा हाथ का काम छोड़ कर बारहबन्दी का काट करने में लग जाते थे और घण्टे-दो घण्टे में सिल कर दे देते थे! कोई साधू यह जानते हुए भी कि डोरीलाल साधुओं से सिलाई नहीं लेते, यदि सिलाई के रुपये निकालकर बढ़ाता, "लो रामजी!" तो डोरीलाल सिर हिलाकर हाथ जोड़ देते, "बस महाराज, और हम पै बनतु ई का ऐ!" सुनकर साधू आशीर्वाद देता और सोचता हुआ चला जाता कि अभी भी सतजुगी आदमी मौजूद हैं दुनिया में! और कुछ न मिलने पर भी ऐसे मौकों पर डोरीलाल को लगता था कि उनकी मुट्ठियाँ उस पुण्य से भरी हुई हैं जो उन्होंने अपनी कमाई से कमाया है!

डोरीलाल अपने उसूलों को समझते थे। कहते थे, "आदिमी संसार में आउतु ऐ और फाँय-फाँय लगौ रहातु ऐ...और एक दिना मर जातु ऐ...भगवान कौ तौ ख्यालु ई ना करतु! जीवन-भर पाप कामउतु ऐ माया के चक्कर में...माया है ई ऐसी ठगिनी कि जीव के संसार में आउतई संग लग जातै!...रामायन में कही ऐ ना 'भूमि परत

भा ढाबर पानी। तिमि जीबहिं माया लपटानी।'...जा माया में जितनों पुन्न कमाइ लेउ बुई संग ऐ; नहीं तौ और का संग जातु ऐ?" और गुनगुनाने लगते, "चेत रे गुमानी फिरि जे जनम ना मिलै, माया संग ना चलै..."

डोरीलाल के ऐसे विचारों का नतीजा था कि गाँव में जितने ब्राह्मण पण्डिताई का पेशा करते थे, वे सब चौबन्दी या बारहबन्दी पहनने लगे थे; क्योंकि कुरते या सलूके की सिलाई के रुपये लगते थे; पर चौबन्दी या बारहबन्दी की सिलाई एक पैसा नहीं! डोरीलाल ने अब तक साधुओं की इतनी चौबन्दियाँ और बारहबन्दियाँ सिली थीं कि उन्हें साधुओं के 'कपड़ों' के प्रति भी ऐसी श्रद्धा हो गयी थी कि उन कपड़ों को सिलवाने-पहननेवाला कोई भी आदमी उन्हें साधू ही लगता था! इसलिए कोई भी सिलवाये, बारहबन्दी या चौबन्दी की सिलाई सिर्फ़ पुण्य होती थी!...फिर भगवान की पोशाक की तो बात ही क्या!

पर उस दिन भगवान परशुराम की पोशाक को सिलते हुए पहली बार डोरीलाल का उसूल डगमगा रहा था!...सोच रहे थे वे, 'ठीक ऐ पोसाख भगवान की ऐ, पर सिलवाइ तौ ठाकुर बहादुरसिंह ई रहे ऐं; और पहरेंगे ऊ वे ई!' दरअसल यह सोचते हुए उनकी आँखों में बीमार पड़ा सुरेशा आ रहा था; संग ही 'डॉक्टर' के बताये दवाई के पैसे; और साथ में ठण्डी राख से भरा घर का चूल्हा भी! वे बार-बार सोच रहे थे, 'पोसाख परसराम की ऐ...और भगवान के औतार ऐं परसराम...तौ अपने मुँह ते सिलाई के पईसा माँगेंगे नहीं!..पर सिलवाइ तौ ठाकुर बहादुरसिंह रहे ऐं, तौ वे जो सिलाई देंगे बाइ लै लेंगे!'

शाम के लगभग पाँच बजे तक भगवान परशुराम की पोशाक बनकर तैयार हो पायी थी। कल इसी वक़्त से जुट गये थे डोरीलाल—उसे सिलने में। रात बारह बजे के लगभग सोये थे वे। भोर में चार बजे उठकर फिर बैठ गये थे मशीन पर। तब कहीं अब निबटे थे! बहुत मेहनत लगी थी उस पोशाक को बनाने में—पूरे एक अँग्रेजी-कोट बनाने के बराबर मेहनत!

अब ठाकुर बहादुरसिंह के आने का इन्तज़ार था डोरीलाल को। उनकी बाहरी आँखें ठाकुर बहादुरसिंह की राह देख रही थीं; और भीतरी आँखों में बुखार से तपते सुरेशा का चेहरा आ रहा था...यकायक उन्हें लगा कि सुरेशा का बुखार इतना बढ़ गया है कि उसके शरीर से आग की लपटें निकलने लगी हैं!...इसके साथ ही वे भीतर से बाहर तक सिहर गये!...बीती रात सोने से पहले वे गये थे घर के भीतर। वहाँ खाट पर बेसुध लेटे सुरेशा के शरीर को टटोला था उन्होंने—तप रहा था, तवे की तरह! तब वे सोचने लगे थे, 'का है गऔ ऐ जाइ कि बुखार कम हैवे कौ नाम

ई ना लै रहौ!' फिर सोचा था उन्होंने, 'है का गऔ ऐ? जब दवाई ई ना भई तौ कैसें उतरैगौ बुखार!'...उन्होंने देखा था, सुरेशा की बग़ल में खाट पर घरवाली लुढ़की पड़ी थी–सुरेशा की देह पर दायाँ हाथ धरे। शायद कुछ ही देर पहले झपक गयी थीं उसकी आँखें। सुरेशा बेसुध था। उसे न माँ की ख़बर थी न बाप की!...वहाँ से चुपचाप लौट आये थे डोरीलाल–अपनी खाट पर–सोने के लिए। नींद जल्दी न आयी थी। आँखों में कभी सुरेशा आ जाता था, कभी भगवान परशुराम की सिली जा रही पोशाक! पोशाक के कारण वे थोड़े आश्वस्त-से हो जाते थे–एक क्षीण-सी आस की डोर पकड़ में आती थी!...

पोशाक सिल कर तैयार हो गयी, तो डोरीलाल ने उसको सावधानी से तह कर रख दिया था; और वे ठाकुर बहादुरसिंह के आने का इन्तज़ार करने लगे थे।

तभी उन्हें आवाज़ सुनाई दी, "डोरीलाल!" बहादुरसिंह ने दूर से ही उनका नाम लिया था।

आवाज़ पहचानकर डोरीलाल ख़ुशी की एक हल्की-सी झुरझुरी से भर उठे थे।

बहादुरसिंह उनके पास आ खड़े हुए थे, "काहे डोरीलाल, बनि गयी पोसाख?"

"हाँ, ठाकुर साब! बनि गयी!" कह कर डोरीलाल ने तह कर रखी हुई पोशाक उठाई और बहादुरसिंह के हाथों में दे दी।

बहादुरसिंह ने हाथों में आते ही पोशाक की तह खोल दी; और देखकर खिल उठे वे। मखमली पोशाक पर गोटों की झलर-मलर! वाह! एक-दम बोले थे वे, "पहरिकें देखेंगे हम...देखें तौ सही, कैसी लगतै!" और उतावली में धोती-कुरता के ऊपर ही पहनने लगे–उस दो हिस्सों में बनी पोशाक को। डोरीलाल ने पहनने में उनकी मदद की। कमर पर, धोती और आधे कुरते को दाबता हुआ घुटनों तक का घाघरा बँध गया! उसके बाद बहादुरसिंह एक विचित्र तरह के आदमी लगने लगे थे! डोरीलाल ने, कमर से ऊपर के सदरीनुमा अधबहियाँ वस्त्र की बाँहों में, बहादुर सिंह की बाहें डलवायीं और छाती पर मिलाकर उसको बग़ल की तरफ़ बाँध दिया था। पूरी पोशाक पहन लेने के बाद बहादुरसिंह ने ख़ुद पर नज़र डाली थी...मखमली 'झलर-मलर' पर 'झिपिर-झिपिर' होते गोटे! और वे अपने-आपको देखकर थोड़े-और तन गये थे!

डोरीलाल ने पोशाक पहने बहादुरसिंह को देखा, तो उन्हें लगा कि भगवान परशुराम की पोशाक में बहादुरसिंह परशुराम तो बिलकुल नहीं; बल्कि आधे रावण लग रहे थे!

बहादुरसिंह ने एक बार फिर पोशाक पर नज़र डालकर डोरीलाल से पूछा, "कैसे लगत ऐं हम परसराम की पोसाख में?"

डोरीलाल से कुछ कहते न बना। वे अपनी मशीन की तरफ़ देखने लगे।

बहादुरसिंह ने फिर कहा, "डोरीलाल, कैसे लगत ऐं हम?"

डोरीलाल सोचकर धीरे-से बोले, "अब अपनी ही बनाई चीज के बारे में का कहें ठाकुर साहब!"

सुनकर ठाकुर बहादुरसिंह खुश हो गये; और उतारने लगे पोशाक को। डोरीलाल ने उतारने में भी उनकी सहायता की; और पोशाक फिर तह करके दे दी उनके हाथों में।

"तुम्हारी सिलाई...?" यकायक बहादुरसिंह ने पूछा।

सुनकर डोरीलाल का दिल ज़ोर-ज़ोर से धड़क गया–धड़-धड़-धड़-धड़...! वे कुछ नहीं बोले। उन्होंने पहले ही सोच रखा था कि जो देंगे, सो ले लेंगे; माँगेंगे कुछ नहीं!...एकबारगी उनकी आँखों में बीमार सुरेशा आ गया!...और फिर यह भी कि जो पोशाक उन्होंने बनाई है वह किसी मनुष्य की नहीं, भगवान की पोशाक है!...

"तुम्हारी सिलाई कितनी भई?" बहादुरसिंह ने डोरीलाल से फिर कहा।

सुन कर डोरीलाल के दिमाग़ में फिर कोंधा–जो पोशाक उन्होंने बनाई है वह भगवान की पोशाक है–और इसके साथ ही उनके मुँह से निकला, "कछू नहीं..." कह देने के साथ ही वे बहादुरसिंह की तरफ़ देखने लगे कि क्या देते हैं?...आस का पंछी फड़फड़ा रहा था! कलेजा 'धड़-धड़' कर रहा था!

पर उनकी आस के विपरीत, ठाकुर बहादुरसिंह ने कहा, "हम तौ पहलें ते ई जानत ए कि तुम पोसाख की सिलाई काहे कों लेउगे! भगत आदमी हौ!...पर हमारौ तौ फरज ओ पूछिबौ..."

सुनकर डोरीलाल का गोया दिल डूबने लगा था...महीन-सी धड़-धड़-धड़-धड़...!

"तो फिरि हम चलें अब।" कहकर ठाकुर बहादुरसिंह वहाँ से चल दिये थे–हाथों में पोशाक को लिये हुए।

यह देखकर डोरीलाल की धड़कनें क्षण-भर को अवरुद्ध-सी हो गयीं–एक शून्य-सा व्याप गया समूचे शरीर में!...'हम तौ पहलें ते ई जानत ए कि तुम पोसाख की सिलाई काहे कों लेउगे! भगत आदमी हौ!...' ये शब्द रक्त से सने दानवी दाँतों की तरह उनके वजूद के आस-पास चक्कर काटने लगे...क्षणांश को बीमार बेटा उनकी आँखों में आया और पतले-काँपते-से अँधेरे में तब्दील हो गया!...वे डगमगाते क़दमों से मशीन की तरफ़ बढ़े और धम्म-से स्टूल पर बैठ गये; उसके बाद मशीन के तख़्ते पर झुक गये–लाहवास-से होकर!...उस वक़्त उनकी आँखों का अँधेरा निष्कम्प और ठोस हुआ जा रहा था! ❑

उत्तरकथा

अजब कैफियत थी वह! अजब इसलिए कि उसे इक्कीसवीं सदी की तीसरी दहाई के दूसरे बरस के आठवें महीने की पन्द्रहवीं तारीख़ को, उस आदमी ने एक काग़ज़ के पन्ने पर चन्द लाइनें लिख कर दर्ज किया था जिसके बोले-लिखे हुए को दुनिया ने अपनी किताबों में सहेज कर रखा हुआ था और जो लगभग साढ़े सात दशाब्दियों पहले एक हत्यारे के हाथों मारा जा चुका था!

जी हाँ, वह उसी आदमी के द्वारा दर्ज कैफ़ियत थी जो मारा जा चुका था!

हक़ीक़त यह थी कि बेशक वह आदमी दशाब्दियों पहले एक हत्यारे के हाथों मारा जा चुका था; पर मारा जाकर भी दरअसल वह आदमी मारा नहीं जा सका था! या कहना यों मुनासिब होगा कि वह आदमी मर कर भी मरा नहीं था! मर कर सदा के लिए तो वे मरते हैं जिनके पास न दृष्टि होती है न संकल्पना न ही सिसृक्षा! पर वह उनमें से नहीं था। उसके पास तो दृष्टि भी थी, संकल्पना भी और सृजने-रचने की इच्छा भी। इसलिए वह मर कर भी मरा नहीं था और जब-तब दुःख-सुख-जैसी भावनाओं की गिरफ्त में आ जाता था व उसे गाहे-ब-गाहे अच्छे-बुरे सपने भी आते थे।...मसलन, उसने बीते दिनों एक सपना देखा था और उसे देखने के बाद वह हैरत में पड़ गया था : सपने में उसने एक ऐसे व्यक्ति को देखा था, जिसके धड़ पर कभी मनुष्य का चेहरा दिखायी देता था, कभी भेड़िये का, कभी घोड़े का, कभी साँप का, कभी बाघ का और कभी गिरगिट का चेहरा! वह सपना देख कर वह आदमी हैरान हो गया था कि एक ही व्यक्ति के इतने-सारे चेहरे कैसे हो सकते हैं!...उस आदमी की कभी-कभी इच्छा होती थी कि वह निकल पड़े और अपने देश का चप्पा-चप्पा घूम कर देखे कि लोगों के क्या हाल-चाल हैं! पर वह जकड़ से न छूट पाने के कारण अपनी इच्छा को मुल्तवी कर देता था। पत्थरों की जकड़ में जकड़ा हुआ जो था!...

मगर पिछले कुछ समय से उस आदमी के कानों तक कुछ ऐसी घुटती हुई आवाज़ें पहुँच रही थीं, जिन्हें सुन-सुन कर वह पत्थरों की जकड़ के बावजूद कसमसा-कसमसा उठ रहा था!...पर एक दिन उसकी सहनशीलता के बाहर हो गया तो उसने अपनी बूढ़ी हड्डियों का जोर लगाया और वह पत्थरों की जकड़ से बाहर निकल कर कुछ इस तरह खड़ा हो गया मानो कान दे कर कुछ सुनने का प्रयास कर रहा हो। हाँ, वह वही कर रहा था–वह उन सिसकियों की दिशा जानने का प्रयास कर रहा था जो बीते कुछ समय से उसे सुनाई दे रही थी किन्तु पत्थरों की जकड़ मे फँसे होने के कारण उसे उनकी दिशा समझ में नहीं आ रही थी।... अब पत्थरों से बाहर आ जाने के बाद उसे वे सिसकियाँ साफ़ सुनाई दे रही थीं–वे दिल को चीर कर रखे दे रही, लम्बे रुदन की थकावट से बनी सिसकियाँ थीं–किसी स्त्री के कलेजे के दुःख के स्फुलिंगों से भरी बेसुरी–घुटनभरी सिसकियाँ! अब उन सिसकियों की दिशा उस आदमी की समझ में आ रही थी!

उसके बाद वह आदमी सड़क पर चलने लगा–अपने हाथ की लाठी को टेकता हुआ–सिसकियों की दिशा में...

सड़क पर चलते हुए वह उसका दूसरा दिन था।

वह उस वक़्त एक शहर से गुज़र रहा था। तभी अचानक व बरबस एक आवाज ने उसका ध्यान खींचा। वह लाउडस्पीकर पर सवार आवाज थी। उसका ध्यान दरअसल उस आवाज़ की टोन ने खींचा था–टोन, जिसमें एक बेमुरव्वत आक्रामकता थी और उस टोन में आवाज़ से जो शब्द बन रहे थे वे अचूक बलाघात के साथ हमलावर थे। आवाज़ लाउडस्पीकर पर साफ़ सुनाई दे रही थी। उस आवाज़ के द्वारा कुछ शब्द बार-बार दोहराये जा रहे थे; जैसे 'मैं', 'मैंने', 'राष्ट्र', 'वे', 'देश', 'इतिहास', 'राष्ट्रभक्त' आदि। वह आवाज़ उन शब्दों से, उस जगलर की तरह खेल रही थी जो दर्शकों के मनोरंजन के लिए सरकस के एरिना में गेंद, बोतल, थाली आदि से खेलता है!...लग रहा था कि वह आवाज़ अपनी जगलरी से झूठ को सच की तरह उछाल रही थी...

वह आदमी उस आवाज़ की तरफ खिंचा चला गया। कुछ ही देर में वह वहाँ पहुँच गया, जहाँ एक व्यक्ति ऊँचे मंच पर माइक्रोफोन से मुँह सटाये भाषण दे रहा था। वह व्यक्ति देखने में मनुष्य-जैसा ही था; पर अपनी वेशभूषा, मुख-मुद्राओं और देह-भंगिमाओं से मनुष्येतर हरकतें कर रहा था; उसने अपने मुटाये शरीर पर चूड़ीदार पाजामे के ऊपर पीला कुरता पहना और गले में नीला दुपट्टा डाला हुआ

था और अपने सिर के सफ़ेद बालों में एक मोरपंख खोंस कर लगाया हुआ था!... यह देख वह आदमी थोड़ी देर के लिए यह सोचने पर विवश हो गया कि बालों में मोरपंख खोंस कर रखे होने की क्या तुक है?...देर तक सोचने-विचारने के बाद उसे, उस व्यक्ति के द्वारा बालों में मोरपंख खोंस कर भाषण देने का कारण समझ में आया—वह यह कि वह व्यक्ति उस वक्त भगवान कृष्ण की जन्मस्थली वाले नगर में भाषण दे रहा था!...बालों में मोरपंख खोंसे वह व्यक्ति भाषण के दौरान कभी ताली फटकारता था, कभी भौंहें चढ़ाता था और कभी हाथ फेंकता था!...उसने एक बार फिर ताली फटकारी और कहा, "और बहनों-भाइयों!...मैं...", 'मैं...' को लम्बा खींचते हुए उसने कुछ पलों तक सामने मौजूद भीड़ को इस तरफ़ से उस तरफ़ तक देखा; फिर आगे कहा, "मैं हमेशा अपने देश के बारे में सोचता हूँ...और वे?...वे किसके बारे में सोचते है?...वे हमेशा अपने परिवार के बारे में ही सोचते हैं! उन्हें अपने परिवार के अलावा कुछ दिखायी ही नहीं देता है!" कह कर उसने ताली फटकारी; उसके बाद कहा, "तो यह फरक है मुझमें और उनमें!" इसके साथ ही सामने की भीड़ ने तालियाँ बजाई। तालियाँ थमते ही उसने आगे कहा, "बहनों-भाइयों! मैंने भ्रष्टाचार पर नकेल डाली है, मेरे समय में महिलाओं का सम्मान बढ़ा है, दलितों पर अत्याचार का ग्राफ नीचे आया है!...और उनके समय में क्या हाल था बहनों-भाइयों?...आपको सब पता है...बताने की ज़रूरत नहीं है!...मैं तो देश का सेवक हूँ; अपने राष्ट्र का भक्त हूँ; राष्ट्र को पूजनीय मानता हूँ!...और वे?...बताइए वे क्या मानते हैं?" कह कर उसने एक बार फिर एक हथेली को दूसरी हथेली पर फटकार कर ताली बजाई और कहा, "वे देश को लूटने की वस्तु मानते हैं!..."

यह-सब सुनने के बाद उस आदमी को, मंच पर भाषण देते व्यक्ति का चेहरा घिनौना लगने लगा। उसे उस व्यक्ति के भाषण में अपना पेट भरने के लिए दूसरे के मुँह का निवाला छीनने की निर्लज्ज लिप्सा जीभ लपलपाती नज़र आई। उसके बाद वह वहाँ पल-भर नहीं रुका और लाठी टेकता हुआ अपने रास्ते पर चल दिया था...

वह रास्ते पर चलता रहा, चलता रहा...

कुछ घण्टे तक रास्ते पर चलने के बाद उसकी निगाह अचानक सड़क-किनारे बैठे हुए सात-आठ साल के एक बच्चे पर गयी। वह बच्चा सड़क-किनारे उकड़ूँ बैठा दिखायी दे रहा था। वह आदमी चल कर उस बच्चे के पास पहुँचा, तो उसने देखा, वह बच्चा सड़क के किनारे पड़ी हुई जूठन खा रहा था। उस बच्चे के शरीर पर चिथड़ा-जैसे मैले-कुचैले निक्कर-बुशशर्ट अटके हुए थे, उसके पैर नंगे थे; और उसके हाथों-पैरों, चेहरे पर मैल की कालिख़ जमी हुई थी। वह बिना किसी की ओर

देखे अपने दोनों हाथों से वहाँ पड़े हुए जूठन के टुकड़ों को उठा-उठा कर अपने मुँह में डाल रहा था।...यह देख कर उस आदमी की आँखें भर आईं। पर वह उस बच्चे के लिए कुछ-भी नहीं कर सकता था। वह तो किसी के भी लिए कुछ-भी कर पाने की सामर्थ्य लगभग साढ़े सात दशाब्दियों पहले ही खो चुका था। उसने बेबस निगाहों से आसपास देखा। तभी उसकी निगाह गयी : उस जगह एक ढाबा था जिसके बाहर सड़क-किनारे बैठा वह बच्चा ढाबे की जूठन खाता हुआ अपना पेट भर रहा था। उस आदमी ने उस ढाबे का नाम उसके द्वार के ऊपर टँगे बोर्ड पर लिखा देखा, 'श्री वैष्णव भोजनालय'। उस नाम को पढ़ने और उसके बाहर जूठन खाते बच्चे को देखने के बाद उस आदमी के भीतर अब बहुत पुराने हो चुके कुछ शब्द गूँजे, 'वैष्णव जन तो तेने कहिये जे पीड़ पराई जाने रे!...' उस आदमी ने एक बार फिर, जूठन खाते बच्चे की ओर देखा; उसके बाद वह चश्मे के भीतर डबडबाई आँखों के साथ धुँधले दिख रहे रास्ते पर आगे चलने लगा था...

सड़क पर वाहनों की आवाजाही थी। वह आदमी अपनी लाठी टेकता हुआ आगे बढ़ रहा था। उस वक्त उसके जेहन में जूठन खाते बच्चे का अक्स था; और कानों में उन सिसकियों की आवाजें थीं जिनकी तरफ़ वह जा रहा था।

उस दिन की शाम हो गयी और कुछ देर में रात का अँधेरा घिर आया। तो वह आदमी जहाँ पहुँचा था वहीं रुक गया। रात में वह फुटपाथ पर सो गया।

अगले दिन का सवेरा होते ही वह फिर अपने अभियान पर आगे चल दिया। चलने के लिए सड़क, सहारे के लिए उसकी लाठी।

दोपहर हो गयी। पर वह चलता जा रहा था।

कुछ-और चलने के बाद उसने देखा, सड़क से लगी एक जगह पर निर्माण-कार्य चल रहा था। मजदूर मर्द-औरतें काम कर रहे थे। उन्हीं में काम करती एक स्त्री पर उस आदमी की निगाह गयी—वह एक गर्भवती स्त्री थी जो चिलचिलाती धूप में सिर पर वज़न ढो रही थी! उसे देख कर उस आदमी का कलेजा मुँह को आने लगा; और उसका मन होने लगा कि वह ज़ोर-ज़ोर से रोये—बुक्का फाड़ कर रोये, जिससे उसके भीतर से वह बाहर निकल जाये जो उसको भीतर-ही-भीतर करुणा, कातरता और कष्ट से हलाकान किये दे रहा था! उसी मन:स्थिति में वह आदमी उस स्त्री को देखता रहा जो दुबली, मैले-कुचैले कपड़ों में लिपटी, तकरीबन चालीस साल की थी और गर्भवती होने के बावजूद सिर पर वज़न ढोने का कठोर श्रम कर रही थी। उसे देखते हुए वह सोचता रहा कि इस स्त्री और इस-जैसे तमाम लोगों की यह कैसी लाचारी है कि जिस दोपहरी में कुछ लोग अपने एयरकण्डीशन्ड कमरों

में आराम फरमा रहे होंगे, उसी दोपहरी में ये लोग किसी-और के रहने के लिए घर बनाने में अपना खून-पसीना एक कर रहे हैं!...'उफ!' अचानक उस आदमी के मुँह से निकला; पर अफ़सोस का आशय रखने वाला वह एक शब्द उस आदमी के भीतर उस वक्त मचे द्वन्द्व के एक-लाखवें हिस्से को भी अभिव्यक्त कर पाने में सक्षम न हो सका था!...कुछ देर तक वह आदमी जड़ बना वहाँ खड़ा रहा था। दरअसल उस आदमी के कुछ-भी वश में नहीं था–वह कुछ-भी नहीं कर सकता था! जो-कुछ चल रहा था, उसे सिर्फ़ देख सकता था!...किन्तु थोड़ी देर और देखते रहने के बाद, उसके भीतर वह-सब देख पाने की भी सामर्थ्य चुक गयी थी। तो वह सड़क पर अपने रास्ते चलने लगा था...

कई घण्टे चलते रहने के बाद वह एक क़स्बेनुमा शहर में था। वहाँ उसका ध्यान एक पण्डाल में हो रही हलचल ने खींचा। वह पण्डाल के भीतर पहुँचा, तो उसने देखा : एक मंच पर एक व्यक्ति का फूलमालाएँ पहना कर सम्मान किया जा रहा था और मंच के नेपथ्य से बजता एक गाना सुनाई दे रहा था, 'दे दी हमें आजादी बिना खड्ग बिना ढाल। साबरमती के सन्त तूने कर दिया कमाल!...' इसके साथ ही, बीच-बीच में मंच के सामने मौजूद भीड़ से उछल रहे 'जय!' के उद्घोष थे।...उस आदमी के लिए वह कुछ अजीब तरह का दृश्य-श्रव्य था। इसलिए उसने वहाँ मौजूद एक व्यक्ति से पूछा, "यहाँ क्या चल रहा है भाई?"

"दिखायी नहीं दे रहा है?...सम्मान-समारोह चल रहा है।" कह कर उस व्यक्ति ने पूछने वाले की तरफ़ देखा।

"दिखायी तो दे रहा है!" उस आदमी ने कहा, "पर समझ नहीं आ रहा है कि जो सुनाई दे रहा है और जो दिखायी दे रहा है उसमें आपस में क्या सम्बन्ध है?"

सुन कर उस व्यक्ति ने उस आदमी को गौर से देखते हुए कहा, "अरे बाबा! नेताजी को नहीं जानते हो क्या? इनको कोर्ट से जमानत मिल गयी है...जेल से छूटे हैं...तो इस ख़ुशी में समर्थक इनका सम्मान कर रहे हैं!"

"किस अपराध के लिए जेल गये थे नेताजी?" उस आदमी ने पूछा।

"रेप के केस में सजा हुई थी। पर अब जमानत पर छूट कर आ गये हैं," जवाब था, "उस खुशी में सम्मान हो रहा है!"

सुन कर वह आदमी हैरान हो उठा। एक बलात्कारी का सम्मान किया रहा है!...आगे वह सोचने लगा कि क्या इसी आजादी का गाना गाया जा रहा है? उसकी हैरानी अब अँधेरे में तब्दील होने लगी थी!...

उसके बाद वह आदमी मरे कदमों से अपने गन्तव्य की ओर चल पड़ा। उसका गन्तव्य तो वे सिसकियाँ थीं, जो उसे पत्थरों की जकड़ से बाहर ले आई थीं...

अगले दिन अन्ततः यह आदमी उस घर के सामने था, जिसके भीतर से सिसकियाँ आ रही थीं। उसने वहाँ मौजूद कुछ लोगों से अपने पोपले मुँह की फिसफिसी आवाज़ में पूछा, "अरे भाई, कई दिनों से यह रोना-कलपना-सिसकना सुनाई दे रहा है...क्या बात है?" कह कर उसने उस घर की तरफ उँगली से इशारा किया।

उसके पूछे का जवाब देने की बजाय वहाँ मौजूद लोगों ने हैरत से उस आदमी को देखा–कौन है यह इतना बूढ़ा आदमी, जिसकी दुबली देह ऐसी जर्जर है जैसे कंकाल पर चमड़ी-मात्र चिपकी हो और जो बिना लकड़ी के सहारे के ठीक-से खड़ा भी नहीं हो या रहा है?...

"अरे भाई, कुछ बोलते क्यों नहीं हो? मैं कुछ पूछ रहा हूँ तुमसे।...इस घर से यह रोना बिसूरना-सिसकना किसलिए सुनाई दे रहा है मुझे?...कई दिनों से!" उस आदमी ने एक बार फिर उन लोगों से कहा।

"अरे दद्दू, तुम्हें का कन्नों ऐ जि जानिकैं कि जा घर ते रोवाई काये आइ रही ऐ?" एक अधेड़वय व्यक्ति ने उस आदमी से कहा, "जाउ, अपने रस्ता पे आगे बढ़ौ।"

सुन कर उस आदमी को इस बात का अन्दाज़ा हो गया कि उसको वहाँ मौज़ूद किसी भी व्यक्ति ने कतई नहीं पहचाना है; और इसी कारण इस तरह का रूखा जवाब मिला है। उसने जवाब देने वाले की तरफ़ देखते हुए कहा, "अरे भाई, कैसी बातें कर रहे हो?...क्या तुम्हें किसी के रोने-कलपने से कोई फर्क़ नहीं पड़ता है?..."

"हमें काऐ कों कोऊ फरकु परैगौ? हमें का लैबौ-दैबौ कऊते?" जवाब दिया गया।

सुन कर उस आदमी ने जवाब देने वाले अधेड़ से आगे कुछ न कहा; क्योंकि उसके जवाब को सुन कर उसकी समझ में आ गया था कि यह बदला हुआ समय है जिसमें मनुष्य या तो तमाशाई हो गया है या फिर तमाशबीन!

पर वह आदमी तो हमेशा से अपने इरादों का पक्का रहा आया था; इसलिए अपनी फ़ितरत के चलते चल कर उस घर के भीतर जा पहुँचा, जिसके भीतर से आ रही सिसकियाँ उसे पत्थरों की जकड़ से बाहर लाकर वहाँ तक खींच लाई थीं!

उसके बाद वह आदमी, लम्बे रुदन के बाद की उन थकी हुई सिसकियों की वजह तक पहुँच ही गया था...

किस्सा कुछ इस तरह था :

वह देश के सबसे 'उत्तम' प्रदेश का एक गाँव था जिसमें ब्राह्मण-ठाकुर से ले कर बहुतेरी जातियों के घर थे और गाँव की बाहरी पट्टी पर एक घर गोरा कुम्हार का था। गोरा सिर्फ़ जाति से कुम्हार न था; बल्कि काम से भी कुम्हार था–सच्चा कुम्हार! जिस समय में बाज़ार खाने-पीने की सामग्री के उपयोग के लिए प्लास्टिक व थर्मोकोल के बने सस्ते व डिस्पोजेबिल थालियों-गिलासों-कटोरों-कपों से भरा पड़ा था और शहरों व गाँवों तक के भोजों-फंक्शनों में उनका उपयोग आम हो चुका था, तब भी गोरा कुम्हार ने अपने चाक पर मिट्टी के सकोरों व अन्य बर्तनों का बनाना नहीं छोड़ा था। गोरा के खून में कुम्हारी कला थी। पुश्त-दर-पुश्त मिट्टी के बर्तन बनाने का काम उसके खानदान में होता चला आया था, जिसे वह अब भी कर रहा था। मिट्टी के घड़े, सुराहीयाँ, सकोरे, डबूरे, दीये आदि उसके घर के अहाते की शोभा होते थे। उसका घर कच्चा था–खपरैल की छावन वाला, जिसके सामने के खुले अहाते को उसने कच्ची मिट्टी की आदमकद चारदीवारी से घेर कर उसके बीच में निकलने-कढ़ने को एक द्वार छोड़ा हुआ था जिसे दोनों तरफ़ की भीत में बनाये छेदों में लकड़ी का बैड़ा डाल कर बन्द रखा जाता था। यह व्यवस्था इसलिए थी ताकि अहाते में रखे कच्चे-पक्के बर्तनों तक किसी छुटेरू गाय-बैल-भैंस या अन्य किसी पशु की पहुँच न हो सके और बर्तन सुरक्षित बने रहें। बेशक अहाते के भीतर मनुष्यों की आवाजाही बैड़े के नीचे से होकर आसानी से होती रहती थी। अहाते में एक ओर चाक रखा रहता था जिस पर गोरा कुम्हारी का काम करता था।

गोरा के परिवार में कुल पाँच लोग थे–गोरा, उसकी घरवाली उसके दो बेटे व एक बेटी। पर गाँव में वह, उसकी पत्नी व बेटी ही रहते थे। उसके दोनों बेटे रोजगार के लिए किसी शहर में गये हुए थे जहाँ वे एक ठेकेदार के साथ मकानों की रँगाई-पुताई का काम करते थे।

गाँव में गोरा गीली मिट्टी को लेकर चाक पर तरह-तरह के बर्तन बनाता था। उसकी बेटी बचपन से ही उसे चाक पर बर्तनों को आकार देता देखती थी, तो वह भी चाक, गीली मिट्टी और बर्तनों की तरफ़ आकर्षित होती थी। तो एक दिन गोरा ने देखा कि उसकी बेटी ने चाक के पास रखी गीली मिट्टी को अपने हाथों में ले कर एक आकार देना शुरू किया और कुछ देर तक उसको अपनी उँगलियों से सम्हारते हुए एक चिड़िया की शक्ल में बदल दिया–चिड़िया, जिसके पंजेदार दो पैर थे, शरीर था, चौंच थी, आँखें थीं और उड़ने को खुले हुए दोनों पंख थे। यह देख कर गोरा

की ख़ुशी का ठिकाना न रहा। उसने बेटी की बनाई हुई चिड़िया अपनी घरवाली को दिखायी और खुश होते हुए उससे कहा, "अपनी रधिया की उँगरियन में तौ बड़ौ हुनरु ऐ। देखि तौ जि चिरईया बईने बनाई ऐ।"

सुन-देख कर गोरा की घरवाली ने कहा था "हुनरु काये नहीं होइगौ! है तौ कुम्हार की बेटी ई!"

यह तब की बात है जब गोरा की बेटी राधा की उम्र सात-आठ साल की रही होगी। उस दिन के बाद राधा, जिसे उसके माँ-बाप रधिया कह कर पुकारते थे, गीली मिट्टी को कभी हाथ में ले कर, कभी चाक पर लेकर कुछ-न-कुछ बनाती रहती थी, जिसे गोरा अपने बर्तनों के साथ अवा में पका कर अहाते में सजा कर रख देता था। राधा के बनाये हुए चिड़िया, कबूतर, गाय, स्त्री, पुरुष, मोर आदि अहाते में रखे रहते थे।...

यों ही समय धीरे-धीरे गुज़रता रहा; और राधा उर्फ रधिया अब अठारह पूरे कर उन्नीसवें बरस में चल रही थी। उसके माँ-बाप देखते थे कि गीली मिट्टी के आकारों की तरह उसका शरीर भी आकार ले रहा था। तो उसके माँ-बाप अब उसके ब्याह की बात सोचने लगे थे कि साल-दो साल में उन्हें उसके लिए घर-वर देखना होगा।...

तो ऐसे वे दिन थे...और उन्हीं दिनों में से एक दिन रधिया को उसके माँ-बाप ने घर के अहाते के चाक के पास रखी गीली मिट्टी से अपनी कल्पना को आकार देते देखा था...

उसके कुछ देर बाद उन्होंने देखा कि रधिया वहाँ नहीं थी। वह चाक के पास नहीं थी, अहाते में भी कहीं नहीं थी।...और चाक के पास गीली मिट्टी से आकार पाती एक स्त्री की टूटी-फूटी-बिगड़ी हुई आकृति पड़ी थी!

गोरा का घर बहुत बड़ा न था। उसने और उसकी घरवाली ने अपनी बेटी को घर से ले कर बाहर तक सब जगह ढूँढ़ा; पर वह उन्हें कहीं नहीं दिखी। वह घर के भीतर न थी, अहाते में भी न थी! तो वे परेशान हो उठे। उनकी बेटी कहाँ गयी?... उसके बाद उन्होंने पास-पड़ोस और मोहल्ले में उसके बारे में पूछताछ की। पर उसका कहीं पता नहीं लगा। तो वे किसी अनहोनी की आशंका से घिर उठे। उनकी उस आशंका को पैनी धार दे रही थी रधिया के हाथों-उँगलियों से बनती वह स्त्री-आकृति जो उन्हें चाक के पास अस्तव्यस्त-विकृत हालत में पड़ी मिली थी।...

उस दिन की शाम होने जा रही थी; पर रधिया का कोई पता नहीं था कि वह कहाँ चली गयी या उसके साथ क्या हुआ!...

शाम होते-होते बात पूरे गाँव में फैल गयी थी। पास-पड़ोस व मोहल्ले सहित गाँव के लोग गोरा के घर के अहाते में जुटने लगे थे। गोरा के चेहरे पर दिशाहीनता का सूनापन पसरा हुआ था, उसकी घरवाली की आँखों में आँसुओं में डूबी बेबसी सिसक रही थी। वहाँ मौजूद लोगों के जितने मुँह उतनी बातें थीं। गोरा किंकर्तव्यविमूढ़ता में पत्थर हुआ-सा बैठा था। तब वहाँ जमा लोगों के बीच से निकल मोहल्ले का रहने वाला कैलास गोरा के पास पहुँचा; और उससे बोला, "गोरा भइया! अब बैठें ते कछु कामु नहीं चलैगौ...जाइकें थाने में रपट कन्नों चहिऐ अब!"

यह सुन कर गोरा ने अपनी बेबसी-भरी आँखों से कैलास के मुँह की तरफ़ देखा। गोरा के लिए 'थाना'-'कचहरी' डराने वाले शब्द थे। उसके-जैसे अपने काम से काम रखने वाले व्यक्ति के भीतर थाना-कचहरी का नाम सुनते ही ख़ौफ़ पैदा होता था...पर उस दिन उसके सामने ऐसी परिस्थिति आकर खड़ी हो गयी थी कि उसकी जवान बेटी गायब हो गयी थी।...तो उसको थाने जाने की सलाह देने वाले कैलास की ओर उसने एक बार फिर देखा और कहा, "पर थानें जाइकें कहेंगे का?"

"जही कि घर के द्वार ते मोंड़ी..."उसके आगे के शब्द कैलास के हलक से बाहर नहीं आये।

पर गोरा उन अनकहे शब्दों को समझ गया। समझता कैसे नहीं? आख़िर जो हुआ था–कि उसकी बेटी घर के द्वार से अचानक गायब हो गयी थी–उसे वह अनहुआ तो नहीं मान सकता था! उसके ऊपर जो बीत रही थी उसे वही समझता था। उसने कैलास की ओर देखते हुए विनती-सी की, "तुम सँग चलौगे भइया?"

"हाँ, चले चलेंगे।" कैलास ने तुरन्त कहा। कैसा भी बुरा समय हो और उसमें कितने भी बुरे लोग हों; पर उनके बीच कुछ ऐसे लोग हमेशा बचे रहते हैं जो दूसरों की मदद करने में कभी पीछे नहीं हटते और दूसरों का सहारा बनने का जज्बा रखते हैं।

'हाँ, चले चलेंगे।' ये ऐसे शब्द थे जिन्हें सुन कर गोरा की हिम्मत बँधी और वह थाने जाने के लिए तैयार हो गया।

अँधेरा उतर रहा था; और गाँव से थाने की दूरी क़रीब नौ-दस किलोमीटर थी। गोरा ने कहा, "चल भइया, चलत ऐं!" उसने सिर पर अँगोछा लपेटा।

कैलास ने उससे कहा, "पैदल जाएँगे तो पहुँचत-पहुँचत आधी राति है जाइगी।...कऊ की मोटरसाइकल तलासतों..." कह कर वह चला गया।

थोड़ी देर में वह मोटरसाइकल ले कर आया; और उस पर अपने पीछे गोरा को बिठा कर थाने ले गया।...

गोरा ज़िन्दगी में पहली बार थाने पहुँचा था सो भी ख़ुद पर आ गयी विपदा के कारण। थाने के परिसर में क़दम रखते हुए उसके पैर काँप रहे थे। पर साथ में कैलास के होने से उसे हिम्मत मिल रही थी।

थाने के द्वार के पास एक बल्ब जल रहा था और वहाँ बन्दूक लिए एक सिपाही खड़ा था। द्वार के पास पहुँच गये कैलास और गोरा को स्कैन करती निगाह से देखते हुए सिपाही ने उनसे कहा, "क्या है?"

जवाब कैलास ने दिया, "दरोगाजी ते मिल्नों ऐ।"

"क्या काम है?"

सुन कर कैलास ने अपने साथ खड़े गोरा की ओर इंगित कर कहा, "जाकी मोंड़ी गाइब है गयी ऐ।...रपोट लिखनाउनों ऐ।"

"कौन-से गाँव से आये हो?" सन्तरी बने खड़े सिपाही ने आगे पूछा।

कैलास ने गाँव का नाम बता दिया था।

"दरोगाजी आराम कर रहे हैं अभी।" सन्तरी-सिपाही ने कहा। उसने, तब तक एक भी शब्द नहीं बोले गोरा की हुलिया देख कर समझ लिया था कि कोई अनपढ़ मजदूर है; और घिसे-पुराने पैन्ट-शर्ट पहने कैलास को देख कर भाँप लिया कि है तो वह भी मजदूर ही; अलबत्ता दो-चार क्लास तक पढ़ा हुआ।

"बुलाइ देउ साब दरोगाजी ऐ।" कैलास ने सन्तरी-सिपाही से अनुनय की तरह कहा।

"कहा ना। वे आराम कर रहे हैं...बैठ जाउ!" कहते हुए सिपाही ने बरामदे में पड़ी लकड़ी की बेंच की ओर इशारा किया, "अभी मुंशीजी आयेंगे, तब उन्हें बताता अपनी बात।"

सुन कर दोनों बताई गयी बेंच पर जा कर बैठ गये; और मुंशीजी के आने का इन्तज़ार करने लगे। पर काफी देर तक मुंशीजी अपनी कुर्सी पर नहीं आये; तो कैलास ने सन्तरी-सिपाही के पास पहुँच कर विनती की, "दरोगाजी ऐ बताइ देउ साब...मोंड़ी दुपहर ते ई गाइब ऐ..."

"बैठ जाउ! मुंशीजी आ जायँ तब उन्हें बताना!" सन्तरी-सिपाही ने लगभग झिड़की के अन्दाज़ में कहा।

सुन कर कैलास के चेहरे पर एक अजीब तरह की बेबसी का भाव नुमायाँ हो उठा और वह लौट कर बैंच पर गोरा की बगल में जा बैठा।

देर बाद, एक अन्य सिपाही ने आकर पहले वाले सन्तरी-सिपाही से बन्दूक ली

और वह उसकी जगह ड्यूटी पर खड़ा हो गया। पहले वाला सिपाही थाने के पीछे बने रिहाइशी क्वार्टरों की तरफ़ चला गया।

थोड़ी देर बाद, कैलास नये सन्तरी-सिपाही के पास पहुँचा और उसने उससे कहा, "दरोगाजी ऐ बुलाइ देउ साब...रपोट लिखवाउनों ऐ।"

"रिपोर्ट मुंशीजी लिखेंगे। वे आ जाइँ तहीं लिखवा देना।" कहते हुए नये सन्तरी-सिपाही ने बरामदे में पड़ी मुंशीजी की टेबिल-कुर्सी उँगली से इशारा कर बताई।

"कब आवेंगे मुंसीजी?...हम संझा ते ई बैठे हैं झाँ।" कैलास ने सन्तरी-सिपाही की तरफ़ देखते हुए आजिजी के साथ कहा।

सन्तरी-सिपाही ने, पूछे गये सवाल का जवाब न देते हुए पुलिसिया लहजा अपनाया, "बैठो वहाँ!"

कैलास फिर जाकर बेंच पर गोरा की बगल में बैठ गया।

गोरा थाने में आने के बाद से एक शब्द भी नहीं बोला था। वह बैठा हुआ, अपने मन की कोई बात कैलास से भी नहीं कह पा रहा था।

तभी बिजली चली गयी; और काफ़ी देर तक थाना भुतहा अँधेरे में डूबा रहा। दोनों उस अँधेरे में बेंच पर बैठे रहे। देर बाद बिजली आई...

गोरा व कैलास को थाने की बेंच पर बैठे-बैठे पता ही न चला कि पूरी रात गुज़र गयी और भोर का झुटपुटा होने पर थाने के बाहर के पेड़ पर चिड़िया चहकने लगी और उसके बाद दिन निकलने से पूर्व का उजास फैलने लगा।

उसके कुछ ही देर बाद गोरा व कैलास ने एक गुनगुनाहट सुनी, 'जय हनुमान ज्ञान गुनसागर। जय कपीस तिहुँ लोक उजागर।। अंजनिपुत्र पवनसुत नामा। रामदूत अतुलित बल धामा।।...' और कुछ ही पलों बाद वह गुनगुनाहट उनके सामने आ पहुँची-नहाया-धोया एक व्यक्ति देह पर चौखाने की लुंगी और सैंडो-बनियान पहने, माथे पर लाल तिलक लगाये, हाथ में जलती-सुगन्ध-छोड़ती अगरबत्ती को बरामदे की एक टेबिल पर रखी हनुमानजी की काँच-मढ़ी तस्वीर के सामने रखे अगरबत्ती-स्टेण्ड में खोंस रहा था।...

अगरबत्ती को खोंस देने के बाद उस व्यक्ति के मुँह की बुदबुदाहट (जो गुनगुनाहट भी थी) रुक गयी। उसके बाद उसने बरामदे की बेंच पर बैठे गोरा व कैलास की तरफ़ देखा और उनसे कहा "तुम लोग कौन हो?"

सुन कर कैलास बेंच से खड़ा हो गया; उसे देख कर गोरा भी। वे कुछ कह पाते, उससे पहले ही लुंगी-तिलकधारी ने अगला सवाल किया, "यहाँ कैसे बैठे हो ?"

दरोगाजी ते मिलनों है साब..." जवाब में कैलास ने कहा, "रपोट लिखाउनों ऐ।"

"क्या हुआ है? पहले मुँह से बोलो!"

"साब," कैलास ने अपने पास खड़े गोरा की ओर देखते हुए कहा, "जा की मोंड़ी काल दोपहर ते गाइब है गयी ऐ।..."

"गायब हो गयी है!...मतलब?...पूरी बात बताओ!...कितनी उम्र है उसकी?"

"अठारा-उनईस साल की होगी साब।"

"किसी के संग भाग गयी होगी..." लुंगी-तिलकधारी ने कहा, "किसी के संग आशनाई का मामला तो नहीं है?"

यह सुनकर, थाने में पहुँचने के बाद पहली बार गोरा का मुँह खुला, "कैसी बात कर रहे औ साब। बुतौ कऊ की तरफ़ कबऊँ आँखि उठाइकें उ नहीं देखती।"

"चुपक-छिड़ार भी तो होती हैं कुछ!" कह कर लुंगी-तिलकधारी ने गोरा की तरफ गड़ती निगाहों से देखा, "कौन जात हो?"

"कुम्हार।"

"और तुम...?" कैलास की तरफ़ देख कर पूछा गया।

"मैं धोबी औं साब।"

"तो धोबी और कुम्हार का संग कैसे?"

"मोहल्ला में ई रहात ऐं..." कैलास ने कहा।

"ओ बी सी भाई!" लुंगी-तिलकधारी ने कहा।

उसके बाद बेंच की तरफ उँगली कर दोनों से कहा, "बैठो अभी।" और वहाँ से चला गया।

गोरा और कैलास फिर बेंच पर बैठ गये थे।

थोड़ी देर बाद वही लुंगी-तिलकधारी ऊपर से नीचे तक वर्दी पहने वहाँ आया था—वर्दी, जिसकी कमीज के कन्धों पर लगी पट्टियों पर तीन 'फूल' चमक रहे थे और जेब पर लगी पट्टी पर नाम था—लोकमंगल चन्द्र त्रिपाठी।

तब तक मुंशीजी भी अपनी टेबिल-कुर्सी पर आ गये थे। वे वर्दी में नहीं, सादा लिबास में थे। उनकी उम्र पचास से ऊपर रही होगी; पर उनके सिर के बाल भँवर-काले थे और बालों से भी काली थी उनकी ऐंठी हुई बड़ी-बड़ी मूँछें।

थानेदार साहब 'त्रिपाठी जी' ने मुंशीजी को सम्मानजनक सम्बोधन के साथ औपचारिक हिदायत दी, "सिंह साहब, इनकी सुन लो...क्या कहते हैं ओबीसी भाई हैं। नहीं सुनोगे, तो अपोजीशन इन्हीं की है...हंगामा करेंगे। ऊपर से लफड़ा लड़की

का है।...बता रहे हैं कि गुम हो गयी है...पूछ लो और गुमशुदगी दर्ज कर लो।" कह कर थानेदार साहब अपने कक्ष की तरफ़ चले गये थे।

'सिंह साहब' ने गोरा और कैलास से अपनी टेबिल के पास आ कर खड़े होने को कहा; तो वे दोनों वहाँ जा कर खड़े हो गये। उसके बाद उनसे कहा, "बताओ एक तरफ़ से, क्या हुआ, कैसे हुआ?"

गोरा ने एक तरफ़ से पूरी बात बताई थी...

और उसकी बेटी राधा की गुमशुदगी की रिपोर्ट मोहर्रिर की कलम से थाने की पंजी में दर्ज हो गयी थी।...

उसके बाद, थाने ने अपने हाथ-पाँव न हिलाये। गोया कि रिपोर्ट दर्ज कर लेना ही थाने के कर्तव्य की इतिश्री होता हो!

और थाने के हाथ-पाँव हिलना तब शुरू हुए, जब रिपोर्ट लिखाने के तीसरे दिन किसी चरवाहे ने एक सूखे नाले में एक जवान लड़की की मुर्दा नंगी देह देखी और उस बारे में लोगों को बताया था। उसके बाद वह बात उड़ती हुई गोरा कुम्हार के कानों तक पहुँची और उसने उस जगह पर जा कर देखा तो उसके होश फ़ाख़्ता हो उठे थे–उसने ऐसी अनहोनी कभी सपने में भी नहीं सोची थी–सूखे नाले में पड़ी वह मुर्दा नंगी देह उसकी बेटी राधा यानी रधिया की थी।...गोरा व अन्य बहुतेरे लोगों के पहुँचने के घण्टों बाद थानेदार लोकमंगल चन्द्र त्रिपाठी अपने दल-बल को ले कर उस जगह पर पहुँचा था।

उसके बाद राधा की लाश उस जाँच-पड़ताल के लिए ले जाई गयी थी, जिसको 'पोस्टमार्टम' कहा जाता है। उस जाँच-पड़ताल में यह पाया गया था कि राधा के साथ पहले गैंग-रेप हुआ था; उसके बाद गला घोंटकर उसकी हत्या कर दी गयी थी। उस घटना की गूँज प्रदेश की राजधानी तक पहुँची थी; फलस्वरूप हुआ यह कि पोस्टमार्टम के बाद राधा की लाश को रात के अँधेरे व पुलिस के पहरे में गाँव-किनारे ले जा कर जला दिया गया था।

उस दिन गोरा के घर से रूदन व क्रन्दन की आवाज़ें उठी थीं; और वे आवाजें लम्बे समय तक दु:ख के उसी घनत्त्व के साथ उठती रहीं...

थाना-पुलिस के द्वारा रस्मन मामले की तहकीकात हुई थी। उस तहकीकात से लीक हुई एक बात उड़ती-उड़ती लोगों के कानों तक पहुँची, वह यह थी कि उस मामले में प्रदेश के एक नेता का पैर फँसा हुआ पाया गया था इसलिए पुलिस ने मामले को एक अलग रंग दे कर (कोर्ट में) प्रस्तुत किया था।

पर बहरहाल, गोरा कुम्हार के घर से रूदन और क्रन्दन की आवाज़ें महीनों तक सुनाई देती रही थीं। बाद वे आवाजें थक कर ऐसे सिसकने-कलपने-बिसूरने में

बदल गयी थीं, जिसमें दिल को चीर कर रख देने वाली पीड़ा और करुणा की पैनी धार ज़रा भी कुन्द नहीं सुनाई देती थी...

यह-सब जान कर उस आदमी के भीतर एक अजीब तरह का अहसास था; और उसके पास कहने-पूछने को कुछ भी शेष न था।

उसके बाद वह वहाँ से लौट पड़ा था। अपने हाथ की लाठी को सड़क पर टेकता हुआ। अब वह सड़क पर चलता हुआ बेचैन था। उस बेचैनी से निजात के लिए उसे अपने लिए किसी पनाहगाह की दरकार महसूस हो रही थी–एक ऐसी पनाहगाह जहाँ पहुँच कर वह अपनी कराहती आत्मा के सन्ताप को कुछ कम कर सके।

वह सड़क पर चलता रहा, चलता रहा...और चलते-चलते अचानक उसे अपना शरण-स्थल सूझ गया–साबरमती आश्रम!...शायद वह उसका नॉस्टेल्जिया भी था!

तो बहरहाल, वह साबरमती आश्रम की ओर चल पड़ा।

चलता रहा, चलता रहा...

कुछ दिन चलते रहने के बाद वह एक मँझोले शहर में था–रात हो रही थी इसलिए रात बिताने को उसी शहर के फुटपाथ पर रुका हुआ।...

वह आदमी आवाज़ों के प्रति हमेशा से बहुत ही संवेदनशील रहा आया था। आवाज़ें चाहे-अनचाहे उसके भीतर अपना प्रभाव छोड़ती थीं।...उस समय फुटपाथ पर लेटे हुए उसके कानों तक कुछ आवाज़ें पहुँच रही थीं–उनमें से एक आवाज़ ऐसी थी जिसे सुनते हुए उसे लग रहा था कि वह आवाज़ किसी इंसान के सिर्फ़ गले से नहीं निकल रही थी; बल्कि वह उस इंसान की आत्मा से आ रही थी। तो वह फुटपाथ से उठकर उस आवाज़ की तरफ चल दिया। कुछ दूर चलने के बाद उसने पाया कि उस आवाज़ का स्रोत एक छोटे से मैदान में लगे शामियाने के भीतर था। वह चल कर शामियाने के भीतर पहुँचा, तो उसने देखा, एक छोटे-से स्टेज पर संगीत-कॉन्सर्ट चल रहा था–कार्यक्रम का नाम स्टेज की बैक-वॉल पर टँगे फ्लेक्स पर दर्ज था–'महफ़िल-ए-सूफ़ियाना'।...स्टेज पर उस समय गा रहे गवैया की आत्मा की गहराई से आ रहे सुरों ने शब्दों का बाना यों पहना था, '...बलि- बलि जाऊँ मैं तोरे रँगरेज़वा, अपनी-सी करि दीनी...छाप-तिलक सब छीनी...'। आवाज़–शब्दों और सुरों का असर ऐसा कि उस आदमी के भीतर उसकी बेचैनी को नेस्तोनाबूद करता एक अनोखे सुकून का सोता-सा बहने

लगा। सुरों के साथ बजते साज़ों की लय-ताल उस सुकून को लोकोत्तर बना रहे थे। संगीत-सुरों, लय-ताल और शब्दों के जादू में बँधा वह आदमी अपने-आपको भूला जा रहा था।...गवैया आगे के बोल गा रहा था, 'खुसरो निज़ाम के बलि-बलि जैहों, मोइ सुहागिन कीनी, मो से नैना मिलाइ के...छाप तिलक सब छीनी, मो से नैना मिलाइके...' और जब वह प्रस्तुति पूरी हुई, तो श्रोताओं की तालियों की गूँज से शामियाना भर उठा।

उसके थोड़ी देर बाद गवैया ने अपनी अगली प्रस्तुति का शुरुआती आलाप लिया ही था कि उसी समय डण्डों-सरियों से लैस लोगों का एक हुजूम स्टेज पर किसी बेपनाह आँधी की तरह पहुँच कर तोड़-फोड़ करने लगा।...किसी ने स्टेज पर लगे माइक्रोफोन को पटका, किसी ने तबलिया से तबलों को छीन कर फेंका, किसी ने ढोलक-बजैया के हाथों से ले कर ढोलक को फोड़ा, किसी ने सितारिये के सितार पर डण्डा मारा, किसी ने गवैया को धक्का मारा, किसी ने 'महफ़िल-ए-सूफ़ियाना' लिखे फ्लेक्स को खसोट कर फेंका; और किसी ने रौशनी दे रहे लट्टुओं पर डण्डे चलाये...उसके बाद, शामियाने के भीतर से उठ रहे सुकूनअफ़्ज़ा सुरों की जगह, एक ऐसा बेसुरा अँधेरा पसर गया जिसमें मनुष्यों की कराहों के बीच 'जय श्रीराम' के उद्घोष सुनाई देते रहे; और कुछ ही देर बाद वह शामियाना मनुष्य-विहीन हो गया था...

उस समय वह आदमी शामियाने से बाहर सड़क पर हैरान खड़ा था। उसके भीतर जैसे कुछ टूट-सा गया था।...वह फुटपाथ पर पहुँचा था और उसके बाद उस रात पलभर को भी सो न सका था।

सवेरा होते ही वह खिन्न दशा के साथ अपने रास्ते पर आगे बढ़ने लगा था।

दो दिनों तक चलने के बाद वह साबरमती आश्रम के पास पहुँचा, तो उस समय उसने देखा कि वहाँ बड़ी तादाद में पुलिस तैनात थी–पुलिस के सिपाही से लेकर छोटे-बड़े अफसर तक वहाँ दिखायी दे रहे थे।...आश्रम के बाहर बड़ी-बड़ी गाड़ियाँ लगी हुई थी। यह-सब देख कर एकबारगी वह समझ न सका कि माजरा क्या है?...वह चलकर आश्रम के भीतर पहुँचा, तब उसकी समझ में आया कि वह लवाजमा उस एक व्यक्ति की ख़ातिर है, जो आश्रम के भीतर मौज़ूद था। वह व्यक्ति उस समय आश्रम के भीतर चरखा चला रहा था! वास्तव में वह आश्रम के चरखा को चलाने का अभिनय करता हुआ फोटोशूट करवा रहा था। फोटोग्राफर्स और वीडियोग्राफर्स के कैमरे उस व्यक्ति को चरखा चलाते हुए अपने-अपने कैमरे

में सुरक्षित कर रहे थे। वह व्यक्ति कोई मामूली व्यक्ति न था; वह देश का सबसे शक्तिशाली 'पॉलिटीकल गैंगस्टर' था!

कुछ देर में वह फोटोशूट–आयोजन सम्पन्न हो गया। उसके बाद वह 'गैंगस्टर' मुस्कराता हुआ वहाँ से रवाना हो गया। उसके वहाँ से जाने के बाद, उसके साथ आया अमला–फैला मय लवाजमे के वहाँ से चला गया।

उसके बाद, उस आदमी ने राहत की साँस ली। अलबत्ता उसके जेहन में देर तक, चरखा चलाने का फोटोशूट करवाने वाले 'पॉलिटीकल गैंगस्टर' के हाव-भाव नुमायाँ बने रहे...

कुछ देर में उस आदमी ने अपने-आप को समेटा। आख़िर वह आश्रम में कुछ दिनों तक रहने का मन बना कर जो आया था। उस दिन उसके भीतर-बाहर बहुत थकान थी। इसलिए उसने थोड़े-से विश्राम के लिए आश्रम के 'हृदयकुंज' में जाकर अपने बूढ़े-थके शरीर को विश्राम-पीठिका के हवाले कर दिया था।

वहाँ कुछ देर तक आराम कर लेने के बाद उसके शरीर की थकान तो बेशक कुछ कम हुई थी; पर मन की थकान जस-की-तस थी। उसके मन की वह थकान कोई सतही व तात्कालिक थकान न थी; बल्कि वह एक मर्मभेदी थकान थी जो उन दृश्यों के बाद उसके भीतर बनी थी जो उसने पत्थरों की जकड़ से बाहर आने के बाद देखे थे!

पर बहरहाल, वह आदमी अब आश्रम में था।

उसे आश्रम में रहते हुए कुछ सुकून की अनुभूति होती थी। हालाँकि उसके मन के भीतर कुछ ऐसा था जो उसके बाहर भी नमूदार होता रहता था–उसके चेहरे की उदासी और रहन-सहन के रूप में!...

तो वह एक दिन अपनी उसी खिन्न व पस्त दशा में आश्रम में कोई काम कर रहा था। तभी एक चरा-पिया, मोटा-ताज़ा, धोती-कुर्ता-धारी, कन्धे पर क़ीमती शॉल डाले पण्डितनुमा व्यक्ति आश्रम में भ्रमण के लिए आया; और आश्रम में इधर-उधर घूम लेने के बाद वह उस आदमी के पास आकर विहँसते हुए उससे बोला, "अरे! आप इस तरह लुटे-पिटे-से क्यों लग रहे हो?"

यह सुन कर उस आदमी ने थोड़ी देर तक उस पण्डितनुमा व्यक्ति की ओर गौर से देखा; उसके बाद उससे कहा, "श्रीमान्! इस समय में, बिना लुटा-पिटा-सा और हँसता-मुस्काता हुआ वही व्यक्ति दिखायी दे सकता है जिसने अपनी शरम को बेच खाया हो!"

सुनने के बाद उस व्यक्ति ने 'हें...हें...' करते हुए अपने दाँत निपोरे; और वह वहाँ से चलता बना था।...

तो बहरहाल, आश्रम में तरह-तरह के सैलानियों की आवाजाही के बीच, वह आदमी रह रहा था। आश्रम से उसका पुराना लगाव जो था। और फिर पत्थरों की जकड़ में जाने से तो वह अच्छा ही था!...

इसी तरह कुछ महीने गुज़र गये।

उसके बाद एक दिन अचानक फिर आश्रम के भीतर-बाहर गहमागहमी का माहौल बना। दरअसल उस दिन आश्रम में नये समय के 'महापुरुष' का आगमन होने वाला था। आश्रम में आने वाला वह 'महापुरुष' कुछ अनोखी चारित्रिक विशेषताओं का मालिक था। उसकी वे विशेषताएँ सिर्फ़ अनोखी ही न थी; बल्कि अनगिनत और आश्चर्यजनक भी मानी जाती थीं!...जैसे कि वह 'महापुरुष' एक दिन में कम-से-कम दस रूप बदलता था; जैसे कि वह 'महापुरुष' एक दिन में कम-से-कम बीस स्थानों पर पाया जाता था; जैसे कि वह 'महापुरुष' एक दिन में कम-से-कम पन्द्रह प्रसिद्ध व्यक्तियों को पिटवाता था; जैसे कि वह 'महापुरुष' एक दिन में कम-से-कम बारह घर उजड़वाता था; जैसे कि वह 'महापुरुष' एक दिन में कम-से-कम पाँच हत्याएँ करवाता था आदि।...तो बहरहाल, वह ऐसा अनोखी और हैरानकुन विशेषताओं वाला 'महापुरुष' उस दिन साबरमती आश्रम के 'प्रार्थना-स्थल' से विश्व को शान्ति और अहिंसा का सन्देश देने आने वाला था। उसका अमला-फैला उसके आने से पहले ही व्यवस्था और तैयारी के लिए आ चुका था।...और फिर वह 'महापुरुष' साबरमती आश्रम पहुँचा। उसका लवाजमा उसके आगे-पीछे था। वह चल कर 'प्रार्थना-स्थल' पर पहुँचा और वहाँ बिछी दरी पर पालथी मारकर बैठ गया। उसके बाद उसने सामने लगे टेलीप्रॉम्प्टर में पढ़ते हुए विश्व को शान्ति और अहिंसा का सन्देश दिया। वह सन्देश उस 'महापुरुष' के महापौरुष का एक नया आयाम था। उस सन्देश को इलैक्ट्रॉनिक, प्रिन्ट और तमाम प्रकारों के मीडिया ने अपने-अपने उपकरणों में कैप्चर करते हुए सुरक्षित किया।

उस सन्देश-कार्यक्रम की समाप्ति के बाद, उस 'महापुरुष' के आगे-पीछे मौजूद समूह ने उसके 'जयघोषों' के द्वारा आश्रम की शान्ति को तहस-नहस कर दिया था।

उस दिन के बाद, आश्रम में रह रहा वह आदमी कुछ ज़्यादा ही खिन्न और पस्तहाल दिखायी देने लगा था...

और फिर कुछ दिनों के बाद, एक दिन वह आदमी आश्रम की कुटिया 'हृदयकुंज' के भीतर मरा हुआ पाया गया!...तो पुलिस को इत्तिला की गयी। पुलिस ने मौके पर पहुँच कर तफ्तीश की।

उसके तीसरे दिन, अख़बारों में एक ख़बर प्रश्नवाचक सुर्खी के साथ इस तरह छपी थी :

वह बूढ़ा आदमी कौन था?

साबरमती आश्रम में मौजूद लोगों के मुताबिक कुछ समय पहले एक बूढ़ा आदमी आश्रम में आया था और तब से वह आश्रम में ही रह रहा था। बीते दिन आश्रम की कुटिया 'हृदयकुंज' में वह आदमी मृत पाया गया। पुलिस के मुताबिक उसके शव के पास कागज पर हाथ से लिखा एक स्यूसाइड–नोट मिला है, जिस पर लिखे मजमून के अन्त में हस्ताक्षर हैं–मो.क.गांधी। ❑

विलोम

बालमुकुन्द दुबे की जिन्दगी में सब कुछ बेडौल, बेगढ़ और बिख़रा हुआ ही रहा आया, जिसे वह सँवारने-सम्हालने में लगा रहा था! अपनी बीती सुनाने के दरमियान उसने एक बात जरा जोर देकर कही, "क्या आदमी-जैसी शक्ल-सूरत के साथ पैदा होने भर से ही कोई, आदमी हो जाता है? बिल्कुल नहीं!...आदमी तो वह अपने आप को बनाता है–जन्म लेने के बाद, धीरे-धीरे, जीवन भर!...और जो नहीं बनाना चाहता, यह सोचकर कि वह तो आदमी का शरीर लेकर पैदा ही हुआ है, वह कभी-कभार जानवर से भी नीचे चला जाता है!...आदमी से मेरा मतलब पुरुष और स्त्री दोनों से है!"

बालमुकुन्द दुबे का जन्म निचली-बिचली आमदनी वाले ब्राह्मण-किसान परिवार में हुआ था।...पाँच-छह साल की उमर हो जाने पर उसे गाँव के बदहाल-फटेहाल से सरकारी स्कूल में पढ़ने के लिए दाखिल किया गया था।...उस सरकारी प्राइमरी स्कूल में पढ़ाई का जो हासिल था, सो था; अलबत्ता उस सरकारी प्राइमरी स्कूल का उसके लिए जो बेशकीमती हासिल था वह था महमूद खाँ! महमूद खाँ उसका शुरुआती साल से ही सहपाठी था और पाँचवीं कक्षा को पास करने तक के पाँच बरसों के दरमियान उसका जिगरी बन चुका था...

"वह उमर ही ऐसी थी जिसमें यह सोचने-विचारने की जरूरत ही महसूस नहीं होती थी कि किसी का नाम 'महमूद खाँ' क्यों है और किसी का 'रामप्रसाद' या 'गवदूमल' क्यों?" बालमुकुन्द दुबे ने बताया था, "बड़े हो जाने पर पता लग गया था कि नामों के इन स्वरूपों का कारण क्या है!...पर बड़े हो जाने पर भी हमारी दोस्ती में कोई फाँक नहीं पड़ी थी। नासमझ बचपन में जो इन्सानी तार जुड़े वे आगे भी वैसे ही जुड़े रहे!...हालाँकि पाँचवीं पास करने के बाद महमूद खाँ की पढ़ाई बन्द हो गयी थी...कारण यह कि उसका परिवार भारी गरीब परिवार था...उसके माँ-बाप

मजदूर थे...गाँव में जिन दिनों करने को काम मिलता, उन दिनों वे काम करते थे... मजदूरी के अलावा उसके पिता एक और काम करते थे–वह था बाजे बजाने का काम!...उसके पिता का छोटा बैण्ड था–चार बाजों का बैण्ड–एक ट्रम्पिट, एक ढोल, एक कड़कड़िया और दो झुनझुनों का बैण्ड!...उनका बाजे बजाने का काम ब्याह-सहालग के सीजन में चलता था...महमूद खाँ के पिता ख़ुद ट्रम्पिट बजाते थे; ढोल और कड़कड़िया बजाने के लिए दो लोगों को भाड़े पर लेते थे; और झुनझुने किसी बच्चे के हाथों में उसे यह समझाकर पकड़ा देते थे कि वह उन्हें बस हिलाता रहे...कुछ समय बाद महमूद मिला तो मैंने उससे पूछा था, 'पढ़ाई काय छोड़ दई तैंनें?' तब महमूद ने बताया था कि वह अपने अब्बा के संग मजूरी करने लगा था और सहालग के समय उनके बैण्ड में झुनझुने भी बजाता था!"

बालमुकुन्द दुबे की पढ़ाई आगे भी चलती रही। उसने हिन्दी, इतिहास, भूगोल और समाजशास्त्र विषय लेकर बीए पास किया था।...उसके बाद उसका ब्याह हो गया था। ब्याह ने उसके जीवन में एक अजीब तरह की खलबली भर दी।... दरअसल उसका ब्याह एक प्रथा व परम्परा के निर्वाह के बतौर हुआ था। मतलब यह कि लड़के या लड़की के ब्याह किये जाने की परम्परा है, प्रथा है; इसलिए ब्याह किया जाना चाहिए! तो इसी बिनाह पर उसका ब्याह करा दिया गया।... ब्याह के कुछ ही समय बाद उसे पता लगा कि उसकी ब्याहता का चेहरा समय और परिस्थिति के अनुसार बदलता था। मतलब कि कभी उसका चेहरा एक स्त्री का होता था, कभी एक भेड़ियेनुमा जंगली जानवर का; और कभी एक 'देवी' का! बालमुकुन्द के लिए यह विचलित कर देने वाली बात थी। एक ही स्त्री के इस कदर बदलते अलग-अलग चेहरे! वह अपनी समझ और जरूरत के अनुसार अपने चेहरे बदलती थी!...उसके बार-बार बदलते चेहरों को देख-देख कर वह हैरान और हलाकान रहता।...पर इसके बावजूद, वह उसकी ब्याहता थी; इसलिए उसे उसके साथ ही अपनी ज़िन्दगी बितानी थी।...

तो बहरहाल, ब्याह के करीब दो बरस बाद उसकी ब्याहता ने एक बच्चे को जन्म दिया। वह बेटा था। उस दिन वह अपने बेटे के पिता बनने की अप्रकट खुशी से दो-चार हुआ था। कुछ दिन बाद अपने बेटे को नाम दिया था उसने–कृपाशंकर... कृपाशंकर धीरे-धीरे बड़ा हो रहा था; और उसे देख-देखकर बालमुकुन्द अपनी सारी समस्याएँ भूला रहता...

•

बालमुकुन्द दुबे जब तक एक बेटे का बाप बना था, तब तक उसका जिगरी दोस्त महमूद खाँ दो बेटों का अब्बा हो चुका था। महमूद के बेटों के नाम रखे गये थे- शहजाद और शमशाद...। महमूद का ब्याह बालमुकुन्द से थोड़ा पहले हो गया था। महमूद गाहेबगाहे बालमुकुन्द दुबे के यहाँ आता रहता था। अलबत्ता तब वह घर–परिवार के नौन-तेल-लकड़ी के फेर से फुरसत कम ही पाता था।

•

कृपाशंकर के पाँच बरस पूरे कर लेने पर बालमुकुन्द दुबे ने उसे पढ़ने के लिए गाँव के प्राइमरी स्कूल में दाखिल करा दिया था। पढ़ाई में कृपाशंकर बहुत ही तेज निकला था। धीरे-धीरे वह दस साल का हो गया था। उस समय उसने पाँचवीं कक्षा की परीक्षा दे ली थी।

उसके स्कूल के ग्रीष्म-अवकाश चल रहे थे। उन्हीं दिनों में एक दिन अचानक कृपाशंकर को सूखी खाँसी और उबकाइयाँ आईं। बालमुकुन्द ने उसकी खाँसी और उबकाइयों को खानपान के कारण हो गयी मामूली परेशानी समझकर नजरअन्दाज़ किया। पर उसके बाद उस दिन कई बार उसे खाँसी और उबकाइयाँ उठीं; और उसके अगले दिन भी वे उबकाइयाँ और खाँसी लगातार आती रहीं; तो बालमुकुन्द दुबे का माथा ठनका था; और उसके बाद वह कृपाशंकर को लेकर शहर में 'डॉक्टर' के पास पहुँचा। 'डॉक्टर' ने कुछ दिनों के लिए दवाइयाँ लिख दीं। लेकिन उन दवाइयों से कृपाशंकर को कोई भी फायदा नहीं हुआ। उसे दिन-रात खाँसी और उबकाइयाँ उठती रहतीं। तो बालमुकुन्द दुबे ने उसे ले जाकर शहर के बड़े अस्पताल में दिखाया। वहाँ उसे एडमिट कर बेड दे दिया गया। लगभग दो महीनों तक वह अस्पताल में भर्ती रहा। उस दरमियान उसकी कई तरह की जाँचें हुईं और उनके अनुसार उसका इलाज चला। पर उसकी लगातार उठती खाँसी और उबकाइयाँ बन्द नहीं हो सकीं... अन्त में 'डॉक्टर' ने बालमुकुन्द दुबे से कहा था, "पेशेंट को दिल्ली ले जाना होगा आपको...इसके हार्ट के वाल्व जाम हो गये हैं, जो ऑपरेशन कर बदले जायेंगे!...यहाँ इसकी फसेलिटीज़ नहीं है! इसका ऑपरेशन दिल्ली में ही हो सकता है! रैफर कर रहे हैं।"

'डॉक्टर' के मुँह से यह-सब सुनते ही बालमुकुन्द दुबे के भीतर एकबारगी एक अजीब तरह की घबराहट का शोर उठा था–ऑपरेशन! वह भी हार्ट का ऑपरेशन!... 'डॉक्टर' ने केस 'ऑल इण्डिया इन्स्टीट्यूट...' के लिए रैफर कर कागज बालमुकुन्द दुबे के हाथ में पकड़ा दिये थे।

बालमुकुन्द दुबे शहर के अस्पताल से बेटे और उसके इलाज की फाइल लेकर अपने गाँव लौट आया था।...उसके भीतर उस वक्त बहुत सारे सवाल थे–क्या होगा?...कैसे होगा?...दिल्ली में कोई भी जान-पहचान नहीं है; और फिर दिल का ऑपरेशन!...

बालमुकुन्द दुबे के गम्भीर बीमार बेटे को शहर के सरकारी बड़े अस्पताल से लौटा देने की ख़बर कानोंकान पूरे गाँव में फैल गयी थी। उसके बाद बालमुकुन्द दुबे के द्वार पर गाँव के लोगों का आना शुरू हो गया था। कुछ ही देर में वहाँ लोगों का मजमा जुट गया था। लोग उसके बेटे की हालत देख-देख कर तरह-तरह की बातें कर रहे थे...कृपाशंकर को रह-रहकर लगातार सूखी खाँसी और उबकाइयाँ आ रही थीं...उसकी देह सूख कर काँटा हो गयी थी।

अस्पताल से बेटे को लौटा कर लाये बालमुकुन्द दुबे के सामने उस समय एक विशालकाय शून्य था–कैसे होगा?...क्या होगा?...उसे कुछ भी समझ नहीं आ रहा था।

उसके दरवाजे पर उस समय इकट्ठा लोग सिर्फ़ उस स्थिति के तमाशबीन बने हुए वहाँ मौजूद थे। उन्हीं लोगों के बीच उस समय वहाँ महमूद खाँ भी मौजूद था। वह यों तो अपनी घर-गिरस्ती और रोजी-रोटी की दुनिया में खप चुका आदमी हो चुका था; किन्तु जब उसने बालमुकुन्द दुबे के बेटे की बीमारी और उसे शहर के अस्पताल से लौटा दिये जाने के बारे में सुना, तो वह ख़ुद को बालमुकुन्द दुबे के पास जाने से रोक नहीं पाया था। बालमुकुन्द दुबे से स्कूल के दिनों में उसके भीतर के जो तार जुड़े थे, वे अभी तक टूटे नहीं थे।...बालमुकुन्द दुबे की बदहवास हालत देखकर लोगों के बीच से निकलकर महमूद खाँ उसके पास पहुँचा और उसने उसके कन्धे पर अपना रूखा-सा हाथ रखकर उससे कहा था, "बालमुकुन्द भइया! का कही ऐ डाक्टर नें?"

बालमुकुन्द दुबे ने अपने कन्धे पर एक हाथ के अहसास के साथ महमूद खाँ की आवाज सुनी, तो उसकी तरफ़ देखा और कहा, "दिल्ली लै जाइबे की कही है...दिल के वाल्व जाम बताये हैं...दिल्ली में ऑपरेशन होइगौ दिल कौ!...पर मेरी तौ कछू समझ नहीं आइ रही कि कैसें का होइगो!...दिल्ली इतनों बड़ौ शहर, फिर भाँ ना काऊ ते जान ना पहचान है कि..." दुःख पूछने वाला मिला, तो बालमुकुन्द दुबे ने अपनी सारी परेशानी-शंका-कुशंका बोलकर बता दी महमूद खाँ को।

सुनकर महमूद खाँ फ़ौरन बोला, "तुम फिकिर मत करौ बालमुकुन्द भइया!...हम चलेंगे तुम्हारे संग दिल्ली!...और दिल्ली का, चाहे 'नन्दन' में चले जाउ,

अपुन अच्छे ऐं तौ सिबु जग अच्छौ ऐ!...हिम्मत रखौ, भगवान भलौ ई करैगौ... जब अपुन नें कऊ कौ बुरौ नाईं करौ, तौ अपने संगऊ बुरौ नहीं होइगौ!...बताइ देउ कब चल्नों ऐं?"

सुनकर बालमुकुन्द दुबे के चेहरे पर किंचित् इत्मीनान झलक आया था।

गाँव भर में महमूद खाँ पहला आदमी था, जिसने तमाशबीन बने लोगों की भीड़ में से आगे आकर बालमुकुन्द दुबे को ढाढस के शब्द कहे थे।...उसके बाद वह उसके संग दिल्ली पहुँचकर मुसीबत में हाथ बँटाता रहा था।...'ऑल इण्डिया इन्स्टीट्यूट...' में कई दिनों के इन्तज़ार के बाद नम्बर आया था कृपाशंकर की जाँच का। जाँच हुई थी। उसके बाद 'डॉक्टर' ने कहा था, "दो महीने बाद ऑपरेशन होगा। उसके पहले चालीस हजार रुपये जमा करवा दीजिए...हार्ट के वाल्व यहाँ नहीं बनते, फॉरेन से मँगवाना पड़ते हैं।...और अपने आठ आदमियों को ब्लड देने के लिए लाना पड़ेगा...उनका ब्लड यहाँ के ब्लड-बैंक में जमा होगा। उसके बदले ऑपरेशन के समय नम्बर ग्रुप का ब्लड मिल सकेगा!"

'डॉक्टर' का कहा हुआ, बीमार बेटे के बाप के लिए एक नई मुसीबत की तरह था।...चालीस हजार रुपये! और आठ आदमी खून देने के लिए!..."कहाँ ते आवेंगे चालीस हजार रुपइया और आठ आदमी खून दैबे के काजें...?" कहकर बालमुकुन्द दुबे ने बेचारगी के साथ महमूद खाँ की तरफ़ देखा था।

सुनकर महमूद ने कहा, "फिकिर मत करौ! अल्ला के फजल ते सिब इन्तज़ाम है जाइगौ...हजार दौ हजार जितने है सकेंगे, हम करेंगे इन्तज़ाम! और अपने नाते-रिस्तेदारनि ते कहिऔ!...रही खून दैबे की बात, तौ एक मैं तौ होंई! कछू और करिऔ! फिरिऊ कमी परैगी, तो अपनी बीबी नसीरन ऐ लै आवेंगे!"

उसके बाद वही हुआ-किया था, जो महमूद खाँ ने कहा था। महमूद खाँ ने अपना खून दिया था, गाँठ में जितना था पैसा दिया था; और कई दिनों कृपाशंकर की तीमारदारी की थी। इतना ही नहीं, रोज-ब-रोज घबराते-परेशान होते बालमुकुन्द दुबे की बाँह थामी थी।

•

कृपाशंकर का ऑपरेशन हो गया था। उसके करीब महीना-भर बाद बालमुकुन्द दुबे जब अपने बेटे को लेकर दिल्ली से अपने गाँव वापसी कर रहा था, तब उसके साथ महमूद खाँ भी था। उस दिन बालमुकुन्द दुबे के चेहरे पर खुशी और आँखों में नमी थी। उसने बहुत अपनेपन से महमूद खाँ की तरफ देखा था। उस वक़्त महमूद के चेहरे पर भी बेतहाशा खुशी नुमायाँ थी।

उसके बाद के लगभग दो बरस तक कृपाशंकर का 'डॉक्टर' के बताये अनुसार घर पर ही इलाज चला था। उसके बाद वह लगभग सामान्य-जैसा स्वस्थ हो गया था। बेशक कुछ दवाइयाँ ताज़िन्दगी लेने की हिदायत 'डॉक्टर' की थी, जिसका वह पालन करने लगा था।

•

पाँचवीं कक्षा की परीक्षा में कृपाशंकर फर्स्ट डिवीज़न में पास रहा था।

आगे की पढ़ाई के लिए बालमुकुन्द दुबे ने उसे शहर के प्रतिष्ठित अँग्रेजी माध्यम वाले बोर्डिंग-स्कूल में डाला था। वह एक ऐसा स्कूल था जिसका सब-कुछ आधुनिक एवं चमाचम-चकाचक था।

उस चमकदार स्कूल में पढ़ते हुए कृपाशंकर हर परीक्षा में अव्वल स्थान पाता हुआ आठवीं कक्षा में पहुँच चुका था।

तो एक दिन वह अपनी कक्षा में था। उस समय कक्षा के सभी विद्यार्थियों को एक सूचना दी गयी, "स्टूडेंट्स, अटेंशन एण्ड लिसन एवरीवन! आपके लिए आवश्यक सूचना है कि 'अखिल भारतीय संस्कृति सभा' राष्ट्रीय स्तर पर एक प्रतियोगिता आयोजित कर रही है 'संस्कृति ज्ञान प्रतियोगिता'; जिसमें कोई भी स्टूडेंट भाग ले सकता है। इस प्रतियोगिता में राष्ट्रीय से लेकर प्रादेशिक तथा जिला स्तर पर फर्स्ट, सेकण्ड एण्ड थर्ड स्थान प्राप्त करने वाले स्टूडेंट्स को प्राइज दिये जायेंगे। प्रतियोगिता में प्राथमिक, माध्यमिक एवं उच्चतर माध्यमिक वर्ग के स्टूडेंट्स के लिए अलग-अलग प्रश्नपत्र रहेंगे। जो स्टूडेंट्स इस प्रतियोगिता में भाग लेने के इच्छुक हों, वे अपने नाम कार्यालय में लिखा दें।"

और फिर हुआ यह कि उक्त 'संस्कृति ज्ञान प्रतियोगिता' में कृपाशंकर ने न सिर्फ़ भाग लिया; बल्कि जिला स्तर का प्रथम पुरस्कार भी जीता।

उस समय उसकी उस उपलब्धि पर बालमुकुन्द दुबे की खुशी का ठिकाना नहीं रहा था; और साथ ही उस सूचना पर और अधिक कि पुरस्कार-विजेता विद्यार्थियों को 'अखिल भारतीय संस्कृति सभा' समारोह पूर्वक पुरस्कृत व सम्मानित करेगी।

कृपाशंकर को स्कूल–प्राचार्य-कार्यालय से 'अखिल भारतीय संस्कृति सभा' का एक इन्वीटेशन-कार्ड दिया गया था, जिस पर पुरस्कार-समारोह के मुख्य अतिथि के तौर पर किन्हीं स्वतन्त्रता-संग्राम-सेनानी का नाम; और समारोह की अध्यक्षता करने वाले के तौर पर स्वामी सच्चिदानन्द महाराज का नाम दर्ज़ था। कार्ड पर पेन से लिखा हुआ था–*छात्र कृपाशंकर दुबे अपने पिता या पालक के साथ समय पर कार्यक्रम में उपस्थित रहें*।

तो बालमुकुन्द दुबे पुरस्कार-समारोह के नियत दिन यथासमय शहर के उस 'लोटस ऑडिटोरियम' की कुर्सियों में से एक पर अपने बेटे कृपाशंकर के साथ मौज़ूद था, जिसमें 'अखिल भारतीय संस्कृति सभा' ने पुरस्कार-समारोह आयोजित किया था। उसके सामने ऑडिटोरियम का भव्य मंच था जिस पर रोशनी में नहाई हुई धवलता पसरी हुई थी-सब-कुछ साफ-स्वच्छ, उजला-धवल! मंच की शानदार कुर्सियाँ अतिथियों के इन्तज़ार में खाली थीं।

बालमुकुन्द दुबे बेटे के साथ, दिये गये समय से पन्द्रह मिनट पहले सभागार में पहुँचकर अपनी जगह पर बैठ चुका था। उसकी ही तरह कुछ अन्य लोग भी सभागार में अपना स्थान ले चुके थे, जिनमें से कुछ की बगल वाली कुर्सी पर एक बच्चा भी मौज़ूद था।

सभागार में कुछ महिलाएँ भी कुर्सियों पर मौज़ूद थीं; और कुछ थे कलफ-इस्तरीशुदा कपड़ों में लकदक नेतानुमा व्यक्ति भी! वहाँ उन नेतानुमा लोगों की उपस्थिति, बालमुकुन्द दुबे को कुछ अटपटी लग रही थी। उनके अलावा 'अखिल भारतीय संस्कृति सभा' के कार्यकर्तानुमा कुछ लोग सभागार व मंच की व्यवस्थाएँ देखते हुए इधर-उधर हो रहे थे।

समय धीरे-धीरे आगे बढ़ता जा रहा था। बालमुकुन्द दुबे ने कलाई की घड़ी देखी। उसे सभागार में पहुँचे हुए लगभग घण्टा भर हो चुका था। वहाँ पहुँचे अन्य लोगों को भी उतना ही समय हो चुका था।

'कार्यक्रम शुरू क्यों नहीं किया जा रहा है?' बालमुकुन्द दुबे के भीतर से उठा सवाल तत्काल उसे बचकाना लगने लगा; क्योंकि मंच की कुर्सियाँ तब तक खाली थीं। तो उसके भीतर से एक-और सवाल मुँह उठाकर खड़ा हो गया, 'अब तक मुख्य अतिथि वगैरह ये लोग आये क्यों नहीं हैं?...'

उस खाली वक़्त में बालमुकुन्द दुबे को कार्ड में छपे मुख्य आतिथ्य एवं अध्यक्षता करने वालों के नामों के साथ ही, 'संस्कृति ज्ञान प्रतियोगिता' के प्रश्नों की भी याद आई जो उसके बेटे ने उसको बताये थे।...उस समय उसने बेटे से कहा था, "लाओ, पेपर तो दिखाओ!"

"पेपर नहीं मिला है! पेपर और आंसर-शीट एक साथ थे!" कृपाशंकर ने उससे कहा था, "सौ क्वैश्चन का पेपर था। सभी क्वैश्चन ऑब्जेक्टिव टाइप थे। सबके आंसर चार-चार ऑप्शन में थे। उनमें से किसी एक पर टिकमार्क लगाना था।"

"तुमने कितने प्रश्न हल किये थे?" बालमुकुन्द दुबे ने उससे पूछा था।

"मैंने नाइन्टी फाइव किये थे।" बेटे ने कहा था।

"किस तरह के क्वैश्चन थे?...याद तो होंगे तुमको कुछ?"

"हाँ, कुछ याद हैं...जैसे एक क्वैश्चन था–भारतीय संस्कृति कितने वर्ष प्राचीन है?...ऑप्शन थे (1) पाँच लाख वर्ष (2) पचास हजार वर्ष (3) पाँच वर्ष (4) पाँच हजार वर्ष।" कृपाशंकर ने बताया।

"तो तुमने किस पर टिक किया था?" बालमुकुन्द दुबे ने जिज्ञासा के साथ बेटे की तरफ़ देखा था।

"पाँच हजार वर्ष पर!"

"क्या तुम्हें पता था कि सही कौन-सा है?"

"नहीं, पता तो नहीं था, पर अन्दाज़ लगाया मैंने!...मैंने यह सोचा कि पाँच वर्ष पुरानी हो नहीं सकती क्योंकि ये बहुत ही कम हैं और पाँच लाख वर्ष बहुत ही ज़्यादा लगे मुझे! पचास हजार वर्ष भी ज़्यादा ही थे। तो पाँच हजार वर्ष ही रीजनेबुल लगा था मुझे!" कृपाशंकर ने कहा।

सुनकर बालमुकुन्द दुबे को बेटे के कॉमन-सेन्स के बारे में जानकर ख़ुशी हुई। उसने उससे कहा, "और क्वैश्चन?"

"एक क्वैश्चन था–गांधीजी ने 'करो या मरो' नारा किन विदेशियों के विरुद्ध संघर्ष करते हुए दिया था? (1) मुसलमानों के (2) अँग्रेजों के (3) डचों के (4) फ्रांसीसियों के।...मैंने 'अँग्रेजों के' पर टिकमार्क किया था।...एक और क्वैश्चन था–स्वामी विवेकानन्द की जाति थी (1) ब्राह्मण (2) कायस्थ (3) वैश्य (4) ठाकुर।...मैंने 'कायस्थ' पर टिकमार्क लगाया था।"

यह सुनकर बालमुकुन्द दुबे ने बेटे से पूछा, "तुम्हें कैसे मालूम था कि स्वामी विवेकानन्द कायस्थ जाति के थे?"

"मैंने स्कूल की लाइब्रेरी में किसी किताब में पढ़ा था यह।" कृपाशंकर ने कहा।

"और क्या क्वैश्चन थे?"

"एक क्वैश्चन था–हड़प्पा और मोहनजोदड़ो कहाँ स्थित हैं?...एक और क्वैश्चन था–बाबरी-मस्जिद को किस सन् में ढहाया गया था?...ऑप्शन थे (1) सन् 1947 (2) सन् 1992 (3) सन् 1950 (4) सन् 2002... मैंने 'सन् 1992' पर टिकमार्क लगाया था।...एक क्वैश्चन था–एक इतिहासकार ने ताजमहल को एक पुराने भवन को तोड़कर बनवाया हुआ बताया है, वह पुराना भवन क्या था? (1) अस्पताल (2) मस्जिद (3) पाठशाला (4) मन्दिर।... मैंने इस क्वैश्चन का आन्सर नहीं किया था। मुझे इसका आन्सर पता नहीं था!" यह कहने के बाद

कृपाशंकर ने याद करते हुए आगे बताया था, "एक और क्वैश्चन था–भारत राष्ट्र है (1) हिन्दू (2) सिक्ख (3) मुस्लिम (4) ईसाई...मैंने टिकमार्क किया था 'हिन्दू' पर।"...

"भाइयों और बहनों!" अचानक डाइस से आई आवाज़ ने बालमुकुन्द दुबे को स्मृति से वर्तमान में खींच लिया। डाइस से एक धोती-कुर्ता-धारी व्यक्ति माइक से मुँह सटाये कह रहा था, "हम जानते हैं कि कार्यक्रम में काफ़ी विलम्ब हो चुका है! आप सबको इतनी देर प्रतीक्षा करनी पड़ी, इसके लिए हम क्षमाप्रार्थी हैं। वस्तुत: इस विलम्ब का कारण यह है कि हमने जिन महानुभावों को इस कार्यक्रम के मुख्य अतिथि एवं अध्यक्ष मान्य किया था, उन्होंने किन्हीं कारणोंवश कार्यक्रम में आने में अपनी असमर्थता प्रकट कर दी!...आप जानते हैं कि शीघ्र ही कुछ प्रदेशों में विधानसभा-चुनाव होने वाले हैं, तो उन प्रान्तों में चुनाव-प्रचार अभियान शुरू हो चुका है।...इसी कारण यह स्थिति उत्पन्न हुई। हमारे पूर्वघोषित मुख्य अतिथि एक स्वतन्त्रता-संग्राम-सेनानी रहे थे; अत: उन्होंने अचानक संस्कृति-संग्राम-सेनानी बनने से इनकार कर दिया। और हमारे कार्यक्रम के पूर्वघोषित अध्यक्ष स्वामी सच्चिदानन्द जी महाराज को पार्टी-हाईकमान ने एक प्रदेश में चुनाव-प्रचार-अभियान पर भेज दिया।...तो हमने अपने सांसद महोदय से ही निवेदन किया कि वे हमारे कार्यक्रम में मुख्य आतिथ्य स्वीकार करें...उन्होंने हमारा निवेदन स्वीकार किया; किन्तु आगामी चुनाव ने अचानक उन्हें भी व्यस्त कर दिया और वे पार्टी के निर्देश पर चुनाव-प्रचार-अभियान पर चले गये!...आप जानते हैं कि हमारे माननीय सांसद महोदय देश के श्रेष्ठ वक्ताओं में गिने जाते हैं; इसलिए चुनाव-प्रचार में उनकी कितनी आवश्यकता और उपयोगिता होगी!...पर हम उनसे निरन्तर सम्पर्क में बने रहे।...और अभी उनके आने की प्रतीक्षा कर रहे थे।...किन्तु अब प्रतीक्षा की घड़ियाँ समाप्त हो गयी हैं। हमें अभी सूचना मिली है कि माननीय सांसद महोदय स्टेशन पर आ चुके हैं और वहाँ से सीधे यहाँ पहुँचने वाले हैं।...वे कुछ ही क्षणों में यहाँ पहुँचेंगे!..."

नये घोषित मुख्य अतिथि का नाम सुनकर बालमुकुन्द दुबे को किंचित् हैरानी हुई। 'अखिल भारतीय संस्कृति सभा' के कार्यक्रम में एक पार्टी के नेता का मुख्य अतिथि बनाया जाना उसे थोड़ा असंगत लगा।

डाइस पर 'आकाशवाणी' और 'दूरदर्शन' के माइक्रोफोन बाँधे जा चुके थे व दूरदर्शनी कैमरा सामने तैनात हो चुका था।

तभी डाइस से घोषणा हुई, "माननीय सांसद महोदय श्री नवलबिहारी सिंह जी पधार रहे हैं। सब लोग करतल-ध्वनि के साथ उनका स्वागत करें!..."

इस घोषणा के होते-होते सांसद नवलबिहारी सिंह ने अपने अमला-फैला के साथ सभागार में प्रवेश किया। अचानक आ गये किसी अंधड़ की तरह हुए उनके प्रवेश के साथ ही डाइस पर मौजूद 'संस्कृति सभाई' ने नारा लगाया था, "माननीय नवलबिहारी सिंह जी की...!"

जवाब में सभागार में गूँजा था, "जय!!!"

सांसद नवलबिहारी सिंह सीधे मंच पर चढ़े और वहाँ सज्जित कुर्सियों में से बीच की कुर्सी पर आसीन हो गये। साथ के लोगों में से दो उनके साथ ही मंच की कुर्सियों पर उनके बगलगीर हो गये; बाकी सभागार की अग्र पंक्ति की खाली पड़ी कुर्सियों पर काबिज हो गये थे।

उस समय यह देखकर बालमुकुन्द दुबे कुछ असहज महसूस कर रहा था। वह अच्छी तरह जानता था सांसद नवलबिहारी सिंह के बारे में।...एक समय ये महाशय एक कट्टर राष्ट्रवादी संगठन के राष्ट्रीय अध्यक्ष के तौर पर (कु)ख्यात रहे थे!...बाबरी-ढाँचा-विध्वन्स के बाद के दिनों में इन महाशय का नाम महीनों सुर्खियों में रहा था और लोगों की जुबान पर आम हो चुका था; इनकी उस समय बनी 'लोकप्रियता' का लाभ 'पार्टी' ने पिछले इलैक्शन में लिया था; ये उस इलैक्शन में अपनी 'कट्टरतावादी लोकप्रियता' के कारण एक धुरन्धर काँग्रेसी उम्मीदवार को तकरीबन डेढ़ लाख वोटों से हराकर सांसद बने थे। तभी से इनकी साफी का रंग 'पार्टीध्वजी' हो गया था।

पर नवलबिहारी सिंह से वाबस्ता इस तरह की किसी जानकारी से अनभिज्ञ बालमुकुन्द दुबे का बेटा कृपाशंकर उस वक़्त प्रसन्न नजर आ रहा था। वह कतई नहीं जानता था कि उस समय किन लोगों के बीच था!

बालमुकुन्द दुबे के जेहन में उस उपस्थिति-परिस्थिति के बीच यकायक 'संस्कृति-ज्ञान-प्रतियोगिता-परीक्षा' में आये बेटे के बताये कुछ प्रश्न बरबस ही कोन्धे थे–'बाबरी मस्जिद को किस सन् में ढहाया गया था?...', 'स्वामी विवेकानन्द की जाति थी...', 'भारत राष्ट्र है...'...

"भाइयों एवं बहनों! अब आ गया है वह क्षण जिसके लिए हम यहाँ एकत्र हुए हैं", सांसद नवलबिहारी सिंह के गले में वहाँ मौजूद 'संस्कृति सभाइयों' द्वारा फूलमालायें पहना कर स्वागत-सम्मान करा दिये जाने के बाद, मंच संचालक ने

कहा, "माननीय सांसद महोदय द्वारा संस्कृति-ज्ञान-प्रतियोगिता के विजेताओं को पुरस्कार देने का क्षण!...मैं चाहूँगा कि मेरे द्वारा नाम लिये जाने के बाद पुरस्कार पाने वाला छात्र एक अनुशासित सिपाही की भाँति चलकर मंच पर आये और माननीय मुख्य अतिथि महोदय के हाथों से अपना पुरस्कार व प्रमाणपत्र प्राप्त करे।...तो सबसे पहले आयें शिखर गुप्ता!"

सुनकर सामने की कुर्सियों में से एक से उठ कर एक किशोर मंच पर पहुँचा। मंच-संचालक ने कहा, "इन्हें उच्चतर माध्यमिक वर्ग में जिला स्तर का प्रथम पुरस्कार दिया जा रहा है।" सामने पहुँचने पर सांसद नवलबिहारी सिंह ने शिखर गुप्ता के हाथों में एक लिफ़ाफ़ा व एक प्रमाणपत्र दिया। फोटोग्राफरों के फ्लैश चमके, टेलीविजन-कैमरा हरकत में आया...उसके बाद शिखर गुप्ता मंच से नीचे उतर रहा था।

उसके बाद मंच-संचालक ने कहा, "अब आयें कृपाशंकर दुबे! इनको माध्यमिक वर्ग में जिला स्तर का प्रथम पुरस्कार दिया जा रहा है।"

नाम सुनते ही कृपाशंकर कुर्सी से उठा और मंच की ओर बढ़ चला। कुछ ही क्षणों में वह टीवी-कैमरे व अख़बारी-कैमरों की फ्लैश-लाइटों के बीच सांसद नवलबिहारी सिंह के हाथों से पुरस्कार का लिफ़ाफ़ा व प्रमाणपत्र प्राप्त कर रहा था। पुरस्कृत होकर वह फिर बालमुकुन्द दुबे की बगल वाली कुर्सी पर आकर बैठ गया। वह अपने हाथों में पुरस्कार का लिफ़ाफ़ा और प्रमाणपत्र लिये खुशी से भरा दिखायी दे रहा था।

बालमुकुन्द दुबे ने उसके हाथों में से प्रमाणपत्र लिया और देखा–भगवा रंग के कार्ड पर गेरुआ अक्षरों में छपे उस प्रमाणपत्र के नाम के स्थान को पेन से भरा गया था। प्रमाणपत्र की पूरी इबारत यों थी :

अखिल भारतीय संस्कृति सभा, भारत

यह प्रमाणित किया जाता है कि श्री कृपाशंकर दुबे आत्मज श्री बालमुकुन्द दुबे ने अखिल भारतीय संस्कृति सभा द्वारा आयोजित संस्कृति ज्ञान प्रतियोगिता में भाग लिया और देश/ प्रदेश/ जिला स्तर पर प्रथम/ द्वितीय/ तृतीय पुरस्कार प्राप्त किया।

अखिल भारतीय संस्कृति सभा इनके उज्जवल भविष्य की कामना करती है एवं भारतीय संस्कृति के प्रति इनकी अगाध रुचि को देखते हुए भविष्य में इनसे भारत माता की सेवा करने की प्रबल अपेक्षा रखती है।

मन्त्री **अध्यक्ष**

सभी वर्गों के छात्रों के पुरस्कार-वितरण के बाद मंच-संचालक ने डाइस पर आकर कहा, "अब मैं माननीय सांसद महोदय से निवेदन करता हूँ कि वे छात्रों व हम सबको उद्‌बोधित करें।...माननीय सांसद जी..."

सुनकर नवलबिहारी सिंह ने कुर्सी से खड़े होते हुए अपने कुरते की बाहों की सलवटों पर हाथ फेरते हुए डाइस का रूख किया; और डाइस पर पहुँचने के बाद सभागार में मौज़ूद लोगों पर एक सरसरी नज़र डालकर कहा, "सबसे पहले तो मैं अखिल भारतीय संस्कृति सभा का आभार व्यक़्त करता हूँ कि उन्होंने मुझे इस कार्यक्रम में उपस्थित रहने का अवसर दिया। उन्होंने जब इस कार्यक्रम में आने के लिए मुझसे कहा था, तो अपनी तमाम व्यस्तताओं के बावजूद मैंने तुरन्त अपनी स्वीकृति दी थी।...मैं तो शुरू से ही संस्कृति-समर का सिपाही रहा हूँ। अपनी संस्कृति के लिए मैं कुछ भी करने के लिए हमेशा तत्पर रहता आया हूँ।...इसके लिए यदि मुझे अपना जीवन भी देना पड़े, तो उस बलिदान को मैं अपना सौभाग्य मानूँगा!..."

उनके इन शब्दों के साथ ही सभागार की आगे की पंक्ति से बजी तालियाँ पीछे तक बजती चली गयीं।

तालियों के बाद नवलबिहारी सिंह ने आगे कहा, "मैं भारतमाता का एक छोटा-सा सेवक हूँ।...भारतमाता की आन-बान और शान के लिए हमारे पूर्व-पुरुषों ने कितने बलिदान किये हैं, यह सभी जानते हैं। यह हमारी भारत-भूमि बलिदानों की ही धरती है।...भारत ने कई सैकड़ा वर्षों तक मुसलमानों के अत्याचार सहे; उसके बाद ईसाइयों के अत्याचार सहे।...किन्तु वे भारत-भूमि का कुछ बिगाड़ नहीं पाये! कैसे बिगाड़ पाते?...इसलिए नहीं बिगाड़ पाये कि हम संसार की प्राचीनतम संस्कृतियों में से एक महान संस्कृति के वारिस हैं। हमारी संस्कृति की महानता से कई लोग अभी तक अपरिचित हैं।...जो वैज्ञानिक आविष्कार योरोप ने अब किये हैं, वास्तव में उन्हें हमारे ऋषि-मुनि हजारों साल पहले कर चुके थे!...आपने रामायण में, पुष्पक विमान के बारे में तो सुना होगा।...वह पुष्पक विमान क्या था?...वह एक हवाई जहाज था–एक ऐसा हवाई जहाज, जिसके लिए, आज के हवाई जहाजों की तरह ना तो पैट्रोल के ईंधन की आवश्यकता होती थी, ना ही ड्राइवर अर्थात् पायलट की! वह विमान तो उस पर सवार होने वाले की इच्छा का अनुसरण करता था!...तो यह थी हमारी प्राचीन संस्कृति में साइंस और टैक्नोलॉजी की ऊँचाइयाँ!...हमारे पूर्वजों ने ऐसे अस्त्र-शस्त्रों को आविष्कृत कर लिया था जैसे आज तक उपलब्ध नहीं हैं!... महाभारत में ऐसे अस्त्र-शस्त्रों का उल्लेख मिलता है जो प्रहार करने के बाद उसे

चलाने वाले के पास लौटकर आ जाते थे!...क्या दुनिया के अन्य देश आज तक भी इतनी वैज्ञानिक तरक्की कर पाये हैं? नहीं! बिल्कुल नहीं! यह भारतीय मेधा है, जिसका संसार में कोई मुकाबला नहीं है!" कहने के बाद सांसद नवलबिहारी सिंह कुछ क्षणों तक चुप रहे; उसके बाद बोले, "पर बड़े ख़ेद की बात है कि आज हम अपने-आपको भूलते जा रहे हैं, अपनी संस्कृति को भूलते जा रहे हैं, अपने धर्म को भूलते जा रहे हैं!...आज यह चिन्ता का विषय है!...आज हमारा हिन्दू धर्म ख़तरे में पड़ा दिखायी दे रहा है!...हमारे धर्म पर यह खतरा किन लोगों के कारण आया हुआ है, इसे बताने की यहाँ आवश्यकता नहीं है!...सब जानते हैं!...इतना अवश्य कहना चाहूँगा कि ख़तरे में पड़े हिन्दू धर्म को बचाने के लिए हमें अपने प्राणों को हथेली पर लेकर चलना होगा!...वीर शिवाजी और महाराणा प्रताप की इस धरती पर, अपने धर्म की रक्षा के लिए हमें यह साबित करना होगा कि...!"

उस भाषण के बीच बालमुकुन्द दुबे अपने-आपको असहाय पा रहा था। उसे उस समय लग रहा था कि जैसे उसके सामने एक ख़ौफ़नाक आँख खुली हुई है, जो अपनी खूँखार निगाह से यह देख रही है कि कौन हिन्दू है और कौन हिन्दू नहीं है!...उसने बगल की कुर्सी पर बैठे अपने बेटे की तरफ़ देखा–वह भाषण सुनने में दत्तचित्त था। यह देख कर उसने बेटे के कान में धीरे-से कहा, "चलो! चलते हैं अब!" बेटे ने स्वीकार-सूचक सिर हिलाया।

उसके बाद बालमुकुन्द दुबे और उसका बेटा अपनी-अपनी कुर्सी से उठे और सभागार से बाहर आ गये थे। उस समय बालमुकुन्द दुबे के चेहरे पर बेटे को मिले पुरस्कार की ख़ुशी नहीं थी; बल्कि एक तरह की उद्विग्नता थी। बेटा अलबत्ता ख़ुश और सन्तुष्ट नजर आ रहा था।...वे दोनों चुपचाप हॉस्टल की तरफ़ चले जा रहे थे और जब बालमुकुन्द दुबे ने हॉस्टल के, बेटे के, कमरे में प्रवेश किया, तो उसके फ़ौरन बाद बेटे से कहा, "वो अपना प्रमाणपत्र मुझे दो!"

सुनकर कृपाशंकर ने हाथ में लिया प्रमाणपत्र पिता को दे दिया।

हाथ में आते ही बालमुकुन्द दुबे ने प्रमाणपत्र को फाड़कर टुकड़े-टुकड़े कर डाला। कृपाशंकर यह देख कर लगभग भौचक्का था। उसने उस बाबत अपने पिता से न कुछ कहा, न ही पूछा।

बालमुकुन्द दुबे ने उस दिन बेटे को मिला कागज का प्रमाणपत्र तो फाड़कर चिन्दी-चिन्दी कर डस्टबिन में फेंक दिया था। किन्तु उस दिन उसके बेटे के जहन में जो 'दृश्य' निर्मित हो चुका था, उसको 'फाड़कर नेस्तोनाबूद करना' तो क्या, उस वक़्त उसके बारे में जान पाना भी बालमुकुन्द दुबे के लिए सम्भव न था!...

[2]

उसके बाद तकरीबन बीस बरस बीत गये थे।...उन बीते बरसों के दरमियान कृपाशंकर ने बीए प्रथम श्रेणी में पास करने के बाद इतिहास में एमए पास किया; और उसके बाद वह बाकायदा 'अखिल भारतीय संस्कृति सभा' का सदस्य बन गया था; और फिर एक दिन 'अखिल भारतीय संस्कृति सभा' के प्रादेशिक सचिव की हैसियत से जाना-पहचाना जाने लगा था; और उसने अपने आपको पूरी तरह से 'अखिल भारतीय संस्कृति सभा' को समर्पित कर दिया था।

उस समर्पण के कारण ही कृपाशंकर ने अपना घर नहीं बसाया था और उसके कारण ही उसे जगह-जगह मंच मिलता था।...उसके भाषणों में कुछ ऐसी कारस्तानी होती थी कि उन्हें सुनने के बाद सामने वालों के चेहरे उत्तेजना से तन जाते और वे कुछ–भी करने पर उतारू हो वे उठते थे। अपने भाषणों के वक्त कृपाशंकर हिन्दुत्व का प्रचण्ड प्रवक्ता होता था। वह भारत को अखण्ड हिन्दू राष्ट्र बनाने के अभियान का एक सेनानी साबित हुआ था।...तो उस अभियान के तहत ही उसे, कुछ समय बाद राष्ट्रीय राजधानी क्षेत्र का प्रभारी बनाकर दिल्ली भेज दिया गया था!...

[3]

उसके बाद कुछ और बरस गुजर गये।

अब तक बालमुकुन्द दुबे साठ के करीब पहुँच चुका था और उसका जिगरी दोस्त महमूद खाँ भी।

महमूद खाँ अब अकेला हो गया था। उसकी बीवी नसीरन पिछले बरसों के दरमियान चल बसी थी। उसके दोनों बेटे शादीशुदा होकर बाल-बच्चों वाले हो गये थे : शहजाद के दो लड़के, एक लड़की थे; और शमशाद के दो लड़के थे। गाँव में कोई ऐसा काम-धन्धा था नहीं कि उनके परिवारों के पेट पल पाते; इसलिए वे दोनों अपने बीवियों-बच्चों सहित रोजगार के लिए दिल्ली चले गये थे। दिल्ली की एक छोटी फैक्टरी में काम करते हुए वे दोनों पास की ही एक मुस्लिम-बस्ती में किराये की कोठरियों में रहते थे।

महमूद खाँ जब-तब बालमुकुन्द दुबे के पास आता रहता था और अपने दोस्त को अपनी रामकहानी सुनाया करता था। तमाम दिक्कतों और मुसीबतों को भुगतते होने के बावजूद वह इस बात की ख़ुशी जाहिर करता था कि उसके दोनों बेटे दिल्ली में मेहनत-मजूरी करके अपने परिवारों के साथ ठीक से गुजर-बसर कर रहे हैं, "अब

जे है बालमुकुन्द भइया! अपनी तौ जो है सो है; पर खुसी जे है कि दोनों बच्चे झाँ ते चले गये, तौ ठीकठाक अपनी गुजर-बसर करि लेत ऐं!...झाँ रहात ए, तब भूँकिनि ई मत्तए! औरु का ओ झाँ!" एक दिन उसने बालमुकुन्द दुबे से कहा था।

सुनकर बालमुकुन्द दुबे ने उससे पूछा था, "अब तुम्हारौ काम कैसें चल्तु ऐ?...मेहनत-मजूरी तौ करि नहीं पाउत होउगे!...इतने कमजोर है गये औ!"

"वे भाँ ते पइसा भेजि देत ऐं।...महीना दौ महीना में मनीआडर ते!...बा ते काम चल जातु ऐ!" महमूद खाँ ने बताया था, "और फिर अब बची कितनी ऐ!...मरिबे कों ई बैठे ऐं!...साठि के आसपास तौ पहुँच ई गये ऐं....सिब ठीक ऐ!" महमूद खाँ ने अपनी तरह से उस ग़रीब मानुस की सन्तुष्टि जताई थी जो कम-से-कम में अपने आपको ख़ुश कर लेता है।

बालमुकुन्द दुबे ने उसकी बात की ताईद में कहा था, "हाँ, सो तौ है...फिरिऊ कबऊँ कोउ ज़रूरत परि जाइ, तौ संकोच मत करिये महमूद! मोइ बताइ दिये!...तेरे पास अपनों आमदनी कौ कोउ साधन तौ है नहीं!...अब चार बाजे कोउ बजबाउतु नानें ब्याह-कारज में!...और तैं बजाइबे लाइक ऊ ना रहौ अब!...तैंनें मुसीबत के समय संग दऔ ऐ मेरौ महमूद! मैं भूलौ नानें बाइ!"

"अरे भइया, आदिमी ई आदिमी के काम आउतुऐ! और फिर तो ते तौ बचपन ते ई दोस्ती जुरि गयी...!" कहते हुए महमूद खाँ कुछ पल को अटका, फिर बोला, "चारि बाजे अब कोऊ ना पूछतु! फिरि मैं बजाइऊ ना सकतु अब! फूँक कौ बाजौ बजाइबे में दम लगतै!...अब मोमें वो दम नहीं रही!...फिरिऊ सिब ठीक ऐ!...पइसा आइ जातएँ दिल्ली ते।...दोनों भेजि देत ऐं!...चिन्ता मत करौ!"

"चिन्ता तौ होतै महमूद!...अब हमें ई कौन-से पाँच सौ साल जीनों ऐं!...तेरी-मेरी उमर तौ बराबर ई ऐ लगभग!...फिर तैं तो मेरौ जिगरी ऐ महमूद!" बालमुकुन्द दुबे ने कहा था।

सुनकर महमूद खाँ के झुर्राये-से चेहरे पर ख़ुशी की एक झलमली झलमला उठी थी। कहा उसने कुछ नहीं था।

कुछ देर बाद जब वह बालमुकुन्द दुबे के यहाँ से अपने घर को चला था, तब भी उसके चेहरे पर ख़ुशी की वह पतली-सी झलमली चस्पाँ थी।

[4]

उसी तरह कुछ और समय गुजर गया था। एक लम्बे अरसे से बालमुकुन्द को कृपाशंकर की कोई ख़बर नहीं मिली थी। हालाँकि उसे उसके बाबत कोई चिन्ता

नहीं होती थी; क्योंकि बहुत पहले ख़ुद कृपाशंकर ने अपने मुँह से यह कहकर उसे निश्चिन्त कर दिया था, "मैं अब किसी एक का नहीं रह गया हूँ; पूरे राष्ट्र का हो गया हूँ!...मेरा मिशन है भारत को हिन्दू राष्ट्र बनाना–अखण्ड हिन्दू राष्ट् बनाना!... मैंने अपने-आपको इस मिशन के लिए समर्पित कर दिया है; इसलिए आप मेरी ओर से निश्चिन्त हो जाइए!"

तब से बालमुकुन्द दुबे निश्चिन्त ही था उसके बारे में। जिसने राष्ट्र के लिए अपने पिता से कोई वास्ता न रखा हो, उसके बारे में पिता को चिन्ता हो भी तो क्यों?...पर इसके बावजूद बालमुकुन्द दुबे के सामने गाहेबगाहे चाहे-अनचाहे वह पुत्र की शक्ल में आ खड़ा होता था; तब वह इस बात को याद करने लगता था कि कब से उसकी कोई ख़बर नहीं मिली है!...

बालमुकुन्द दुबे को, बीते उन चार-छह बरसों से, जिनमें राष्ट्र को 'हिन्दू राष्ट्र' बनाने की एक मुहिम उठ खड़ी हुई थी, अपने भीतर कभीकभार एक अजीब तरह की घबराहट सुनाई देती थी; और उसे लगता था कि उसके आसपास एक अँधेरा घिरा हुआ है–एक हौलनाक और हैबतनाक अँधेरा–जो हैरतअंगेज ढंग से उजला दिखाई देता है! उसे लगता था कि उसके आसपास बगुले-जैसा उजला अँधेरा फैला है और वह उजला अँधेरा साधारण काले अँधेरे से ज्यादा डरावना है!...

[5]

और एक दिन हुआ यह कि उस उजले अँधेरे में अचानक एक मर्मभेदी डकराहट इस तरह से उभरी जिस तरह से आसमान के एक छोर से दूसरे छोर तक बिजली की लहर तिर जाती है!...वह एक इन्सानी डकराहट थी–एक ऐसी डकराहट, जिसमें इन्सानी पीड़ा, करुणा और विवशता की बेतहाशा पुकार समाहित थी!...

...ख़बर लगते ही बालमुकुन्द दुबे, महमूद खाँ के घर पहुँचा था। महमूद खाँ अपने ईंट-गारे के बने अधपक्के घर के बाहर बने चबूतरे पर एक ओर सिमटा हुआ-सा बैठा था। उसके पास उस वक़्त सिर्फ़ उसके ही पास-पड़ौस के कुछ लोग थे। बालमुकुन्द दुबे को अपने सामने देखते ही महमूद खाँ के चेहरे में जैसे एक तिरकन हुई और अगले ही पल उसका बुक्का फूट पड़ा था, "सिबु ख़तम है गऔ भइयाऽऽऽ!" कहने के बाद उसके मुँह से एक मर्मान्तक डकराहट फूट पड़ी थी।... बालमुकुन्द दुबे ने उसके पास बैठ कर उसके कन्धे पर अपना हाथ रख दिया था; अलबत्ता उसको सान्त्वना देने के लिए उस वक़्त उसके पास शब्द ही नहीं थे!...

...दरअसल हुआ यह था कि बीती रात दिल्ली के एक इलाके की एक मुस्लिम-बस्ती में एक भीड़ के द्वारा आग लगा दी गयी थी; नतीजन उस बस्ती के रहवासी अन्य बहुतेरे लोगों के साथ ही महमूद खाँ के दोनों बेटे भी अपने परिवारों सहित उस आगजनी में जल कर मर गये थे!...

[6]

जिस रात, अन्य अनेक सहित महमूद खाँ के बेटों को सपरिवार जला कर मार दिये जाने की वारदात हुई थी, उसकी अगली ही सुबह राजधानी दिल्ली में एक बहुरंगी धजवाला आदमी, एक अधनंगे 'राष्ट्रपुरुष' की जमीन पर गिरा दी गयी प्रतिमा पर अपने चूतड़ रखे, अपने दोनों पैरों को ऊपर की ओर उठाकर 'राष्ट्रध्वज' के पोल पर टिकाये, अपने दाहिने हाथ की तर्जनी पर 'तिरंगे' को नचाने का 'राष्ट्रीय करतब' दिखा रहा था!...

❑